SU INFATUACIÓN CURVILÍNEA

UNA NOVELA ROMÁNTICA DE UNA CHICA CURVILÍNEA EN UN PUEBLO PEQUEÑO

EN BUSCA DEL GALÁN DE PAPEL
LIBRO TRECE

MARY E THOMPSON

BluEyed Press

EN BUSCA DEL GALÁN DE PAPEL

El otoño se acerca y la diversión está en el horizonte. El amor llegará a los residentes de Cala MacKellar, estén preparados o no. Gracias por acompañarnos en otra historia de Novios Literarios Se Buscan. No te pierdas nada suscribiéndote al boletín de Mary.

LIBRO 13

Su Infatuación Curvilínea

Brantley

¿Cuánto tiempo se suponía que debías esperar después de que el matrimonio de la mujer que amabas se viniera abajo antes de invitarla a salir? ¿Una semana? ¿Un mes? ¿Más?

Su divorcio ya era definitivo, y no iba a perder mi segunda oportunidad con Valentina. Ayudarla en su llamada «búsqueda del placer» era un plus. Oh, las cosas que quería mostrarle. Pero no se trataba solo de un tipo de placer.

Quería ayudarla a encontrar todas las cosas que le aportaran alegría.

Como amigo, por supuesto. Porque eso es lo que éramos. Mejores amigos. Pero si nunca le decía que quería algo más, me arrepentiría para siempre. Era un riesgo. Podría acabar con nuestra amistad. Pero quien no arriesga, no gana. Estar con ella sería la mayor recompensa posible, así que tenía que arriesgarme. Valentina merecía la pena.

Valentina

¿Una búsqueda del placer? ¿Por qué demonios no? No tenía nada que perder. Mi dignidad y privacidad quedaron destrozadas el día que la novia de mi exmarido se presentó en mi casa. Echarle fue la mejor decisión que había tomado nunca. Y se sintió bien.

Quizá sí conocía algo que me proporcionaba placer. Pero quería más. Preferiblemente sin el dolor de corazón antes del placer.

Brantley se ofreció como mi compañero en el experimento. Animándome a probar cosas nuevas. Era la persona perfecta para explorar. Paciente y amable y... ¿sexy? ¿Se me permitía pensar así sobre mi mejor amigo?

Siempre habíamos sido amigos. Pero el placer tiende a desdibujar las líneas. Conocer a Brantley era divertido. Esclarecedor. Embriagador. Pero cuanto más tiempo pasábamos juntos, más me preguntaba si lo mejor de mi vida había estado justo delante de mí todo este tiempo.

ISBN de versión impresa: 978-1-967463-05-3

ISBN de versión impresa discreta: 978-1-967463-08-4

 Formateado con Vellum

A las madres que inspiraron esta historia... me inspiráis cada día con vuestra fortaleza, bondad y amor por vuestros hijos. Espero que nunca dejéis de ser las mujeres maravillosas que sois, y que nunca dejéis de elegir la alegría, el amor y el placer.

BRANTLEY

Mi día favorito del año era el primer día de entrenamiento de campo a través. Nunca lo admitiría ante el equipo de béisbol que entrenaba, pero me encantaba el campo a través. Correr largas distancias era estimulante. Y ver a los nuevos chicos hacerlo, observarles lograr algo que pensaban que no podían hacer, era lo mejor del mundo.

Aparqué mi todoterreno en el aparcamiento del instituto cerca de la carretera para que los padres y estudiantes supieran dónde reunirse. Ya había un pequeño grupo de estudiantes de último curso cerca de varios vehículos. Levanté el brazo y saludé, y todos me devolvieron el saludo. Cerraron las puertas y cogieron sus mochilas, dirigiéndose hacia mí.

—Buenos días —les dije cuando se acercaron.

—Hola, entrenador P. ¿Preparado para este año? —Andrew era uno de los mejores corredores de la zona. Constantemente lideraba el grupo, la mayoría de las veces corriendo solo ya que nadie más podía ni acercarse a seguir su ritmo. Las ofertas de becas habían llegado durante todo el verano de universidades que le habían estado observando desde que estaba en primero.

—Estoy preparado. ¿Y usted? ¿Ha estado entrenando?

Andrew asintió. —Sí. Necesito una beca. —Andrew era el mayor de cuatro hermanos. Siempre tenía buen equipamiento, pero su hermano, que estaba en segundo, normalmente usaba la ropa usada de Andrew.

—Parece que ha tenido varias ofertas. ¿Está considerando alguna seriamente?

Andrew se encogió de hombros. Era un chico callado, de los que no les gusta ser el centro de atención, y se dio cuenta de que los demás estaban escuchando nuestra conversación. —No estoy seguro todavía.

Asentí, dejándolo pasar. Elegir una universidad no era fácil, y tener más opciones no lo hacía más sencillo. Le llevaría aparte más tarde para hablar más sobre lo que estaba pensando. Cuando los demás no estuvieran escuchando.

—¿Qué tal está el resto? —pregunté.

—Bien, entrenador P —dijeron todos.

—¿Qué tal ha sido el verano? ¿Todos habéis seguido con vuestro programa de entrenamiento?

De repente, hubo mucho menos parloteo.

Me reí por lo bajo. —Van a ser unas semanas duras hasta que nos adaptemos. Los de último año, aseguraos de que los más jóvenes se sientan bienvenidos.

Murmuraron su conformidad mientras Jana McCloud, mi compañera entrenadora, salía de su coche.

—¡Hola, entrenadora M!

Jana era nueva tanto en el entrenamiento como en el distrito. Estaba en la mitad de sus veinte y era la entrenadora joven y divertida con la que los chicos de secundaria podían conectar. También era preciosa y hacía babear a todos los adolescentes, pero era una profesional y nunca se pasaba de la raya. Siempre corría con su camiseta puesta, en lugar de quedarse en sujetador deportivo como hacían algunas de las chicas, y nunca pasaba tiempo a solas con ningún estudiante. Pasábamos tantas horas con los chicos que podía ser difícil mantener una separación emocional con ellos, pero Jana era genial.

—Hola a todos. ¿Estamos listos para correr?

—¡Sí! Sus vítores entusiastas por Jana me hicieron sonreír. Ninguno le confesó que no habían estado entrenando lo suficiente durante el verano.

Más coches llegaron y más estudiantes fueron dejados. Intenté no estar pendiente del monovolumen de Valentina Hayes, pero fracasé estrepitosamente. Valentina había sido una de mis amigas más cercanas desde el instituto, y había estado enamorado de ella casi el mismo tiempo. También estaba recién divorciada y no preparada para una relación. Me lo había dejado claro muchas veces durante los últimos meses. El trabajo, los niños y los amigos eran ahora su prioridad. Lo que significaba que tenía que guardarme mi interés por ella para mí mismo.

Historia de mi vida. Pero era lo mejor. Involucrarme con ella no era una buena idea. Había pasado la mayor parte de mi vida deseándola, y la mayor parte de mi vida imaginando cómo sería besarla o tocarla o decirle que la amaba. Ya era hora de pasar página.

O eso me dije a mí mismo cuando sus hijas bajaron del vehículo de otro padre.

Jana y yo hablamos brevemente, confirmando el plan que habíamos establecido para el entrenamiento. Teníamos la suerte de que nuestras escuelas de primaria, secundaria y bachillerato estaban todas juntas, y los estudiantes podían dar una buena vuelta alrededor de todas ellas y completar su distancia sin tener que salir de las instalaciones escolares.

Una vez que todos estuvieron allí, Jana y yo llamamos a todos los chicos. Pasamos lista para asegurarnos de que todos habían aparecido y repasamos las reglas para correr. Aunque las clases aún no habían comenzado, los chicos tenían que estar atentos al tráfico y correr en parejas o grupos.

—Vamos a empezar con una prueba de tiempo para hacernos una idea de vuestro punto de partida. Solo competís contra vosotros mismos, así que no os preocupéis por el tiempo. Esto nos ayudará a emparejaros en el futuro para que tengáis alguien con quien correr. Solo por hoy, vuestra ruta será alrededor del instituto. La marcamos ayer con banderas, así que debería ser fácil de seguir. La entrenadora M. y yo estaremos en lados opuestos del instituto por si hay alguna emergencia. Vamos a la línea de salida para hacer el calentamiento antes de que corráis.

Jana dirigió a los chicos en estiramientos y sprints rápidos para soltar los músculos, luego les dijo que bebieran algo de agua antes de correr. Era un día caluroso para comenzar la temporada.

Los chicos se alinearon y se prepararon para correr. Jana trotó alrededor de la esquina hacia el otro lado del instituto, dejándome a mí vigilando la línea de salida y meta.

Hice la cuenta atrás y pité el silbato, poniendo al equipo en marcha. Día uno. Me encantaba. El mejor día de mi vida.

Jana y yo sonreímos y saludamos a los últimos chicos que vinieron a recoger. Ella se volvió hacia mí y estalló en carcajadas.

—No creo que ninguno haya entrenado este verano —dijo—. Quizás Andrew.

Asentí. —Él dijo que sí, ¿pero los otros? No. Definitivamente no han practicado. Van a ser unas semanas duras para conseguir que puedan soportar una carrera de cinco kilómetros sin querer morirse.

Jana se rio. —Sí. Tenemos mucho trabajo por delante. Pero lo conseguiremos. Buen día, entrenador. Te veo mañana.

—Sí. Descansa, Jana. Bebe mucha agua.

—Tú también.

Jana se marchó en su coche, saliendo rápidamente del aparcamiento y girando hacia el pueblo. Como Cala MacKellar era como un molino de rumores con esteroides, sabía que Jana vivía en los apartamentos junto al agua con su novio, quien, según los rumores, pronto sería su prometido. Nada era secreto en Cala MacKellar.

Entré en mi casa y cerré la puerta con llave. Todavía olía a café porque se me había olvidado tirar los posos antes de salir. Cogí una botella de agua y me bebí la mitad antes de ocuparme del café.

Antes de perder el hilo de todo lo que tenía en mente, cogí mi tableta y abrí el documento donde guardaba todas mis notas sobre el equipo. Añadí los tiempos que había registrado para cada corredor y los clasifiqué según su ritmo. Como era de esperar, Andrew terminó los cinco kilómetros con dos minutos de ventaja sobre el siguiente estudiante. Paul Spear, el hijo de Goldie, la amiga de Valentina, solo era un estudiante de segundo año, pero era el segundo más rápido del equipo. Paul iba a dominar igual que Andrew cuando estuviera en su último año.

Había algunos estudiantes nuevos, incluido uno que estaría en mi clase de física. No me era familiar su nombre. Lo hizo bien en el entrenamiento, quedando tercero detrás de Andrew y Paul, pero su expediente académico no era bueno. La única forma de que permaneciera en el equipo sería aprobar todas sus asignaturas, y eso parecía ser un desafío para Kevin.

Terminé mis notas sobre todos los estudiantes y empecé a formar grupos que serían buenos para correr juntos. Cuando terminé con los grupos, se lo envié a Jana para que lo revisara antes del entrenamiento de la mañana siguiente.

Con eso hecho, miré alrededor de mi cocina los proyectos que tenía planeados para el día. Mi casa era la definición de "para reformar" cuando la compré. Llevaba casi una década allí y había actualizado todos los espacios excepto la cocina. Siempre me pareció una tarea demasiado grande, y no estaba dispuesto a abordarla, pero estúpidamente rompí una puerta de armario la semana pasada. Mi lavavajillas murió hace un año. Y mi frigorífico se sentía menos frío de lo habitual. El azulejo a cuadros, con motivos de gallinas, que instalaron los anteriores propietarios se había estado desconchando y cayendo de la pared casi desde que compré el lugar. Era el momento. Sabía que era el momento. Pero no quería que fuera el momento.

Incluso mientras estaba allí tratando de decidir si realmente iba a hacer esto, otra baldosa se cayó del panel. Repiqueteó en la encimera sin romperse y se burló de mí mientras giraba.

—Maldita sea.

Tenía una buena idea de cómo quería que se viera la cocina. Llevaba años pensando en ello. Por supuesto, también era la cocina de ensueño de Valentina, pero no necesitábamos hablar de eso. Era solo una cocina. Con una isla enorme donde la gente podría sentarse y comer, una cocina de seis quemadores, una nueva puerta corredera al patio trasero que podría abrirse ampliamente para fiestas que nunca organizaba, y una mesa de comedor sencilla para cuatro.

No me juzgues.

Comenzar un proyecto como ese el primer día de campo a través, justo antes de que terminara el verano y yo volviera a estar en el aula todos los días, era casi tan estúpido como presentar a mi mejor amigo a mi compañero de habitación en la universidad y quedarme al margen mientras se enamoraban, se casaban y construían una vida juntos. Pero claramente, no era muy bueno tomando decisiones inteligentes.

Cogí el pequeño martillo y me enfrenté al panel.—Lo siento, gallinas, pero es hora de decir adiós.

Apenas tuve que golpear las baldosas para que se desprendieran del adhesivo que ya no hacía su trabajo. Recogí todas las piezas y las tiré al contenedor de basura en el garaje. Si iba a hacer esto, necesitaba un contenedor de escombros, un plan y algo de ayuda.

Maldita sea.

Veinte minutos después, todavía sudoroso por el entrenamiento y con el añadido olor a reforma encima, entré en la Ferretería Al's. Knox Randall y yo nos habíamos hecho amigos a lo largo de los años. Eso ocurría cuando te gastabas la mitad de tu sueldo en la tienda de un hombre.

—Mi experto en reformas favorito ha vuelto —dijo Knox con risa en su voz—. ¿Qué estamos arreglando ahora?

Le lancé una mirada fulminante y titubeó.

—No. ¿Me estás tomando el pelo? ¿Por fin vas a hacer la cocina?

Si había un hombre adulto que podía emocionarse por algo como una reforma del hogar, ese era Knox. Estaba casi seguro de que él tenía más ideas para mi cocina que yo mismo.

Gruñí como respuesta, un sonido que hizo que la sonrisa de Knox se ampliara y le impulsó a rodear el mostrador para guiarme hacia todas las cosas en las que iba a gastarme mis próximas nóminas.

—Lo primero es la demolición. Pero si quieres vivir allí mientras trabajas, necesitas hacer esto por fases. Creo que...

—Necesito vivir allí. Y necesito comer.

—Vale, entendido —dijo Knox mientras seguía alejándose de mí—. Vas a necesitar un contenedor, o quizás una de esas bolsas. Son bastante fáciles. Y si lo haces por fases, eso tendrá más sentido que mantener un contenedor gigantesco en tu entrada. Tenemos que hablar de armarios y encimeras. ¿Vas a conservar tus electrodomésticos?

Se giró para mirarme y luego negó con la cabeza.

—No, por supuesto que no. Son horribles. Así que también necesitaremos esos. ¿Salpicadero? —Volvió a mirarme por encima del hombro y siguió adelante—. Sí. El suelo podría estar bien, pero si cambias la distribución, vas a tener que parchear cosas que normalmente quedan fatal, así que yo diría que también el suelo. Hay este suelo de vinilo en lamas que es muy duradero y genial para zonas como la cocina. Creo que te gustará. Especialmente si alguna vez te consigues un perro como llevas diciendo desde siempre. ¿Qué hay de...

—¡Tío! Respira un poco —le ladré.

Knox se rio y negó con la cabeza. —Lo siento. Solo quiero que empieces antes de que cambies de opinión otra vez. Llevas años hablando de tu cocina.

—Sí, y que me sueltes todo esto de golpe no me hace más ilusión hacerlo.

—Estará bien. Knox regresó hacia mí y me dio una palmada en la espalda. Era unos diez centímetros más alto que yo y más corpulento, con unos veinte kilos más de músculo. Una palmada de Knox casi me dejó sin aliento.

—Joder —resoplé.

—Lo siento. Sus mejillas se sonrojaron, un rasgo acentuado por su piel clara y su pelo rubio oscuro. Lo odiaba.

—No pasa nada. Pero vayamos más despacio. La placa protectora ya no está. Creo que habrá que vaciarlo todo, pero no puedo simplemente arrancarlo todo y volver a montarlo en un día o dos. Necesito hacerlo por etapas. Quizás una sección cada vez.

Knox se frotó la barba y miró fijamente un punto por

encima de mi cabeza. Arrugó la nariz. —No estoy seguro de cómo podrías hacer eso. Te sugeriría colocar el suelo debajo de los armarios para que no haya diferencia de altura con los electrodomésticos. Eso significa que básicamente tienes que vaciar todo el espacio y empezar desde cero.

Suspiré profundamente. —Me temía eso.

—No pasa nada. Ya lo resolveremos. Si podemos vaciarlo todo y traer nuevos electrodomésticos, puedes usarlos incluso mientras hacemos todo el trabajo. O puedes usar los que tienes y reemplazarlos todos al final. Como prefieras.

Asentí lentamente. No era lo ideal, pero iba a tener que funcionar. Tenía algo de dinero ahorrado para hacer posible el presupuesto, siempre que Knox no se volviera loco, pero el tiempo era un problema mayor.

—Vale. Hay que hacerlo, así que vamos a planificarlo. ¿Crees que podemos terminarlo antes de fin de año?

Knox asintió. —Probablemente en la mitad de tiempo si quieres, pero ¿tres meses? Definitivamente. Pongámonos manos a la obra.

DEBERÍA HABER SABIDO que Knox era tan metódico, pero hasta que me senté y repasó todo paso a paso, no lo sabía de él. Salí de la Ferretería Al una hora después con una mella en mi tarjeta de crédito y un plan para remodelar mi cocina.

El primer paso era arrancarlo todo. Lo que significaba sacar todas las cosas de los armarios.

Me puse a trabajar en cuanto llegué a casa, trasladando todo lo de los armarios al armario de la habitación de invitados. Mi casa tenía cuatro dormitorios, lo que siempre me había parecido excesivo, pero cuando la compré, me dije a mí mismo que estaba listo para establecerme y formar una familia. Siempre había querido tener hijos. Al crecer con una madre profesora y un padre pastor, la familia era importante para nosotros. Mi hermana mayor fue una de mis mejores amigas durante mi infancia, y aún lo sigue siendo, aunque viva en Maryland y solo nos veamos unas pocas veces al año.

Mientras caminaba por el pasillo entre la cocina y el cuarto dormitorio, sentí la misma punzada que siempre me daba cuando pensaba en tener una familia. A los cuarenta y cinco años, todavía podría tener hijos, pero saber que estaría bien entrado en los sesenta cuando se graduaran del instituto significaba que ese sueño era cada vez menos viable. Me dolía. Especialmente porque siempre había imaginado una vida con Valentina. Ella era mi estándar de oro, y estaba soltero porque nadie se había acercado a su nivel.

No tenía derecho a quejarme. Nunca le dije lo que sentía, y nunca le di a ninguna otra mujer una oportunidad real. Además, tenía cientos de niños. Ver a mis estudiantes y deportistas año tras año conseguir grandes logros era algo de lo que siempre estaría orgulloso. No los crié, pero tuve parte en moldearlos. Una pequeña, pero aun así.

Cuando finalmente saqué los últimos objetos de mis armarios, solté un suspiro. Realmente estaba ocurriendo. De verdad iba a abordar la cocina.

Mi teléfono sonó con un mensaje entrante. Lo cogí y me reí cuando leí lo que Valentina había enviado.

> ¿Primer entrenamiento y vas a remodelar la cocina? ¡Menudo día ajetreado! Las chicas dicen que fue un gran entrenamiento. Están emocionadas con la temporada. Yo estoy emocionada con la cocina. ¿Necesitas ayuda?

> El entrenamiento fue bien. Va a ser una temporada divertida. Y siempre estoy abierto a tu ayuda. Knox se volvió un poco loco hoy.

¿Loco cómo? ¿Te convenció de algo raro
como armarios de neón? Por favor, di que sí.
¡Me moriría por ver eso!

Me reí y me acomodé en el sofá. Encendí la televisión y escribí una respuesta.

2

VALENTINA

Observé los tres puntos parpadeantes mientras esperaba la respuesta de Brantley. Eché de menos verle en el entrenamiento hoy. Goldie trajo a las chicas y Xavier las recogió. Paul, el hijo de Goldie, estaba saliendo con mi hija pequeña, Samantha. McJenna, la hija de Xavier, era la mejor amiga de mi hija mayor, Bianca. Entre los tres, estábamos organizando un horario para llevar y traer a los niños de los entrenamientos para que todos pudiéramos trabajar también.

> Nada de neón. ¿En qué estás pensando, mujer? ¿Me conoces? Cuadros siempre.

Me reí a carcajadas cuando leí su respuesta. Brantley Pierce era la única razón por la que todavía estaba cuerda, aunque algunas personas discutirían ese hecho. Había sido mi mejor amigo durante casi toda mi vida, pero en los últimos meses, había sido la única persona con la que no sentía que tuviera que fingir.

Mis amigas eran geniales, no me malinterpretes, pero

Brantley sería a quien llamaría si necesitara esconder un cadáver.

Y era a quien llamaba para todo lo demás. Siempre estaba ahí para mí, y le estaba enormemente agradecida.

Ah, debería haberlo sabido. Todas esas camisas de cuadros que llevas eran una gran pista.

Exacto. Si no fuera por ese molesto trabajo de profesor, sería leñador.

Me reí por lo bajo. Brantley ciertamente tenía el cuerpo para ello. No es que le estuviera mirando de esa manera. Pero le conocía desde siempre. Era un hombre fuerte.

Antes de que pudiera responder, apareció otro mensaje.

Creo que Knox lleva planeando remodelar mi cocina tanto tiempo como yo. Tenía más ideas sobre qué hacer de las que jamás había considerado.

JAJAJA. Él es el experto.

Lástima que no sea también el banco. Quizás necesite buscarme un segundo trabajo para pagar esto. Menos mal que tengo algo de dinero ahorrado.

¿No es entrenar tu segundo trabajo?

Un tercer trabajo entonces.

Eso no es bueno. Te echaremos mucho de menos.

Estaré bien. En su mayoría estoy bromeando. Vamos a tomárnoslo con calma para que pueda hacer que todo funcione. Simplemente pediré mucha comida a domicilio y haré barbacoas.

Suena a lo que haces siempre.

Cruel. Acertado, pero cruel.

No pretendía ser cruel. Quizás deberías venir aquí a cenar. Siempre tenemos de sobra.

Solo necesitas que te arregle algo, ¿verdad?

Solté una risa y negué con la cabeza. Mi ex marido, Dawson, nunca había sido muy mañoso. ¿Manilargo? Sí. Demasiado manilargo con mujeres que no eran yo, al parecer. Pero ¿mañoso? Para nada. Le pedía a Dawson que arreglara cosas, y después de semanas sin hacer nada, me rendía y se lo pedía a Brantley, solo para que Dawson se enfadara conmigo cuando veía que el proyecto ya estaba terminado. Después me hacía sentir mal por ello.

Manipulación psicológica 101.

Estoy bromeando. Siempre estoy encantado de ayudarte con lo que necesites, Vee. Nunca lo dudes. No es necesario que me pagues nada. Aunque tampoco rechazaría una cena con mis personas favoritas.

No sabía cómo se había dado cuenta de que estaba cuestionando la idea, pero él siempre parecía saber lo que yo pensaba, generalmente antes que yo misma.

Gracias. No sé qué haría sin ti.

Claro que lo sabes. Te las arreglarías como
siempre has hecho. Eres la persona más
fuerte que conozco. No dudes de ti misma.

Gracias. Vale, basta de todo eso. ¿Qué te
pareció el primer entrenamiento?

Esperé su respuesta, viendo los puntos suspensivos bailar mientras imaginaba a Brantley recostado en su sofá y sonriendo. Le encantaba entrenar. Cuando hablaba de los chicos, siempre tenía una enorme sonrisa en la cara. El hecho de que él fuera el entrenador fue la razón por la que mis dos hijas se unieron al equipo. Bianca animó a McJenna a unirse también, y este año, Sam decidió probarlo. Si no hubieran conocido a Brantley, y no supieran lo increíble que era, ni de broma habrían probado el campo a través.

El entrenamiento estuvo bien. No muchos
chicos corrieron durante el verano, pero no
pasa nada. El verano se supone que es su
tiempo para relajarse y divertirse. Hay
algunos chicos que son sorpresas y algunos
que van a odiar la temporada, pero en
general, es un grupo estupendo. No es
sorprendente ya que MCHS es un colegio
increíble con profesores espectaculares.

Especialmente la profesora de física.

He oído que puede ser bastante dura.

Creo que en el fondo es un blandengue. Un
hombre increíble que se desvive por las
personas de su vida.

Blandengue no es el término que la mayoría
de los hombres quieren que una mujer use
para describirlos.

¡JAJAJA! No me puedo creer que hayas dicho eso.

Tú eres quien lo ha dicho. Solo me estoy asegurando de que entiendas que la mayoría de los hombres se sentirían ofendidos por eso.

Entonces me disculpo. Eres fuerte y viril y para nada blando.

Mejor.

Bien. Cualquier cosa para mejorarlo.

Esa es una oferta demasiado tentadora. ¿Cualquier cosa?

Mi cuerpo se acaloró con el innuendo involuntario. Sabía que Brantley no estaba sugiriendo nada parecido, pero mi mente fue por ahí de todos modos. Sabía que no debía. Era Brantley. Era mi mejor amigo en el mundo. No iba a arrastrarlo al centro del desastre que era mi vida. Incluso si estuviera lista para considerar salir con alguien de nuevo, salir con Brantley era una idea horrible.

Quería a Brantley. Haría cualquier cosa por él. Y perderlo como mi mejor amigo sería miserable. No estaba segura de si estaba lista para salir con alguien. Ya había terminado definitivamente con Dawson, eso no tenía nada que ver, pero estaba tan jodidamente cansada. Cansada de intentar ser todo para todos. Necesitaba un descanso de todo eso, lo que significaba que salir con alguien era mala idea.

Pero echaba de menos tener una pareja. Alguien a quien volver a casa. Alguien con quien hablar sobre mi día y que me abrazara por la noche. Hacía mucho tiempo que Dawson había dejado de ser esa persona para mí.

¿Hay tartaletas de limón disponibles?

Me reí con su mensaje y negué con la cabeza. No estaba pensando en sexo. Estaba pensando en comida. Por eso no necesitaba pensar en salir con nadie. Tenía mis vibradores, incluido el nuevo que acababa de comprar para la ducha. Eso era todo el romance que necesitaba. Es decir, ninguno. No había tenido ningún romance en mi vida durante años, así que ¿por qué empezar ahora? No. Iba a olvidarme de los hombres y centrarme en mis hijas.

> Siempre. Haré algunas esta noche y las enviaré con las niñas al entrenamiento mañana.

No, no tienes que hacer eso.

> Lo sé, pero quiero hacerlo. Te debo muchísimo. No habría superado los últimos meses sin ti. Gracias por eso.

Siempre estaré aquí para ti, Vee. Nada cambiará eso jamás. Incluso si no recibo tartaletas de limón mañana.

> Eres todo un encantador.

—Mamá, ¿la cena está casi lista? Me estoy muriendo de hambre —preguntó Bianca mientras venía por el pasillo hacia la cocina.

—Sí, casi —le dije—. ¿Está tu hermana lista para comer?

—Voy a comprobarlo —Bianca volvió por el pasillo. Un minuto después, escuché un golpe en la puerta, luego voces ahogadas mientras las chicas hablaban.

Mi teléfono vibró con otro mensaje de Brantley.

Solo estoy siendo sincero. Te quiero, Vee.
Para lo que necesites, aquí estoy. Te lo
prometo.

Gracias. Significa muchísimo. Y lo mismo
digo. Espero que lo sepas.

Lo sé. Acaba de llegar mi pizza, pero
hablamos luego. Si las niñas necesitan que
alguien las lleve, dímelo.

Lo haré. Hasta ahora Goldie, Xavier y yo nos
estamos organizando bien. Creo que lo
tenemos cubierto para esta semana.

Bien. Encantado de ayudar si lo necesitas.

Gracias, Bee. Hablamos luego.

Vale. Que disfrutes la cena. Seguro que está
increíble.

Tú también.

Guardé el móvil en el bolsillo cuando las niñas salieron al pasillo. Saqué las chuletas de cerdo de la bandeja del horno. Olía bien. Parecía que todo estaba totalmente cocinado. Nunca había probado una de esas recetas porque Dawson se negaba, pero ya no cocinaba para Dawson y decidí intentarlo.

—Huele muy bien, mamá —dijo Sam.

—Sí, es verdad. ¿Qué es? —preguntó Bianca.

—Chuletas de cerdo con coles de Bruselas y calabaza.

Las niñas intercambiaron una mirada y se encogieron de hombros.

—Si sabe tan bien como huele, tienes que hacer esto otra vez —dijo Bianca.

—Vamos a probarlo. —Les entregué un plato a cada una. Dawson odiaba servir la comida en la encimera y llevar los platos a la mesa, pero a mí nunca me había molestado. Las niñas y yo habíamos adquirido la costumbre de hacerlo últimamente. Muchas cosas habían cambiado desde que la novia de Dawson apareció en nuestra casa para sorprenderle, y yo le eché.

Todos cogimos nuestras bebidas y nos sentamos a comer. Intercambiamos miradas. Cada uno pinchó algo diferente y comimos nuestros bocados a la vez.

Y gemimos.

—Vaya —gimió Sam—. Qué bueno está.

—Mmm hmm —asintió Bianca.

Asentí junto a ellas. Los condimentos se mezclaban a la perfección. Las verduras tenían una suavidad en su interior que contrastaba con el exterior crujiente. El cerdo estaba jugoso y tierno, y complementaba maravillosamente las verduras.

—Este plato se queda, dijo Bianca.

Había estado experimentando con recetas durante el último mes. Solo una a la semana, manteniendo nuestros favoritos familiares en la rotación habitual. Hasta ahora, habíamos tenido un éxito, un fracaso estrepitoso que acabó con nosotras pidiendo pizza, y dos que estaban bien pero no eran excelentes. Este era el segundo éxito.

—Estoy de acuerdo, dijo Sam. —Papá habría odiado esto. Arrugó la nariz con desprecio.

—Papá odiaba todo, escupió Bianca.

—Niñas. Me esforzaba por no hablar mal de su padre delante de ellas. Nunca quise que pensaran mal de él. Claro que, su novia apareciendo durante la cena no había ayudado. Ellas sabían exactamente lo que había pasado entre nosotros, y definitivamente tenían edad suficiente para entenderlo. Y teniendo en cuenta que Dawson apenas había estado en contacto con ninguna de ellas desde que se mudó, no le estaba haciendo ningún favor.

—No tienes que defenderle, mamá, dijo Bianca. —Es un imbécil.

—Ese lenguaje.

—Sigue siendo nuestro padre, Bianca, pero no puedo decir que no sienta lo mismo, intervino Sam. Se volvió hacia mí. —Papá te engañó, más de una vez. ¿Cómo puedes posiblemente estar de su lado?

—No estoy de su lado. ¿Por qué pensaríais que estoy de su lado?

—Porque cuando somos sinceras sobre él, te enfadas con nosotras. Bianca me sostuvo la mirada con la suya. Mirar a mi hija de dieciséis años era como mirarme en un espejo, pero con rizos hasta los hombros en lugar de mi corte pixie. Tenía tantas esperanzas para mis niñas, pero la ira que sentían por su padre lo empañaba todo.

—No estoy enfadada contigo —suspiré—. No quiero que odiéis a vuestro padre. Lo que él hizo no tiene nada que ver con vosotras.

—¿En serio? Porque no lo parece. Apenas hablamos con él. Él se fue...

—Yo le dije que se fuera.

Bianca suspiró y negó con la cabeza. —De eso estoy hablando. Te estás culpando por echarle. ¿Y dónde está su culpa? Él fue quien estuvo con otra persona. Él fue quien hizo que le dijera que no a Andrew cuando me invitó al baile de graduación el año pasado. Él fue quien...

—Espera, ¿qué? —Miré a mis hijas. Sam estudiaba su plato, y Bianca parecía no haber querido admitir lo que dijo —. ¿De qué estás hablando? ¿Alguien te invitó al baile y tu padre te dijo que no fueras?

Bianca miró a Sam, pero Sam solo se encogió de hombros. Bianca suspiró. —Papá no me dijo que no fuera con Andrew, pero él es la razón por la que dije que no. ¿Cómo se supone que debo salir con alguien? ¿Cómo se supone que debo mirar a cualquier chico y confiar en que no me va a engañar y romperme el corazón? Simplemente no es posible.

—Oh, Bianca, lo siento tanto. —Me levanté y abracé a mi hija mayor, sintiendo la ira y el dolor que vibraban a través de ella—. No sabía que lo estabas pasando tan mal. Sabes que no todos los hombres van a engañar, ¿verdad? No todos los hombres son como...

—Como papá —dijo Samantha. Dejémoslo a la quinceañera ser tan concisa—. Pero algunos lo son. Paul dijo que su padre estuvo involucrado con otra persona antes de dejar a su madre. Y una chica de mi clase de matemáticas dijo que lo mismo les pasó a sus padres. Me gusta mucho Paul, pero cuando lo veo hablando con otra chica... Estoy con Bianca.

Suspiré profundamente y llevé a ambas chicas al sofá, una a cada lado de mí. Pasé un brazo alrededor de cada una y les besé la parte superior de la cabeza. —Vuestro padre no era feliz. No puedo explicar por qué porque realmente no sé por qué. Pero vuestro padre no es el modelo para todos los hombres. Hay muchos hombres que son buenos y fieles. Hombres que nunca ni siquiera pensarían en engañar a una mujer.

—Sí, pero ¿cómo sabes cuál es cuál? —preguntó Sam.

Respiré hondo y les dije la verdad. —A veces no lo sabes. Yo quería a vuestro padre. Cuando nos conocimos, pensé que era divertido y me hacía sentir especial. Quería estar cerca de él. Me invitó a salir, y me gustó la idea de que un hombre que otras chicas consideraban atractivo me quisiera a mí. Quizás eso fue superficial por mi parte, pero es la verdad. Nunca pensé que acabaría engañándome. Incluso cuando Haley apareció aquí, seguía en estado de shock. Pero si pudiera volver atrás y hacerlo todo de nuevo, lo haría. Seguiría eligiendo casarme con vuestro padre porque, aunque acabó mal, tuvimos buenos momentos. Teneros a las dos, mudarnos a esta casa, veros crecer. Yo quería a vuestro padre.

—No creo que sea tan fuerte como tú, mamá —susurró Bianca—. No creo que pueda hacerlo.

—No soy fuerte. Solo estoy haciendo lo que creo que es mejor ahora mismo.

—¿Vas a empezar a salir con alguien? —preguntó Sam.

Esa pregunta. Esa dolía. Podía contarles cualquier cosa sobre Dawson. Cómo nos conocimos, cómo nos enamoramos, cómo construimos una vida juntos. Pero después de veintidós años con un hombre, un hombre que me destrozó y me hizo cuestionarlo todo, estaba más de parte de mi hija mayor. No estaba segura de poder confiar en otro hombre. Ni de estar dispuesta a intentarlo.

—No vas a hacerlo. Puedo verlo en tu cara —dijo Bianca—. Tú también tienes miedo. Entonces, ¿por qué deberíamos salir con alguien?

—No estoy diciendo que debáis hacerlo. —Aparté el pelo de la cara de Bianca e intenté que el dolor en sus ojos marrones no me destrozara—. Tienes que decidir si quieres salir con alguien. Pero no quiero que dejéis de vivir vuestra vida. No quiero que te niegues a ir al baile de graduación con alguien que te gusta porque temes que un día pueda no serte fiel.

—¿No es eso lo que estás haciendo tú? —preguntó Bianca.

Tomé aire y forcé una sonrisa. —Estoy sanando. Estuve casada con vuestro padre durante mucho tiempo, y salimos juntos durante años antes de eso. Estuve con él durante más de la mitad de mi vida. No es fácil dar la vuelta y dejar entrar a alguien nuevo. Cambiar el chip y estar bien con volver a salir con alguien.

—¿Crees que lo harás algún día? —preguntó Sam.

Me encogí de hombros. —No lo sé. Tengo un trabajo que me encanta y os tengo a vosotras dos. No siento que me falte nada en mi vida ahora mismo. Tampoco sé si estoy dispuesta a hacer hueco en mi vida para alguien más.

—¿Por qué no está casado el tío Brantley? —preguntó Bianca.

—¿Brantley? Um, yo... No lo sé. —La idea de que Brantley se casara me dolía más de lo que debería. No tenía ningún derecho sobre él. Ningún derecho a desear que siguiera soltero para tener un amigo.

—Solo me preguntaba si es como papá. O si es un buen hombre —dijo Bianca.

—El tío Brantley es un hombre increíble. Nunca engañaría a nadie. La firmeza en mi voz era algo que mis chicas no escuchaban a menudo, y sabían que significaba que hablaba en serio.

—Yo también pensaba eso. Pero está soltero. ¿Por qué no está casado o saliendo con alguien? —preguntó Sam.

—No lo sé. Tendrías que preguntárselo a él. Me puse de pie, necesitaba terminar la conversación sobre Brantley. Hablar sobre sus citas no debería molestarme, pero lo hacía.

—¿Va a venir a cenar esta semana? —preguntó Bianca.

Recogí nuestros platos de la mesa y me encogí de hombros. —Probablemente. Está remodelando su cocina, así que va a tener problemas para cocinar. Quizás venga unas cuantas veces. Si a vosotras os parece bien.

Ambas asintieron.

—Sí, adoramos al tío Brantley —dijo Bianca.

—Yo también.

Las chicas me ayudaron a recoger la mesa y a guardar las sobras. Les pregunté si querían ayudarme a hornear barritas de limón para llevarle a Brantley al entrenamiento mañana, y ambas aceptaron. Mientras las barritas estaban en el horno, nos acomodamos en el sofá y pusimos una película. Una comedia romántica donde el protagonista definitivamente no engañaba a nadie.

Sonó el temporizador de las barritas de limón, y las saqué del horno. Tenían un aspecto perfecto. Y olían aún mejor. Tomé una foto rápida y se la envié a Brantley. Recibí una respuesta casi inmediatamente.

Eres una provocadora. No estoy seguro de poder esperar hasta mañana para probar una.

Acaban de salir del horno.

Se me hace la boca agua.

Puedes venir. Solo estamos viendo una película.

No quiero interrumpir vuestra noche.

No interrumpes. Estábamos hablando de ti antes. A las chicas no les importará.

¿Debería preocuparme? ¿Por qué hablabais de mí?

Las chicas preguntaban si todos los hombres son infieles. Todas coincidimos en que tú jamás lo pensarías siquiera.

De acuerdo. Ni en un millón de años. Todas vosotras merecéis algo mejor.

Gracias. También preguntaron por qué no estás casado o saliendo con alguien. Les dije que tienen que preguntártelo a ti.

Me has dejado en la estacada. Ya veo.

No ha sido adrede. Simplemente no sé la respuesta.

La pregunta más difícil de la vida.

Sonreí. Yo me había preguntado lo mismo a lo largo de los años, pero nunca había tenido el valor de preguntárselo. Ahora que lo había hecho, seguía sin saberlo.

Quizás nunca sabría por qué Brantley Pierce seguía soltero. Pero tampoco estaba segura de que importara.

¿Hablas en serio sobre que vaya a tu casa?
Porque estoy de camino si es así.

Siempre eres bienvenido aquí.

Nos vemos pronto.

Apreté el móvil contra mi pecho e intenté no emocionarme demasiado. Era mi amigo. Solo un amigo. Que viniera a casa no tenía nada que ver conmigo y todo que ver con las barritas de limón.

Pero no era en absoluto por eso por lo que las había hecho. Para nada.

3

BRANTLEY

*H*abía terminado una semana de entrenamiento y también una semana de renovación de la cocina. No estaba seguro de cuál era más difícil. Los jadeos y resoplidos de los corredores al final de la semana eran suficientes para votar por el entrenamiento, pero mis propios jadeos cuando cargué los últimos armarios de mi cocina hasta la basura me hacían pensar que quizá la renovación se llevaba el primer puesto.

De cualquier manera, ambas cosas eran un asco.

Como también lo era pasar mi viernes por la noche, el último del verano, solo en mi cocina vacía. Mi vida no era lo que siempre había esperado que fuera. Era mi culpa, pero era duro saber que nada había resultado como esperaba.

Aparté estos pensamientos melancólicos y examiné el espacio vacío. Era enorme sin todos los muebles. Un buen problema para tener. Y con toda la cocina desmontada, hasta los montantes, estaba listo para empezar a reconstruirlo todo.

Todo se desmontó más fácilmente de lo que esperaba, por eso también quité el cartón yeso. Tenía suficiente experiencia en renovaciones para saber que siempre hay una razón cuando las cosas son fáciles. Mi razón fue una antigua fuga de agua detrás del frigorífico que pasó inadvertida durante mucho tiempo. La podredumbre era lo bastante grave como para que tuviera sentido reemplazar el aislamiento y reforzar la estructura de las paredes. De todas formas necesitaba quitar parte para las nuevas puertas correderas, así que no supuso un gran impacto en el presupuesto, pero cambiaría el cronograma.

Knox seguía insistiendo en que podría terminar para Año Nuevo.

Estaba a punto de pedir la cena cuando me llegó un mensaje de Valentina.

¿Vas a ir al cine esta noche?

¿Qué cine?

El pueblo organiza un evento grande este fin de semana. Hay actividades durante todo el fin de semana. Esta noche proyectan una película en el Parque Catherine.

Justo iba a pedir la cena y meterme en la ducha. Parezco recién salido de la playa con todo el polvo que llevo encima.

Deberías venir con nosotros esta noche. Pensaba preparar una cena tipo pícnic para la película.

Valentina me estaba invitando a pasar la tarde con ella. ¿Por qué estaba dudando?

Suena divertido. ¿A qué hora tengo que estar listo?

La película empieza dentro de una hora. Íbamos a ir caminando pronto.

Puedo estar en tu casa en veinte minutos si podéis esperarme.

Perfecto. ¿Estás seguro?

Siempre, Vee. Te veo en un rato.

Me fui desvistiéndome mientras caminaba por la casa, llevando mi ropa sucia y polvorienta al baño. Eché la ropa al cesto, luego abrí el agua caliente. Dejé el móvil en la encimera y me metí bajo el chorro caliente.

No había corrido tanto durante el verano como solía hacerlo, y tenía los músculos doloridos. Todos los veranos anteriores no tenía nada que hacer ni nadie con quien pasar el tiempo. Siempre veía a Valentina y al resto de su familia, pero no tanto como este verano. Sin Dawson por aquí, pasé más tiempo con ellos que en cualquier otro verano. No me quejaba, pero entre sus dulces y mi falta de ejercicio, lo estaba notando.

No es que fuera a contárselo a mi equipo. O a Jana.

Me duché rápidamente, lavándome el pelo dos veces para asegurarme de que saliera todo el polvo, luego cerré el agua y cogí la toalla. Me sequé mientras caminaba por el dormitorio hasta el armario, eligiendo unos bóxers ajustados, pantalones cortos y una camiseta para la noche.

Mi pelo, que me llegaba hasta los hombros, seguía mojado cuando terminé de vestirme, así que me lo recogí en un moño y agarré las llaves, deseando llegar a casa de Valentina lo antes posible.

Ella abrió la puerta un minuto después de que yo tocara el timbre y me miró con el ceño fruncido. —Te he dicho que no hace falta que esperes a que te abra. Tienes llave por algo.

—No es mi casa, Vee. No quiero pillarte en una posición comprometida. Moví las cejas para provocarla mientras mi polla se endurecía con solo pensarlo.

Valentina puso los ojos en blanco y se alejó. —Por favor. No me preocupa en absoluto. No hay nada que comprometer por aquí.

—Puede que algún día empieces a salir con alguien.

Resopló. —No en un futuro cercano.

La seguí hasta la cocina, dejando caer el tema. Tampoco quería pensar en ella saliendo con alguien. Ni con Dawson, ni con nadie. Ya fue bastante doloroso verla enamorarse de él. Ver cómo se enamoraba de otro tío podría matarme.

—Las chicas ya han empezado a caminar. Querían encontrar a sus amigos. ¿Puedes llevar esto por mí? Se giró y me entregó una pequeña bolsa con botellas de agua y una botella de vino.

—Lo tengo. ¿Qué más llevas?

Cogió la enorme cesta de la encimera y asintió. —Todo listo.

—Déjame llevar eso, le dije. Apenas podía sostenerla, y mucho menos cargarla.

—Puedo con ella.

—Vee, estoy aquí mismo. Déjame ayudarte.

Dudó, y luego me entregó la cesta. —Gracias.

Su voz suave era suficiente pista, pero la forma en que evitaba mi mirada indicaba que había metido la pata. —¿Por qué te molesta que lleve la cesta?

Negó con la cabeza y se dirigió hacia la puerta.

La seguí con la cesta y la bolsa en la mano. Fuera lo que fuese lo que estaba pasando, parecía importante, y no iba a dejar que se saliera con la suya ignorándome. —Habla conmigo, Vee. ¿Qué he hecho? Lo último que pretendía era disgustarte.

Se rio y negó con la cabeza. —No lo hiciste. Es solo que... —Me miró con los ojos llorosos—. —Estuve casada durante veintidós años. Dawson y yo salimos durante cinco años antes de eso. Pasé veintisiete años de mi vida con él. ¿Sabes cuántas veces se ofreció a cargar todo por mí? ¿Cuántas veces intentó ayudar cuando íbamos a eventos como este? Diablos, ¿cuántas veces asistió a estos eventos?

Estaba bastante seguro de que sus preguntas no requerían respuesta, así que simplemente esperé a que terminara de expresar sus pensamientos. Especialmente cuando también estaba seguro de que podía adivinar la respuesta.

—Ninguna. En veintisiete años, Dawson me ayudó cero putas veces. Nada. Veintisiete años. Cuando había algún evento, decía que estaba demasiado cansado de viajar. Por supuesto, ahora sé que estaba demasiado cansado de follarse a otras mujeres. Nunca hizo nada conmigo. Nada de lo que yo quería hacer. ¿Por qué me casé con él?

De nuevo, no estaba seguro de si quería una respuesta, pero entonces me miró con esos grandes ojos marrones que me hacían sentir simultáneamente como el hombre más importante del mundo y el más insignificante. Yo importaba si ella me miraba, pero esta era Valentina Hayes. La mujer que tenía mi corazón y hacía girar el mundo para mí. La gente la adoraba. Era especial y era impresionante y no era mía. Lo que me hacía sentir como si yo no fuera nada.

—Cuando nos presentaste, yo estaba coladísima por ti. Quería pedirte una cita, pero tenía demasiado miedo. Me alegro de no haberlo hecho nunca porque eso habría sido un desastre. Pero entonces apareció Dawson, y de alguna manera pensé que tú esperabas que me gustara para que no estuviera encima de ti todo el tiempo. Era muy tímida y estaba muy asustada por la universidad, y sé que era una pesada. Siempre me sentí mal por la forma en que te agobié cuando nos fuimos. Por cómo me interpuse en tus relaciones.

Todo lo que dijo se mezcló en mi mente como si lo hubiera escupido en una batidora y la hubiera puesto al máximo. No podía procesarlo todo con suficiente rapidez. Sabía que necesitaba responder, decirle que había malinterpretado todo, pero había tanto en lo que dijo que no podía encontrar la manera de explicárselo todo.

—En fin, solo quería pedirte perdón por todo aquello de hace años y asegurarme de que no estoy haciendo lo mismo otra vez. Cuando las chicas preguntaron el otro día por qué nunca te habías casado, me di cuenta de que estaba haciendo lo mismo que hice entonces. He estado monopolizando tu tiempo y evitando que ligues. No lo hago a propósito.

—No estás evitando que ligue—conseguí decir al fin.

Se rio. —Bueno, evitando que consigas pastelitos de limón, o lo que sea. No quiero que sientas que siempre tienes que dejarlo todo por mí. Sé que soy la patética divorciada, pero te prometo que pronto me recompondré.

—No eres patética. Y no tienes que recomponerte para nada. Eres increíble. Y estoy aquí porque quiero estar. Te quiero, Vee. Eres la persona más importante en mi mundo. Haría cualquier cosa por ti. En cualquier momento.

Me sonrió, con los ojos brillando de alegría en lugar de las lágrimas que tenían hace solo unos minutos. —Gracias, Bee. Realmente no sé qué haría sin ti. Pero eso no significa que no me las arreglaría. Lo siento. Estoy haciéndolo otra vez. Uf.

—No estás haciendo nada. Ahora, cuéntame otra vez cómo tenías ese enorme enamoramiento por mí cuando íbamos a la universidad.

Se rio. —Oh, tú sabías perfectamente que lo tenía. Era tan obvia. Me acompañó fuera de la casa y cerró la puerta con llave antes de girarse hacia el pueblo. Se colgó la bolsa de bebidas al hombro y me dejó con la cesta. Deslizó su mano sobre mi brazo, caminando cerca de mí.

—Te prometo que no sabía que te gustaba.

Negó con la cabeza. —No sé cómo es posible. Me gustaste durante casi todo el instituto, y cuando ambos elegimos la misma universidad, me preocupaba que pensaras que solo iba allí porque sabía que tú irías.

—Yo sabía que ibas allí antes de elegirla, confesé.

—Oh, bueno, eso es bueno. No quería que pensaras que era una acosadora o algo así. Pero en fin, simplemente... No sé. Siempre pensé que eras mono, y siempre fuiste amable conmigo. Supongo que esperaba que cuando estuviéramos lejos de Cala MacKellar sería diferente y encontraría la manera de decirte que me gustabas. Entonces me presentaste a Dawson, y él apareció y me hizo sentir como si te estuviera molestando si preguntaba qué hacías cuando salíamos.

—¿Él qué? Mi sangre hirvió ante la idea.

—No fue gran cosa. Me dijo que estabas saliendo con muchas chicas y yendo a fiestas. Es decir, ¿para eso era la universidad, no? Todo salió bien. Supongo. Si consideras que ambos estamos solteros a los cuarenta y cinco. Mierda, eso es deprimente.

Solté una risa ahogada.

—No tú. Maldita sea. No me refería a ti. Me refería a mí. Yo soy deprimente. Tú eres increíble, y cualquier mujer tendría suerte de tenerte.

—¿Incluso tú?

—Joder, sí, yo. Soy la más afortunada de todas porque ya te tengo en mi vida. Eres mi mejor amigo, Bee.

—Y estabas completamente colada por mí.

Ella gimió. —Nunca debería haber admitido eso. ¡Bah! Pero sé que es lo mejor que nunca saliéramos juntos. Lo habría estropeado todo y ahora ni siquiera seríamos amigos.

—No sabes eso.

Ella se encogió de hombros. —Quizás no. Pero sí sé que si no me hubiera casado con Dawson, no tendría a mis niñas, y eso es imposible de imaginar.

—Sí, sí que lo es—admití. Por mucho que deseara haber

sabido lo de su enamoramiento hace décadas, nunca desearía que Bianca o Samantha no existieran.

El ruido de la multitud explotó cuando doblamos la esquina y vimos el parque. Estaba abarrotado. No solo concurrido, sino desbordado de gente. Cada trozo de césped estaba cubierto por una manta o toalla. Las sillas, llenas. En las aceras había personas haciendo cola en sillas. Incluso las calles alrededor del parque estaban repletas de gente.

—Vaya. Esto es más grande de lo que pensaba. ¿Cómo vamos a encontrar a las chicas?

—Las encontraremos—le aseguré.

Los ojos de Valentina se abrieron más a medida que nos acercábamos a la multitud. Nunca le habían gustado los grandes grupos de personas, y esta multitud era enorme. Alguien tropezó con ella, luego se disculpó y la saludó. Una y otra vez, nos empujaban otras personas que caminaban alrededor, tratando de encontrar su sitio y a su gente.

—¡Valentina!—gritó alguien por encima del ruido.

Ambos nos giramos y vimos a Goldie saludándonos desde una gran manta. Karissa estaba junto a Goldie en otra manta. Nos acercamos a ellas y encontramos a Bianca y Samantha.

—Esto es una locura—suspiró Valentina mientras abrazaba a sus amigas.

—Lo es—coincidió Goldie. —Patrick llegó temprano y colocó nuestras mantas para que tuviéramos sitio. Xavier dijo que este era el mejor lugar para sentarse a ver la película.

Patrick era el asistente de Goldie y su novio. Xavier dirigía el Cine de Cala MacKellar y estaba casado con Karissa. No conocía bien a ninguno de los dos, pero las pocas veces que había ido a la noche de chicos en el O'Kelley's, fueron amables y cordiales. Lo agradecía, especialmente de Xavier, dado que había tenido una cita con Karissa hace un tiempo.

—Los niños deambularon un rato, pero es casi difícil

caminar por aquí. Esto es mucho más grande de lo que esperaba —dijo Karissa.

Karissa diseñaba aplicaciones, incluida la aplicación de citas online más popular de la zona. Un montón de parejas locales habían empezado en En Busca del Galán de Papel. Yo había tenido algunas citas a través de ella, incluida la que tuve con Karissa, pero ninguna cuajó, como todo lo demás que había intentado.

—Nadie está preparado para despedirse del verano —dijo Goldie. Como Directora de Turismo de Cala MacKellar, era la encargada de asegurarse de que eventos como el que estaba ocurriendo fueran un éxito.

—No estoy lista para volver al instituto —dijo McJenna. La hija de Xavier tenía dieciséis años, como Bianca, y estaba en el equipo de campo a través. Era inteligente, buena corredora y una chica agradable.

Los otros chicos asintieron con McJenna antes de volver a sus conversaciones.

Valentina se sentó cerca de Goldie, y luego dio una palmadita en la manta junto a ella para que me sentara. Dejé la cesta delante de ella y me senté frente a ella, ya que el sitio en el que intentaba que me metiera era demasiado pequeño.

Valentina me sonrió, con un toque de decepción en sus ojos. No estaba seguro de a qué se debía, pero no tuve tiempo de pensarlo antes de que empezara a descargar la cesta de comida que fácilmente podría alimentar a todos nosotros y a la mitad del resto del pueblo.

Pasamos queso y galletas, embutidos, frutos secos y frutas frescas. Valentina tenía botellas de agua para todos, pero los demás habían traído sus propias bebidas. Compartieron su comida, y Valentina compartió la suya, y todos hablaban del otoño, del colegio y de retomar las rutinas.

Yo era el único allí que no vivía con un adolescente, al menos a tiempo parcial. Mientras todos hablaban, yo simplemente me quedé sentado y escuché. Siempre veía el otro lado de las cosas, el lado del profesor. Solo tenía que preocuparme por mí. Establecía mis rutinas sin la aportación o influencia de nadie más.

De repente, la soledad de mi vida se sintió abrumadora. Me disculpé y me levanté de la manta. Deambulé entre la multitud, pasando junto a familias y parejas, y me pregunté qué demonios estaba haciendo allí.

Me reí para mis adentros. Sabía lo que estaba haciendo allí. Estaba jugando a las casitas con mi mejor amiga. Me estaba mintiendo a mí mismo y esperando que ella pudiera fijarse en mí. Deseaba que el enamoramiento que admitió tener hace más de dos décadas siguiera latente en el fondo.

Era un completo idiota.

Si me quisiera, no habría dicho que estar juntos habría sido una mala idea. Si me quisiera, me lo habría dicho. No lo hizo. No lo había hecho en mucho tiempo.

—¿Estás bien? —me preguntó justo detrás de mí, un segundo antes de que su mano tocara mi hombro.

Resistí el impulso de apartarme. Anhelaba su contacto, pero no el de mi mejor amiga. Quería el contacto de la mujer que amaba. La mujer que intentaba con todas mis fuerzas no amar. La mujer de la que finalmente me daba cuenta que nunca iba a poder olvidar, sin importar cuántas veces me dijera a mí mismo que era una tontería amarla.

—Sí, todo bien —me obligué a decir mientras me giraba para mirarla.

Su mano cayó cuando me giré, pero su mirada fue certera. Entrecerró los ojos y me observó atentamente. —¿Te está afectando la charla sobre ser padres?

Negué con la cabeza. —Qué va. Siempre he querido tener hijos.

—Nunca me lo habías dicho.

Me encogí de hombros. —Supongo que hay muchas cosas

que nunca nos contamos. Como que tú estabas colada por mí.

Puso los ojos en blanco y se rio, como esperaba que hiciera. Se apoyó contra mi costado y me rodeó la cintura con el brazo. Yo pasé el mío por su hombro y dejé que me guiara de vuelta a la manta donde sus amigas e hijas nos esperaban.

Señaló el lugar donde había estado antes y esperó a que me sentara, luego se sentó a un palmo delante de mí. Mis muslos enmarcaban los suyos. Era íntimo sin resultar inapropiado. Era mi mejor amiga. Nos habíamos sentado así antes. Pero no desde hacía años.

Y así de rápido, supe por qué nunca superaría a Valentina. Porque era imposible no amarla. Y no tenía ninguna esperanza de alejarme de ella.

4

VALENTINA

Mi cuerpo se acaloró mientras me obligaba a centrarme en la película que comenzaba en la pantalla. ¿Por qué pensé que era buena idea sentarme delante de Brantley?

No pensé. Por eso fue. Como Goldie y Patrick y Karissa y Xavier estaban sentados juntos, simplemente volví a caer en ser la mitad de una pareja. No importaba que en realidad no estuviéramos juntos, estábamos allí juntos.

Estaba hecha un lío.

Vi la película sin prestarle ninguna atención en realidad. Cada vez que Brantley se movía, lo sentía. Cada roce de su muslo contra el mío, cada cambio de postura de su cuerpo, cada larga exhalación, lo sentía. Y todo lo que hacía era calentar aún más mi cuerpo.

Tan pronto como terminó la película, me levanté de un salto de mi asiento. Otros a nuestro alrededor comenzaban a moverse, así que no parecía demasiado loca. Miré alrededor buscando una excusa ya que todo nuestro grupo estaba sentado.

—Necesito ir al baño. Vuelvo enseguida.

—Iré contigo —dijo Goldie—. He bebido demasiado estando aquí sentada.

Nos dirigimos hacia los aseos temporales alineados en la parte trasera del edificio más cercano. Odiaba usarlos, pero con público no podía simplemente dar una vuelta durante un minuto y fingir.

—¿Qué está pasando entre Brantley y tú? —susurró Goldie una vez que estábamos algo alejadas de los demás.

—Nada —solté. Demasiado rápido.

Las cejas de Goldie se alzaron y su cara se frunció en una de esas expresiones de incredulidad. Me conocía demasiado bien.

—Es mi mejor amigo —¿No era eso una explicación?

—¿Y?

Negué con la cabeza. —Simplemente está ahí. Ha estado ahí para nosotras. Siempre estuvo ahí, pero desde que Dawson se fue, ha sido mucho más que un amigo.

Aquellas cejas se dispararon hacia arriba de nuevo, y me di cuenta de lo que había dicho.

—No es lo que parece. No ocurrió nada, y no va a ocurrir nada. Brantley no está interesado en involucrarse con una divorciada de mediana edad cuyos hijos entrena.

—Tal vez no con cualquier divorciada de mediana edad cuyos hijos entrena, pero creo que podría estar interesado en involucrarse contigo.

Bufé y puse los ojos en blanco. Avanzamos en la fila para el baño mientras más gente se agolpaba detrás de nosotras.

—No está interesado en mí.

—¿Es esa la única razón por la que no pasó nada?

—No. No estoy buscando citas. No estoy preparada.

—Cielo, no creo que nunca se esté preparada. Es como tener hijos. Simplemente te abrochas el cinturón y rezas para no fastidiarlos más de lo que la terapia pueda arreglar.

Se me escapó una carcajada. —Eso es verdad. —Me mordí el labio. Siempre había sentido algo por Brantley, pero ¿salir con él? No estaba preparada. No cuando el único hombre que me interesaba considerar era precisamente aquel que no podía permitirme perder en mi vida. ¿Y si todo saliera mal y lo perdiera para siempre? No era una opción.

—Solo digo que esta noche parecíais bastante cómodos juntos.

—Solo somos amigos —dije.

Por suerte, la persona delante de mí salió de la fila del baño y pude escapar de la conversación. Contuve la respiración y usé el baño, agradecida de que el dispensador de gel desinfectante estuviera bien surtido dentro y pudiera más o menos limpiarme las manos.

Esperé a un lado a Goldie, agradecida de que no dijera nada más sobre Brantley en nuestro camino de vuelta hacia los demás. Cuando llegamos, las mantas y las cestas ya estaban recogidas, y todos nos esperaban.

—¿Listas para volver? —preguntó Brantley.

Asentí. Todos nos despedimos y nos marchamos en diferentes direcciones.

Las chicas caminaban un poco por delante de Brantley y de mí, charlando sobre la película y sobre los entrenamientos. Su primera competición era dentro de solo dos semanas, y por lo que se oía, estaban emocionadas.

—Estás haciendo un gran trabajo con el equipo —dije en voz baja para que las chicas no me oyeran.

—Gracias. Me encanta. Correr es lo que me mantiene cuerdo la mayor parte del tiempo.

Me reí. —Teniendo dos adolescentes, solo puedo imaginar lo agotador que debe ser tener veinte o más a la vez. Los profesores son increíbles.

—Sí —dijo de una manera que me hizo pensar que esa no era la causa de su estrés.

—¿Estás bien?

Me miró de reojo y sonrió, luego dirigió su mirada al suelo. —Todo bien.

—Oye. —Puse mi mano en su brazo para detenerlo y esperé a que las chicas se adelantaran un poco—. —¿Qué está pasando?

Tomó aire profundamente, su pecho se elevó. Lo soltó lentamente y encontró mi mirada. La suya era ardiente, encendida, como si estuviera conteniendo un deseo que nunca antes había visto en él.

Me sentí atraída hacia él, como una polilla a la llama. Nunca había entendido esa expresión antes, pero al mirar a los ojos de Brantley y ver esa pasión correspondida me hizo anhelarle de una manera que jamás había conocido.

Una risita detrás de mí me sacó del trance en el que estaba. —Me alegro de verte, entrenador. Ally dice que lo está pasando genial en los entrenamientos. No puedo esperar a verte en acción.

Si alguien me hubiera echado un cubo de agua helada por encima, no habría estado más sorprendida. Brantley no me estaba mirando así a mí. Estaba mirando a la madre de Ally, Becky. Becky era joven y guapa, con un cuerpo firme y respingón del que instantáneamente sentí celos. Nunca había tenido motivos para estar celosa de ella, ni de ninguna mujer, pero ver la sonrisa que curvaba los labios de Brantley mientras hablaba con ella me hizo querer arrancarle los ojos a la otra mujer.

Fui tan tonta. Ahí estaba yo, imaginando que Brantley me deseaba, y lo único que estaba haciendo era fijarse en la madre guapa que estaba detrás de mí.

Forcé una sonrisa y me di la vuelta para alejarme. Las chicas estaban una manzana entera por delante de nosotros, y Brantley estaba hablando con Becky, así que tenía que irme.

Durante el resto del paseo, me reprendí a mí misma por perderme en la fantasía de que Brantley pudiera desearme. Ahí mismo obtuve mi respuesta sobre por qué no estaba casado. ¿Por qué iba a sentar cabeza cuando podía acostarse con cualquier mujer del pueblo? O con todas las mujeres del pueblo.

No importaba, de todos modos. Yo no tenía ningún derecho sobre él. Nunca lo tuve. Nunca lo tendría. Enfadarme por ello cuando yo era la que estaba casada y no disponible durante la mayor parte del tiempo que nos habíamos conocido solo me convertía en una hipócrita.

Brantley me alcanzó cuando giré hacia mi calle. Se disculpó por haberse detenido a hablar con Becky, pero le quité importancia con un gesto.

—No tienes que explicarme nada. Estás soltero y ella es atractiva.

Me detuvo en la entrada cuando las niñas entraban en la casa. —¿En serio crees que estoy interesado en Becky?

Me encogí de hombros. —No es asunto mío, Bee. Te quiero y deseo que seas feliz. Si ella te hace feliz, aunque sea solo por una noche, adelante. No te juzgo. Te lo prometo.

Se me quedó mirando un minuto entero sin decir palabra. Cuando empecé a sentirme incómoda, por fin habló. —A veces me sorprende lo poco que nos conocemos.

—¿Qué quieres decir?

—Quiero decir que tú sentías algo por mí en el instituto, y crees que voy a acostarme con la madre de uno de mis alumnos.

—No pienso eso. Solo digo que no quiero interponerme en tu camino.

—Créeme, Vee, tú nunca te interpones en mi camino. Te elegiré a ti por encima de cualquier otra mujer del pueblo, siempre.

Sus palabras enviaron una espiral de calor a lo más

profundo de mi vientre. No lo decía de la manera que yo lo interpretaba, pero no iba a pedirle que lo aclarara. En su lugar, le tomé el pelo y devolví las cosas a como siempre habían sido entre nosotros. —Eso es solo porque te mantengo abastecido de barritas de limón.

Sonrió, y luego soltó una risa que pareció forzada. —Ese no es ni de lejos el único motivo. Te quiero, Vee.

—Yo también te quiero —dije, entrando en sus brazos abiertos y dejando que me estrechara contra él. El calor de su cuerpo calentó mi piel en el aire nocturno que se iba enfriando lentamente. Mi corazón latía con fuerza, su cercanía me relajaba y me excitaba al mismo tiempo.

Hacía mucho tiempo que nadie me abrazaba así. Claro, Brantley me daba abrazos, pero que me sostuviera como lo hacía en ese momento era diferente. Tan diferente que me hizo llorar y desear que las cosas fueran distintas.

Sorbí por la nariz, y él inmediatamente retrocedió. Su mirada demasiado observadora escudriñó mi rostro antes de envolverme de nuevo y besarme la parte superior de la cabeza. —Ojalá pudiera quitarte todo el dolor.

No respondí. No podía contárselo. ¿Cómo iba a hacerlo? Él ya sabía que Dawson y yo llevábamos mucho tiempo sin dormir juntos antes de divorciarnos. Decirle que no solo mi marido dejó de querer sexo, sino que dejó de tocarme por completo, era una vergüenza que no estaba segura de poder expresar. Menuda forma de no sentirse deseable.

Y no era solo eso, era el hecho de que me quedé con él después de eso. Pensé que preparando la cena y siendo una buena esposa, él cambiaría. Volvería a quererme. Creía que era posible.

Fui una idiota.

Y por eso no iba a arriesgarme a salir con nadie otra vez. Al menos no pronto. No podía someterme a eso. No lo haría.

—Vamos a meter esto dentro, y luego me apartaré de tu camino —dijo Brantley, apartándose pero manteniendo su brazo a mi alrededor.

—Nunca estás en mi camino.

—Bien, entonces no me apartaré de tu camino.

Me reí con él. Abrió la puerta principal y se hizo a un lado para que yo entrara primero. Fue directamente a la cocina, desempacando la cesta y guardando las cosas. Cuando terminó, puso la cesta en la parte superior de la despensa, donde yo la guardaba.

Dawson nunca habría sabido dónde iba cada cosa. Y jamás habría ayudado a guardar las cosas. Habría ido directamente al dormitorio a darse una ducha, dejándome a mí para hacerlo todo.

—¿Quieres ver una película? —preguntó Brantley.

Sonreí. —Claro. —Normal. Así eran las cosas con Brantley. Perfectamente normales.

Necesitaba un poco de eso.

—¡NIÑAS! ¡El autobús llegará en cualquier momento!

Era el primer día de clase. Ninguna de nosotras estaba preparada. Les dije a las niñas que tuvieran sus cosas preparadas la noche anterior, ¿y lo hicieron? No. Por supuesto que no.

Así que estábamos con prisas. Trabajé hasta la tarde de ayer para que hubiera pasteles frescos en la Pastelería Cove al comenzar el día. Mi jefa, Harriett, siempre me dejaba entrar después de que las niñas estuvieran en el colegio. Ella se encargaba sola de la clientela matutina, sabiendo que la gente era paciente con ella y que nadie en Cala MacKellar sería descortés.

—¡Ya voy! —gritó Bianca. Unos pasos apresurados se dirigieron hacia mí. Al menos una de ellas se estaba moviendo.

—¡Yo también! —exclamó Samantha.

El autobús solía llegar tarde el primer día de clase, pero no podía arriesgarme. Necesitaba llegar al trabajo.

—¿Ya está aquí el autobús?

Negué con la cabeza. —Todavía no. Pero deberíamos salir a esperar. ¿Queréis que espere con vosotras o que finja que no tenéis madre?

Bianca resopló y puso los ojos en blanco. Samantha miró a su hermana.

—Mamá, todos nuestros amigos te conocen y te adoran —dijo Bianca.

—Eso no significa que queráis que esté fuera cuando subáis al autobús.

—Estás bien, mamá —dijo Bianca. Su teléfono sonó. —Ashley dice que el autobús acaba de recogerla.

—Vamos —les dije. Ashley vivía a la vuelta de la esquina, así que el autobús estaba casi llegando a nuestra casa.

Salimos justo cuando el autobús giraba hacia nuestra calle. No estaba segura de si tenían todo lo que necesitaban para el primer día, pero tenía esperanzas.

Ambas niñas me abrazaron. Las tres compartimos una risa. —Os quiero, niñas.

—Te queremos, mamá —dijeron a la vez.

Me soltaron y caminaron por el camino de entrada hacia la acera. El autobús se detuvo, y saludé con la mano al conductor, luego ellas subieron y se marcharon.

Me giré hacia la derecha y me di cuenta de que era su primer primer día de colegio sin Dawson. Con todos sus defectos, él siempre estaba allí para verlas subir al autobús el primer día de clase.

Hasta hoy.

Volví a entrar en casa y me senté en el sofá. Iba a haber muchas más primeras veces sin él. No estaba triste por mí, sino por mis niñas, que iban a echar de menos a su padre.

Desgraciadamente, no estaba segura de que él las echase realmente de menos.

Y eso me rompía el corazón.

No podía ir a trabajar sintiéndome tan decaída, así que hice lo que siempre hacía el primer día de clase: enviarle un mensaje a Brantley deseándole un buen día.

¡Feliz primer día de instituto! Que tus alumnos sean listos, tus palabras sabias y tus compañeros encantadores.

¡JAJAJA! Gracias. No sé por qué, pero hoy me siento un poco raro.

Debe estar en el aire. Me pasa lo mismo. Es la primera vez que Dawson no está aquí para el primer día de colegio.

Vaya. Lo siento. Deberías habérmelo dicho. Podría haber pasado por allí.

Está bien. No puedo tenerte haciendo de padre para mis niñas todo el tiempo. Ya es bastante malo que seas la única influencia masculina positiva en sus vidas.

Estoy encantado de estar ahí para todos vosotros siempre que me necesitéis. Os quiero mucho.

Nosotras también te queremos. ¿Estás listo para hoy?

Creo que sí. Me he dado cuenta de que es mi vigésimo año enseñando. Una locura.

¡Eso me hace sentir vieja!

Sí, yo también. Muchas cosas que quería en mi vida y que aún no tengo. Muchos pensamientos rondándome hoy.

Conseguirás todo lo que quieres. Eres un hombre demasiado increíble como para no lograrlo.

Espero que algún día.

Cruzo los dedos.

¿Estás trabajando hoy?

Sí.

¿Qué vais a hacer para cenar?

No estoy segura. Estaba pensando en hacer algo especial, como pedir comida a domicilio. ¿Quieres unirte a nosotros?

Esperaba que lo ofrecieras. Recogeré algo después del entrenamiento. Una vez que me duche y me cambie.

Suena genial. Gracias. Estoy muy agradecida por tenerte.

Lo mismo digo. Tengo que irme. Los niños están llegando. Que tengas un buen día.

¡Igualmente!

Sonreí al teléfono. Estaba deseando cenar con Brantley. Distraería a las niñas del hecho de que su padre no había llamado esta mañana y no estaba en casa para despedirlas en su primer día de colegio.

No iba a pensar en las otras razones por las que me apetecía cenar con Brantley. Era mi amigo. Eso era todo.

EL RESTO de la semana transcurrió con mucha más tranquilidad. Las niñas estaban preparadas, ningún profesor mandó deberes los primeros días y nadie mencionó nada sobre Dawson. Todo estaba bien.

El domingo por la noche, llamé a la puerta de Novios Literarios Ilimitados y esperé. Goldie estaba a mi lado, leyendo un correo electrónico en su móvil.

Finley MacKellar, la dueña y amiga nuestra, nos saludó con la mano mientras se acercaba a la puerta. Finley estaba casada con Trent MacKellar, el hombre cuya familia fundó Cala MacKellar. Tenían un adorable hijo de quince meses, George.

—Hola chicas —dijo Finley—. ¿Cómo estáis? —Nos abrazó a las dos y nos guio hacia la parte trasera de la librería donde un grupo de nosotras se reunía todos los domingos por la noche para el club de lectura.

El club de lectura era realmente una excusa para hablar de amor, vida y relaciones. Y comer tarta. Por eso iba yo.

—Bien —dije, sabiendo que Finley no me preguntaría más. No nos conocíamos muy bien, y como yo era la recién divorciada, nadie profundizaba demasiado en el horror de mi matrimonio. Todas ellas brillaban de felicidad y amor. No querían ver sus propias relaciones reflejadas en mi desastre.

—Yo también estoy bien. Solo resolviendo un asunto que Omar me ha enviado —dijo Goldie, con la vista todavía fija en su teléfono.

—¿Es tan buen jefe como esperabas? —preguntó Finley.

Omar Knight era el nuevo alcalde de Cala MacKellar. Ayudó a Goldie y Patrick a conseguir que el anterior alcalde dimitiera. Larga historia, pero con final feliz.

—Es genial —dijo Goldie sin dudar—. El pueblo va a

tener un verano increíble el año que viene con él al mando. Es creativo e inteligente, pero también está abierto a ideas y dispuesto a invertir dinero para hacer de Cala MacKellar lo que sé que puede llegar a ser.

—Eso suena emocionante —dijo Karissa. El grupo ya había empezado a comer las tartas que alguien había traído. Todas se turnaban para hornear algo cada semana. Karissa contó que cuando empezaron a reunirse solo eran unas pocas y una tarta era más que suficiente, pero ahora podían llegar a ser veinte mujeres, así que dos personas traían tarta cada semana.

No me importaba cuántas tartas hubiera siempre que no tuviera que hornearlas yo. Cuando me tocaba a mí, compraba una del trabajo. Me encantaba hornear, pero últimamente no había sido capaz de crear muchas recetas nuevas y comprar algo significaba que no se desperdiciaba.

Goldie y yo reclamamos asientos y aceptamos agradecidas trozos de tarta de Trinity y Elise. Todas charlamos sobre el comienzo del curso y el ambiente más tranquilo del pueblo ahora que la temporada turística estaba terminando. Casi habíamos acabado nuestra tarta cuando Finley dijo que no creía que viniera nadie más.

—¿Alguien leyó realmente este libro? —preguntó Elise, levantando el libro de bolsillo que habíamos acordado leer todos.

—Yo lo hice —dijo Finley.

—Claro que tú sí. Los has leído todos. ¿Alguien más? —preguntó Elise.

—Yo también lo leí —dijo Anna. —Fue increíble.

—¿Verdad? —preguntó Elise. —No podía soltarlo.

Mis mejillas se sonrojaron mientras miraba alrededor de la habitación. No había tenido tiempo ni de coger el libro, mucho menos leerlo.

—¿De qué trata? —preguntó Karissa—. —Yo no lo leí.

—Trata sobre encontrar alegría en las cosas sencillas. Saber qué te hace feliz y vivir tu vida en ese espacio —dijo Elise. —Realmente me hizo reflexionar sobre todos los años que pasé miserable después de Andy y antes de Colin. No estaba dispuesta a profundizar lo suficiente para ver qué me hacía sentir bien.

—Todas sabemos qué te hace sentir bien —bromeó Willow con Elise.

Elise sonrió con picardía. —Bueno, sí, pero hay mucho más que el sexo.

Willow jadeó. —Nunca pensé que te oiría decir algo así.

Elise se rio. Ellas dos eran las que siempre llevaban todas las conversaciones hacia el sexo. No es que hiciera falta mucho ánimo en este grupo, pero esas dos solían ser las que lo iniciaban.

—El sexo era lo único que permitía en mi vida en esa época. Mantenía todo lo demás a distancia —explicó Elise.

—¿Como qué? —preguntó Goldie.

Agradecí su pregunta porque yo también me lo estaba preguntando.

—Todo, dijo Elise. No me permití encontrar placer en nada. Aire fresco, buena comida, tiempo con amigos, nada. Olvidé lo que disfrutaba de la vida hasta que conocí a Colin y él volvió a sacarlo de mí.

—Pasé por lo mismo después de mi divorcio, dijo Goldie. Encontré alegría en algunas cosas, pero el placer era más difícil de alcanzar. Quizá tenga que leer este libro.

—Deberías, dijo Anna. Se sintió como una guía para encontrarte a ti misma. Ojalá lo hubiera leído antes de conocer a Hudson. Él va a hacer una búsqueda del placer conmigo.

—¿Una búsqueda del placer? —solté de golpe.

Anna asintió. —Sí. Estamos muy emocionados con ello.

—Yo también lo estaría, dijo Elise con una sonrisa pícara.

Anna se rio. —Nada de sexo.

—¿Qué? preguntó Willow. —¿Cómo demonios se experimenta placer sin sexo?

Yo también quería saber la respuesta a eso.

$\mathcal{A}$nna se rio. —¿En serio nunca has experimentado placer que no sea sobre sexo?

Willow arqueó una ceja y miró a Anna como si tuviera tres cabezas. —¿Felicidad? Claro. ¿Pero placer? Creo que estás confundiendo tus palabras.

Anna negó con la cabeza. —No. Placer. Simplemente significa estar complacida, encontrar disfrute o satisfacción. No tiene por qué ser sobre sexo.

—¿Y no estás teniendo nada de sexo? preguntó Willow.

Anna se rio. —No he dicho eso. Solo quería decir que no buscamos el placer únicamente en el sexo. Vamos. ¿Nadie más ha pensado en qué otras cosas te dan placer?

—Ver sonreír a George, dijo Finley.

—Cuando Ian termina un barco. La expresión de su cara, añadió Blake.

—Uno de los postres de Valentina, dijo Goldie. —Eso me da mucho placer.

—Un día en el agua al aire libre, dijo Elise.

—Estáis todas locas, insistió Willow.

Yo pensaba que eran brillantes. —Necesito hacer esto.

—Definitivamente deberías, dijo Anna.

—Estás de broma, dijo Willow.

Negué con la cabeza. —Estoy divorciada. Ahora mismo tengo un páramo estéril en los pantalones. Por elección propia. No me interesa el sexo.

—¿Ni siquiera a solas? cuestionó Elise.

—A veces, pero creo que ni siquiera sé quién soy ahora mismo. Habláis de esto, y soy como Elise antes de Colin. No se me ocurre ni una sola cosa fuera del sexo que me produzca placer. Ni una. Después de todo lo de Dawson, sin mencionar que tengo dos hijas adolescentes, no sé qué me gusta hacer.

—Deberías hacer una búsqueda del placer —dijo Anna—. Hudson se está divirtiendo pensando en ideas. Podemos compartir algunas contigo.

—Sí, quizás —dije. La idea me atraía, pero no recordaba la última vez que había hecho algo solo por el placer de hacerlo. Ni siquiera estaba segura de por dónde empezar.

—Bueno, creo que estáis todas locas. Simplemente tened más sexo. Eso me da placer todo el tiempo —dijo Willow con un guiño pícaro.

—Algún día te lesionarás un músculo intentando levantarte de la cama y entenderás por qué estoy haciendo esto —le dijo Anna.

—¿Te has lesionado un músculo? —preguntó Willow.

—Más veces de las que te puedes imaginar —dijo Anna con un gemido.

Elise y Willow intercambiaron una mirada. —No nos estamos haciendo viejas —dijo Elise.

Anna, Goldie y yo resoplamos.

—¿Sabéis que la alternativa es morir joven, verdad? —dijo Goldie.

—Maldita sea —siseó Willow—. Bueno, entonces supongo que mejor aprovecho ahora que puedo tener sexo por placer. Ya haré una búsqueda del placer cuando tenga vuestra edad.

Las que estábamos por encima de los cuarenta soltamos risitas y negamos con la cabeza. Ah, la juventud.

La conversación siguió a mi alrededor mientras pensaba en esta búsqueda del placer. Di un bocado a mi trozo de tarta y me recosté, tomándome mi tiempo. Estaba buena. Condenadamente buena. La forma en que los sabores se fundían y bailaban en mi boca me hizo querer más. También despertó un atisbo de creatividad. Una creatividad que no había sentido en mucho tiempo. Años.

Me negaba a culpar a Dawson de todo lo que había salido mal en nuestro matrimonio. Él fue la razón por la que finalmente terminó, pero a lo largo de los años ocurrieron muchas cosas. Yo le fui fiel y me esforcé por arreglar las cosas, y él no hizo ninguna de las dos, pero eso no significaba que si no me hubiera engañado, nuestro matrimonio habría durado.

Me llevó tiempo aceptarlo. No es que un matrimonio imperfecto fuera una excusa para la infidelidad. No había excusa. Nunca perdonaría a Dawson por eso. Pero sabía que ambos teníamos parte de culpa en el principio del fin de nuestro matrimonio.

Después de tantos años de infelicidad y de hacer todo lo posible para que las otras tres personas de mi familia fueran felices, había perdido de vista las cosas que disfrutaba. Antes creaba constantemente nuevos productos para la pastelería. Seguía haciéndolo, pero principalmente reciclaba ideas que ya había tenido. O buscaba inspiración en internet.

Mi sabor favorito siempre había sido el chocolate, pero no recordaba la última vez que le había añadido algo inesperado. Algo nuevo y diferente. Algo...

—Tierra llamando a Valentina —dijo Goldie.

Levanté la mirada y descubrí que todas me estaban observando. —¿Mmm?

—¿En qué estabas pensando? —preguntó Blake.

—Chocolate.

—Ooh, ¿puedo tomar un poco? —preguntó Finley.

Sonreí. —Por supuesto. ¿Qué me he perdido?

—Anna estaba intentando preguntarte si querías compartir ideas para la búsqueda del placer, pero estabas tan perdida en tus pensamientos que no la oíste —explicó Goldie.

—Lo siento. —Le dediqué una sonrisa a Anna—. Estoy intentando pensar en nuevas recetas.

—Me ofrezco como catadora —declaró Elise, levantándose y alzando la mano.

Me reí. —Muy bien. En cuanto tenga algunas buenas muestras para probar, te lo haré saber.

—Deberías traer algo el próximo fin de semana —sugirió Finley—. Así podemos probarlo todas.

Elise le sacó la lengua a Finley, quien le devolvió el gesto.

—Yo tengo prioridad —dijo Elise.

—Trato hecho —aceptó Finley.

Negué con la cabeza y me reí. Me gustaba la idea de probar nuevas recetas. Pero primero necesitaba crear algunas. No podía ser tan difícil. ¿Verdad?

¿Por qué demonios pensé que sería fácil crear magia de la nada? Mierda. Estaba tan bloqueada buscando ideas que terminé navegando por las redes sociales. Seguía a muchos pasteleros, y se me hacía la boca agua viendo las fotos que publicaban de sus últimas creaciones. Creaciones que yo debería estar compartiendo.

Entonces me detuve. Había una foto de Dawson con otra

mujer. Joven, delgada y preciosa. Dawson siempre fue atractivo, pero costaba creer que una mujer tan impresionante como aquella realmente quisiera estar con Dawson.

También dolía un poco.

Vale, más que un poco.

Mi cerebro sabía que estábamos divorciados. Lo habíamos estado durante meses, y separados durante meses antes de eso. Nuestro matrimonio no había pasado de ser maravilloso a un desastre de la noche a la mañana. Llevó años de falta de comunicación, de no intentarlo y de no trabajar juntos para llegar a donde acabamos.

Pero aún dolía verle con otra persona.

Sí, incluso aunque su novia se presentara en nuestra casa.

No podía explicárselo a mi cerebro racional. No tenía sentido. Nunca lo tendría.

Un mensaje de Brantley apareció en la parte superior de mi pantalla, distrayéndome de Dawson y su nueva mujer.

¿Hay alguna posibilidad de que pueda usar tu horno?

Por supuesto. También puedes quedarte a cenar con nosotros.

No quiero molestar.

Siempre eres bienvenido.

¿Qué puedo llevar?

Solo tu sonrisa.

No pregunté qué debería ponerme.

Me ahogué con una risa cuando la imagen de Brantley en bañador el pasado verano apareció en mi cabeza. Todo mi cuerpo se sonrojó. Mis pechos se volvieron pesados al pensar en quitarle ese bañador para ver qué placer se escondía debajo.

¡No! No podía pensar en él y el placer. Era mi amigo más cercano. No íbamos a intercambiar placer. Ni ahora. Ni nunca.

Es broma. Nos vemos pronto.

¿Con ropa puesta?

Siento decepcionarte, pero sí.

No estaba segura de cómo responder, así que no lo hice. Era una decepción, pero no podía decírselo.

Cerré la aplicación de mensajes y me quedé pensativa. En realidad no quería ver a Dawson y su nueva mujer. Quería cerrar esa aplicación e ignorarle a él y su nueva vida. Ya no era el hombre que fue una vez. Yo tampoco era la mujer que fui, pero no había abandonado a mi familia.

Con un gemido, cerré la aplicación. Dawson estaba soltero. Podía hacer lo que quisiera. Igual que yo.

Me levanté del sofá y fui a la cocina. Si Brantley venía, necesitaba cocinar. Él mismo podía pedir una pizza o comida a domicilio. No venía a nuestra casa para ninguna de esas opciones.

Examiné la nevera en busca de algo que pudiera preparar rápidamente. Mi mirada se posó en las salchichas que había comprado por impulso. Odiaba usar la parrilla, pero me encantaba la comida a la brasa. Me dije a mí misma que necesitaba superar mi miedo y simplemente hacerlo.

Miré fijamente la comida durante un minuto, luego cerré la nevera de golpe. Era algo que disfrutaba. Pero era demasiado cobarde para hacerlo realidad. ¿Era así con todo en mi vida? ¿Demasiado asustada para perseguir las cosas que quería?

Antes de que pudiera profundizar demasiado en eso, sonó el timbre. Sabía que era Brantley y grité que la puerta estaba abierta. Un segundo después, entró. Se quitó las gafas de sol y me lanzó una mirada fulminante en cuanto estuvo dentro.

Su furia me excitaba. No sabía por qué estaba enfadado, pero me gustaba Brantley cabreado. Los músculos de sus brazos y su cuello se tensaban. Su postura firme y abierta era una mezcla de protección y peligro. Y esos ojos... Sus ojos me derretían cada vez. La forma en que observaba todo lo que nos rodeaba y luego se centraba en lo que importaba.

Yo.

—¿Por qué tienes la puerta sin cerrar con llave? —preguntó Brantley.

Incliné la cabeza hacia un lado. —¿Qué?

—Sois tres mujeres preciosas viviendo solas. No deberíais dejar la puerta sin cerrar.

—Estamos en Cala MacKellar. No me preocupa.

—A mí sí. ¿Y si te pasara algo? ¿O a las chicas? ¿Y si a Dawson se le ocurriera aparecer y comportarse como un imbécil?

Con sus palabras amenazantes, mi cuerpo se fue enfriando lentamente. Quizás debería haber pensado en todo eso, pero la verdad era que vivía en Cala MacKellar porque era seguro. Nunca había habido un asesinato en el pueblo, ni una invasión de hogar. Los delitos graves no ocurrían. Pero no quería ser la primera víctima de algo así. Ni tampoco quería que lo fueran mis chicas.

—Vale, tienes razón. Debería mantener la puerta cerrada con llave. Me esforzaré en hacerlo.

—Gracias. —Brantley exhaló ruidosamente, abandonando toda su combatividad.

Le saqué la lengua y él se rio. —Aún no he empezado a preparar la cena. Todavía estoy intentando decidir qué cocinar.

—Sabes que no tienes que cocinar para mí. Es tarde por el entrenamiento. Podemos pedir algo para llevar.

Negué con la cabeza. —No voy a dejar que vengas aquí y no cocinarte. Esa es la razón por la que pediste usar mi cocina.

—Debería haber traído algo. Compraré comida la semana que viene. Solo dame una lista de lo que queréis comer. Iré a comprar el domingo.

—No tienes por qué hacer eso.

—Y tú no tienes por qué alimentarme todo el tiempo. Pero aun así lo haces.

Sonrió, y no pude evitar devolverle la sonrisa. Se acercó a mí y me rodeó con sus brazos. Me sentía segura con él. Como si nadie ni nada pudiera hacerme daño.

—¿Estás dispuesto a enseñarme a usar la barbacoa? —pregunté después de un minuto.

Brantley se apartó e inclinó la cabeza hacia un lado. —Por supuesto, pero me sorprende que no sepas cómo.

—Dawson...

—Ah, no pensé en eso. Vale, sí. ¿Qué tienes para asar? ¿Quieres empezar hoy?

Me mordí el labio y asentí. ¿Contaría como parte de mi Búsqueda del Placer si Brantley me estaba ayudando? ¿Me importaba?

—Tengo salchichas y chorizos.

—Suena bien. Empecemos.

Brantley cogió la carne de la nevera y me guió hacia el patio. Mi jardín trasero no era enorme, pero era bonito. Estaba totalmente vallado con grandes árboles en las esquinas del fondo. Una hamaca se encontraba frente a un árbol, y cerca de otro había un viejo parque infantil. Teníamos un juego de cornhole en el centro del jardín, y muchas competiciones durante todo el verano.

El patio tenía una barbacoa básica y una gran mesa con

capacidad para ocho personas. Teníamos un hoyo para fogata en el borde del patio con sillas alrededor. Mi jardín era mi lugar feliz. A pesar de todos los recuerdos que contenía, buenos y malos.

—¿Sabes cómo encender la barbacoa? —preguntó Brantley mientras dejaba los paquetes sobre la mesa cercana.

Negué con la cabeza.

—Vale, ven aquí. Te enseñaré. Esta es fácil. No es diferente a encender la cocina. Cada mando controla una parte de la barbacoa. Yo suelo usar todos para la mía para que no haya zonas frías. Así que, presiona y gira.

El quemador hizo clic y luego se encendió cuando él lo soltó. Era igual que la cocina de gas que teníamos en casa. —¿Por qué tenía tanto miedo de esto?

Brantley se encogió de hombros. —Porque nunca lo has hecho antes. Siempre tenemos miedo de las cosas nuevas.

Asentí, encantada de cómo no solo me entendía, sino que no me juzgaba. Encendí los otros quemadores, y él ajustó todos ellos para asegurarse de que cocinarían a la misma temperatura.

—Pongamos primero las salchichas, ya que son más grandes. Tardarán un poco más. —Cerró la parrilla—. Dejaremos que se caliente unos minutos mientras cogemos los utensilios.

Ambos volvimos a la cocina, y él me explicó por qué usaba cada utensilio y me mostró los que utilizaría para otras cosas. Sonreí ante sus explicaciones sencillas que hacían que algo a lo que yo temía pareciera tan fácil.

Puse la carne en la parrilla, bajo su supervisión, y charlamos mientras cocinábamos. Cuando todo estuvo listo, me enseñó cómo apagar la parrilla, y llevamos la comida dentro para comer.

Las chicas estaban en el sofá y se levantaron de un salto

cuando nos vieron volver dentro. Ambas gimieron al sentir el aroma.

—Gracias tío Brantley —dijo Bianca.

—Sí, tiene muy buena pinta —coincidió Samantha.

—Vuestra madre lo ha cocinado todo. Yo solo he supervisado —les dijo Brantley.

Ambas chicas me miraron sorprendidas.

Sonreí. —Pensé que ya era hora de aprender a usar la parrilla.

—¿Podemos tener filetes la próxima vez? —preguntó Samantha.

Solté una risita. —Ya veremos.

Los cuatro trabajamos juntos para preparar una rápida ensalada verde mientras la carne reposaba. Cuando todo estuvo listo, preparamos nuestros platos y los llevamos a la mesa.

—¿Cómo va el entrenamiento? —pregunté a todos.

Todos intercambiaron miradas, luego asintieron con la boca llena. Todos sonrieron.

—Como todos estáis llenándoos la boca y sonriendo, supongo que eso es bueno. La primera competición es este fin de semana, ¿verdad?

Brantley finalmente tragó su comida y asintió. —Sí, el viernes por la noche. Debería ser buena. Normalmente participan unas cincuenta escuelas, así que no es corta, pero es muy divertida. Tienen una hoguera enorme y comida, y se convierte en una fiesta después de las carreras.

—Papá dijo que va a venir —susurró Samantha.

—¿Qué? —solté—. ¿Cuándo hablaste con él?

Samantha se encogió de hombros y miró fijamente su plato. —Le mandé un mensaje. Quería que supiera que estoy en el equipo.

—¿Por qué no me lo dijiste?

—No quería que te enfadaras conmigo.

Ahí estaba el sentimiento de culpa maternal. Maldición. Había hecho que mis hijas tuvieran miedo de decirme que hablaban con su propio padre. Eso no estaba bien. —Quiero que hables con él. Es tu padre. Deberíais tener una relación. Me alegra saber que viene. Será bueno verle.

La cálida mano de Brantley se posó sobre mi muslo por debajo de la mesa. No sabía cómo se había dado cuenta de que estaba temblando, pero su contacto me tranquilizó de inmediato.

Deslicé mi mano en la suya y la apreté. Él entrelazó nuestros dedos y se aferró, comiendo con la mano izquierda.

—Estoy nerviosa por mi primera carrera.

—Eso es normal —dijo Brantley—. Todo el mundo lo está. Yo siempre estoy nervioso al principio de la temporada. Pero una vez que completes una carrera, será más fácil.

Samantha asintió. Bianca preguntó si podía quedarse a dormir con McJenna después de la carrera, y comenzamos a hablar de cosas que no tenían que ver con Dawson.

Pero Brantley seguía sujetando mi mano.

Cuando terminó la cena, las chicas nos ayudaron a recoger y luego se fueron a sus habitaciones a hacer los deberes. Brantley se apoyó contra la encimera y cruzó los brazos sobre el pecho.

—Siento haberme enfadado contigo cuando entré esta noche.

Negué con la cabeza. —Tenías razón. Sé que es seguro aquí, pero eso no significa que deba arriesgarme. Cuando llegue a casa, solo necesito acostumbrarme a cerrar la puerta con llave. No es gran cosa.

—No podría soportarlo si te pasara algo. A cualquiera de vosotras.

Asentí. La mirada en sus ojos hizo que se me cortara la respiración.

—¿Qué tal tu primera experiencia con la barbacoa? —

preguntó, cambiando de tema y desviando su mirada de la mía.

—Estuvo bien. Más fácil de lo que esperaba. He estado luchando conmigo misma durante tanto tiempo y ahora simplemente parece ridículo haber sacrificado tanto.

—¿Qué sacrificaste? —Sus cejas se juntaron y sus ojos se estrecharon.

—El placer.

Brantley se atragantó. La sorpresa se registró en su rostro. —¿Has dicho placer?

—Sí. Estábamos hablando en el club de lectura el otro día sobre encontrar placer en cosas que no sean sexo. Y como estoy teniendo menos que cero sexo, decidí intentarlo. Hacer cosas que me brinden placer.

—¿Y las salchichas te dan placer? —preguntó con una sonrisa burlona.

—Tienes una mente sucia, pero sí. Me encantan las salchichas y los embutidos a la parrilla. Me encanta un buen filete a la parrilla. Me encanta el chocolate fresco y una ganache rica y suave, y el helado frío sobre un brownie recién salido del horno. Pero no me he permitido tener nada de eso. Dawson siempre hacía comentarios sobre cuánto peso he ganado desde la universidad. Especialmente después de tener a las niñas.

Brantley gruñó. —Menudo capullo. Eres tan guapa como siempre has sido. Más en mi opinión. Tienes el cuerpo de una mujer que ha vivido su vida. Tus curvas excitarían a cualquier hombre con cerebro, aunque también le harían perder toda la sangre de la cabeza. Eres preciosa, Vee. No dejes que Dawson te haga dudar de eso nunca más.

Mis mejillas se calentaron y mi cuerpo se sonrojó. Si cualquier otro hombre me dijera esas cosas, pensaría que estaba diciendo que se sentía atraído por mí. Pero era Brantley. Mi amigo, mi mejor amigo. Nos queríamos, pero no era así. Al menos no por su parte.

—Gracias —susurré, sin saber cómo responder.

Acunó mi mandíbula y encontró mi mirada. —Lo digo en serio. Eres absolutamente hermosa. Acéptalo.

Le sonreí. Él me hacía creerlo. —Gracias.

—De nada. Vale, ¿así que estás intentando encontrar placer en la comida?

—No solo comida. Sino también cosas que no son sexo.

—Y estás empezando con la comida. Comprensible.

Me encogí de hombros. No quería admitir ante él que muy pocas cosas aparte de la comida me habían proporcionado placer. Incluyendo el sexo, aunque no estaba buscando incluir eso en mi búsqueda.

—¿Necesitas ayuda con esa búsqueda de placer? Porque estoy más que dispuesto a venir aquí y comerme lo que decidas cocinar.

Me reí. —Puede que te tome la palabra.

—Sin duda lo esperaré con ganas.

6

BRANTLEY

La energía en el autobús hacia nuestra primera competición era electrizante. Los chicos estaban listos, Jana y yo estábamos listos. Iba a ser una noche increíble. Absolutamente espectacular.

La competición era en un colegio a una hora al norte de nosotros, así que el viaje en autobús fue largo, pero los chicos mantuvieron el ánimo alto con música y charlas. Una vez que llegamos, se pusieron serios.

Andrew fue el último en bajar del autobús, como siempre. Cuando bajó, al igual que los demás, tenía su cara de concentración. Estaba listo para arrasar con la competencia.

Jana condujo al equipo hasta el amplio espacio donde todos los equipos se instalaban. Teníamos una carpa desplegable con el nombre de nuestro colegio como base para los atletas. Jana y yo trabajamos con dos de los chicos más altos para montar la carpa para que todos pudieran dejar sus cosas y comenzar el calentamiento.

Jana dirigió al equipo en un trote lento alrededor del recorrido de la carrera. Era bueno para los chicos, especialmente los nuevos, ver cómo sería. Había banderas que marcaban los giros y pintura blanca que señalaba la pista de carrera. Una vez que cayera la oscuridad, la pintura sería casi imposible de ver, pero las banderas mantendrían a los chicos en el camino correcto.

Nos registramos con los oficiales de carrera, y los chicos recibieron sus números y sus chips para registrar por dónde corrían. Entonces estábamos listos.

El colegio anfitrión comenzó sus anuncios diez minutos antes de que empezara la carrera. Los corredores estaban listos. Equipos de cuatro correrían un relevo extendido, con cada chico corriendo tres kilómetros. Los primeros equipos fueron llamados a la línea de salida, y tan pronto como terminaron los anuncios, partieron.

—Parecen listos —dijo Jana.

Asentí mientras nuestro primer grupo se alejaba de la línea de salida. Les habíamos animado a mantener el ritmo, y los primeros corredores iban justo en medio del pelotón. Donde yo quería que estuvieran.

Una vuelta fue y vino, luego la segunda, y el segundo corredor salió. Dos vueltas y el tercer corredor partió. Los últimos corredores saltaban a mi alrededor, ansiosos por correr y emocionados por empezar.

La primera carrera terminó y nuestros chicos lo hicieron bien. Nuestro mejor equipo terminó sexto en la general, lo que fue un gran éxito.

Comenzó la segunda carrera. Jana y yo observamos a los chicos partir. Estaba tan concentrado en ellos que no noté a Samantha detrás de mí hasta que me tocó el hombro.

—Hola, Sam. ¿Qué pasa? —pregunté.

Su rostro estaba tenso, como si intentara no disgustarse.

Miré alrededor de la pista, preguntándome quién había dicho o hecho algo que la molestara. —¿Qué ocurre?

—Mi padre no me ha visto correr.

Oh, mierda. Había olvidado que Dawson debía estar en la carrera. Que le había prometido que la vería correr.

—Vaya, eso es un fastidio. Quizás todavía pueda quedarse y comer algo contigo.

Ella negó con la cabeza, y las emociones comenzaron a desbordarse. —No va a venir en absoluto.

—¿Qué? Menudo cabrón. —¿Por qué no?

Samantha se encogió de hombros, pareciendo más vulnerable de lo que estaba acostumbrado a verla. Tenía quince años, pero parecía mucho más joven en ese momento. Un momento en el que el único hombre que siempre debería haber estado ahí para ella le había fallado. Otra vez.

—Dijo que le había surgido algo.

—¿Qué podría ser posiblemente más importante que tú? —solté.

—Entrenador —siseó Jana.

Miré alrededor y me di cuenta de que estábamos atrayendo a un pequeño grupo. Lo último que quería era que Samantha se sintiera aún peor por la situación.

—¿Te encargas tú? —le pregunté.

Jana asintió.

Hice un gesto con la cabeza para que Samantha me siguiera. Ella mantuvo mi ritmo fácilmente mientras me dirigía al otro lado del campo de fútbol, donde había poca gente.

—Te pido disculpas por enfadarme. No debería haberlo hecho.

—Yo también estoy enfadada. ¿Por qué ha hecho esto? ¿Por qué engañó a mi madre? Mi madre es la mujer más increíble del mundo.

—Sí, lo es. Y no puedo explicar las acciones de tu padre. Nunca las entenderé. No tiene sentido para mí por qué alguien querría tirar por la borda algo tan maravilloso con una mujer como tu madre. Ella es perfecta.

Samantha me miró fijamente.—¿Crees que es perfecta?

Me aclaré la garganta y me di cuenta de lo que acababa de admitir.—Por supuesto. Es amable e inteligente, y tiene dos hijos estupendos. ¿Por qué cualquier hombre no querría formar parte de vuestra familia? Además, cocina de maravilla. Me froté la barriga y esperé que mis bromas ocultaran la verdad que había detrás de mis palabras. Que daría lo que fuera por tener la oportunidad de llamarles mi familia.

—¿Por qué mi padre no pudo ver todo eso? —preguntó Samantha con una voz que contenía todo el dolor de una niña cuya familia había sido destrozada por un comportamiento descuidado y egoísta.

—No lo sé, Sam. Ojalá lo hubiera visto.

Asintió y se abrazó a sí misma. En los entrenamientos manteníamos las distancias para que no pareciera que tenía favoritismos, pero en ese momento, no me importaba. No podía importarme.

Di un paso hacia delante y la atraje hacia mis brazos. Había abrazado a Samantha y a Bianca más veces de las que podía contar. Fui la primera persona que no era de la familia en cogerlas en brazos después de que nacieran. Era su padrino, su tío adoptivo y su amigo. Y no iba a quedarme allí dejando que el comportamiento de su padre, digno de un auténtico capullo, la hiciera sentir peor cuando yo podía hacer algo pequeño para que se sintiera un poco mejor.

Ella me rodeó la cintura con los brazos y giró la cara hacia un lado, con la cabeza apoyada en mi pecho. Temblaba lo suficiente como para hacerme saber que estaba llorando. Estábamos a oscuras, lejos de la multitud, pero ella seguía sin querer que nadie supiera lo disgustada que estaba.

La abracé hasta que oí a alguien preguntarle a Jana si la habían visto, entonces me aparté y me agaché.—Alguien te está buscando. ¿Estás bien?

Ella asintió y se limpió las mejillas. Si alguien miraba con suficiente atención, sería obvio que había estado llorando, pero con suerte nadie lo haría.

Me hice a un lado y miré hacia donde estaba Jana. Paul estaba con ella, y ambos nos observaban.—¿Quieres que le haga una señal para que se acerque?

Samantha asintió.—Sí. Él lo sabe todo.

Levanté la mano y vi que Jana asentía.

Paul corrió la corta distancia hacia nosotros, llegando al lado de Sam's en unos segundos. Me miró a mí y luego a Sam. —¿Estás bien?

—Mi padre no ha venido. Ha dicho que le ha surgido algo.

—Qué cabrón —soltó Paul.

Ambos chicos me miraron con ojos como platos. Yo tenía una política estricta de no decir palabrotas en los entrenamientos y competiciones. La mirada en sus ojos decía que esperaban la sanción que no me atrevía a imponer. —Estoy de acuerdo. —Sin decir una palabra más, me alejé, dejando a Sam y Paul hablando.

—¿Todo bien? —preguntó Jana.

Negué con la cabeza al reunirme con ella. —Su padre debía venir hoy, pero la ha dejado plantada. Está disgustada.

—Vaya. Eso es una faena. Tú eres cercano a la familia, ¿verdad?

Asentí. —Sí. Valentina y yo nos conocemos desde el instituto. Me llaman tío Brantley cuando no estamos en el colegio.

—Me alegro de que hayas podido estar ahí para ella. Yo no habría sabido qué decir.

—Yo tampoco, pero no es difícil. Ellos saben lo que pienso de su padre.

—Él también era amigo tuyo, ¿verdad?

—Lo era, sí. No he hablado con él.

Me miró y asintió. —No te culpo. Mi madre engañó a mi

padre. Nunca lo superé del todo. Jamás entenderé por qué alguien promete amar a otra persona y luego se caga en esa promesa y se lía con otra persona, aunque solo sea una vez.

—Sí. Y lo siento. Es una mierda. Quizá tú sí habrías sabido qué decirle a Sam. Has pasado por eso.

Jana negó con la cabeza. —Sí, pero sigo siendo esa niña que quiere saber qué demonios pasó. No habría sabido cómo hacerla sentir mejor.

—Solo necesitaba a alguien que la escuchara. Miré hacia atrás y vi a Sam y Paul todavía hablando. Él le estaba cogiendo la mano y la miraba como si fuera lo único que le importaba en el mundo.

Me alegro por ella.

—¿Va a poder correr? Jana señaló con la cabeza hacia Paul.

Asentí. —Estará bien. Aunque puede que Sam se quede aquí con nosotros.

—No hay problema por mí.

Vimos entrar a los últimos de nuestros corredores en la carrera actual, luego Bianca y su equipo se alinearon con los otros equipos femeninos. La sonrisa en la cara de Bianca me hizo pensar que no sabía que Dawson no estaba allí y que no iba a venir. No iba a ser yo quien le reventara la burbuja.

Su carrera comenzó, y animamos a nuestros estudiantes que corrían. Cuando terminaron, los chicos se alinearon, incluidos Paul, Kevin y Andrew.

Sam se mantuvo a un lado, observando a Paul y mirándonos a Jana y a mí de vez en cuando. En un momento le pillé la mirada y le hice una señal para que se acercara.

—¿Quieres ver la carrera con nosotros? le pregunté.

Sam asintió. —No estaba segura de si podía estar aquí con vosotros.

—Por supuesto. Mientras no interfiera con la carrera, no hay problema —dijo Jana.

—Prometo no hacer eso.

—Lo sabemos —le dijo Jana.

Las tres nos quedamos allí y vimos cómo los corredores daban sus vueltas. Paul y Andrew estaban en el mismo equipo. Paul era el tercer corredor, y Andrew el cuarto. Como los dos más rápidos del equipo, estaban preparados para alcanzar a cualquier equipo que estuviera por delante de ellos al comienzo.

Cuando le tocó el turno a Paul, Sam lo animó. Él sonrió al arrancar, evidentemente escuchando los ánimos de Sam.

—¿Ha estado bien?

—Por supuesto —le dijo Jana.

Paul pasó corriendo junto a nosotros, con zancadas uniformes y rápidas. Ya estaba cerca de la cabeza del grupo y, sin duda, podría alcanzarlos cuando terminara su segunda vuelta.

Paul terminó, a solo unos segundos del primer puesto. Andrew salió disparado como si llevase un cohete a la espalda.

Jana y yo intercambiamos una mirada y una sonrisa. No había manera de que Andrew no ganara. Especialmente con el terreno que Paul había recuperado para ellos.

Paul trotaba por el campo detrás de nosotros mientras Jana y yo nos concentrábamos en la última vuelta de la carrera. Sam se acercó a Paul, caminando cerca de él mientras él trotaba en círculos a su alrededor.

—Se ven adorables —dijo Jana.

—Sí. Es un buen chico. Parece que le hace bien.

Me sonrió. —¿Sabes que suenas como un padre, verdad?

—No soy su padre.

—Parece que su padre no hizo muy bien su trabajo.

Gruñí como respuesta. No podía estar en desacuerdo, pero tampoco podía permitirme imaginar ser parte de su familia.

Andrew completó la primera vuelta, quince segundos por delante del estudiante en segundo lugar. Jana y yo sonreímos y lo animamos. Andrew no perdió el ritmo, acelerando un poco cuando se dio cuenta de que iba por la mitad.

El chico sabía correr. Nunca había visto a nadie con sus habilidades.

Jana y yo teníamos problemas para quedarnos quietos. Sabíamos que volvería en unos cuatro minutos. Caminábamos de un lado a otro entre la línea de meta y el comienzo de las banderas. En cuanto vimos a Andrew tomar la última curva, nos miramos con idénticas sonrisas.

—¡Vamos Andrew! ¡Ánimo! ¡Tú puedes!

Lo animábamos, gritando por encima del ruido de la multitud. Paul, Sam y los otros dos chicos de su equipo de relevos, junto con la mitad del equipo de MCHS, se acercaron para animar a Andrew.

Aceleró, distanciándose aún más del estudiante que iba detrás de él. Cuando cruzó la línea de meta, cuarenta segundos completos por delante del segundo puesto, levantó las manos al aire.

Paul y los otros dos chicos del equipo se acercaron a Andrew y celebraron la victoria de su equipo. Sam se mantuvo al margen junto con los otros chicos que estaban allí para felicitarles.

Jana y yo volvimos a prestar atención al resto de la carrera, intercambiando un choque de puños en señal de celebración antes de animar a nuestro siguiente equipo, con Kevin a la cabeza.

Una vez que todos los corredores habían terminado, comenzó la hoguera. El aire nocturno se estaba enfriando, y los chicos estaban todos con sus sudaderas, apiñados juntos con s'mores y botellas de agua.

Mantuve un ojo sobre Samantha, asegurándome de que estuviera sonriendo y se encontrara bien. No estaba prestando atención a nadie más hasta que sentí un codazo en mi hombro.

—Hola —dijo Valentina.

—Hola. —Sonreí y pasé mi brazo alrededor de su hombro—. Me preguntaba si estarías aquí.

—No me lo perdería. Lo han hecho muy bien.

—Así es. Todos ellos. ¿Has hablado con las chicas?

—Sí. Sam me contó sobre Dawson. Y sobre que dijiste que cualquier hombre tendría suerte de llamarnos familia. Gracias por eso. La hizo sentir mucho mejor.

—No podía decirle exactamente que es un pedazo de mierda sin valor que no merece ni lamer las suelas de sus zapatillas.

Valentina soltó una risita. —¿Pero a mí sí me lo puedes decir?

—A ti te puedo decir casi cualquier cosa.

—¿Casi?

Asentí.

—¿Por qué casi? ¿Qué me estás ocultando?

Negué con la cabeza. —Nada que vaya a revelar.

Ella salió de debajo de mi brazo y se puso frente a mí. Cruzó los brazos, y su chaqueta deportiva morada y blanca de MCHS XC se tensó contra sus pechos. La prenda se ensanchaba en sus caderas y terminaba por debajo de la cremallera de sus vaqueros. —¿Qué estás ocultando, entrenador Pierce?

—¿No te gustaría saberlo? —imité su postura y le sonreí con suficiencia.

—Ah, así que vamos a jugar de esa manera. ¿Y si adivino? ¿Tienes una familia secreta? No, me habría enterado. ¿Odias entrenar? No. Ja. Ni de broma. Te encanta esto. ¿Estás enamorado de alguien? No, yo... Espera un momento. ¿Por qué has puesto esa cara?

—¿Qué cara? —Joder.

—Estás enamorado de alguien. ¿En serio? ¿Quién es? ¿Cómo es que no lo sé?

—Estás loca.

—Dímelo, dímelo, dímelo. Necesito vivir a través de ti. ¿Vas a invitarla a salir?

—No.

—¡Ja! Lo sabía. Te gusta alguien. Espera, ¿por qué no lo sé? ¿Por qué no querías contármelo? Mierda. Es porque acabo de divorciarme. ¿Estás saliendo con alguien? Puedes contarme sobre tu felicidad, ¿sabes? No intento hacerte sentir miserable.

—Créeme, no quieres saberlo.

—Entonces, ¿por qué no me has hablado de esta mujer?

—No hay nada que contar.

—Entonces—

—Déjalo. Por favor, Vee.

Me estudió durante un largo minuto. Su sonrisa se fue desvaneciendo lentamente. Se mordió el labio inferior. Luego asintió, solo una vez. —Vale. Lo siento. No quería pasarme de la raya.

Maldita sea. —No cruzaste ningún límite. Simplemente sé que no es una opción. Ella no está interesada en mí.

—Eso no es posible. Eres un partidazo, Bee. Eres todo lo que una mujer querría en un hombre. ¿Cómo no va a desearte?

—Vee, por favor. —Era difícil quedarme allí escuchándola. Sabía que intentaba ser una buena amiga, pero no es como si eso fuera a cambiar nada.

—Bueno, pues que le den. De todas formas, no es lo suficientemente buena para ti. Si no es capaz de ver el partidazo que eres, no te merece.

Una carcajada se me escapó. Asentí y decidí que la única salida era cambiar de tema. —¿Quieres acercarte a la hoguera? Los niños están allí.

—Sí, claro. Suena bien. —Deslizó su brazo entre el mío y apretó su cuerpo contra mi costado. —Gracias de nuevo por estar ahí para Sam. Tengo la sensación de que su necesidad de la aprobación de él nunca va a terminar.

—Creo que todos somos así. Queremos que nuestros padres estén orgullosos de nosotros. Es una mierda cuando no lo conseguimos.

Valentina asintió. —Es muy cierto. Dios, ¿por qué lo elegí a él para construir una vida juntos?

—No. No hagas eso. No puedes cambiarlo, así que no te arrepientas. Como siempre me dices, tienes dos niñas preciosas. No las tendrías si no te hubieras casado con Dawson. Sé que no te arrepientes de haberte casado con él por ellas.

Inspiró profundamente y enderezó la espalda. Mi chica había vuelto. —Tienes razón. Gracias. Es un capullo, pero me las dio a ellas. Eso es todo lo que debía obtener de él. No para siempre.

—Exacto.

—Ya estoy harta. He terminado de culparme por todo e intentar explicar su comportamiento. No hay excusa para lo que hizo. Y no puedo seguir siendo comprensiva. Dios, ¿por qué me esforcé tanto durante tanto tiempo para arreglar las cosas entre nosotros? Nunca más.

—Bien. Mereces algo mejor, y ahora puedes encontrarlo.

—Exactamente.

—Voy a traernos unos s'mores. Si te apetece.

Valentina sonrió. —Siempre. Gracias, Bee.

7

VALENTINA

Vi a Brantley alejarse, su sombra desapareció en poco tiempo mientras la oscuridad de la noche lo engullía. Tomé aire e intenté calmar el dolor en mi pecho.

Brantley estaba interesado en alguien.

Maldita sea. No tenía derecho a disgustarme por eso. Él podía salir con alguien. Debería salir con alguien. Era un hombre increíble con mucho que ofrecer a cualquier mujer lo suficientemente afortunada como para llamar su atención. El hecho de que nunca hubiera sido yo no significaba que fuera a interponerme en su camino.

Era una amiga horrible. Lo estaba reteniendo porque yo era la divorciada solitaria y desesperada que necesitaba un hombre que estuviera ahí para mí. Mierda. Odiaba ser un cliché.

Se acabó. Ya está. Brantley merecía algo mejor que eso. Merecía una amiga de verdad. Alguien que lo ayudara a llamar la atención de la mujer lo bastante insensata como para no quererlo.

Mi mente zumbaba mientras consideraba quién podría

ser. Deambulé un poco, intentando ver si estaba hablando con alguien. Tal vez eso me daría una pista.

—Está desesperadísima —oí decir a alguien. No estaban muy lejos detrás de mí, pero no reconocí las voces.

—Lo sé. Que tenga algo de respeto por sí misma. Tirándole los tejos al entrenador mientras está trabajando. En serio, ¿no?

La primera mujer resopló. —Exacto. Es guapísimo, lo entiendo, pero al menos espera un poco. Deja que termine su trabajo.

Me pregunté de quién estarían hablando. No quería ser tan evidente como para darme la vuelta, pero hacía tiempo que no escuchaba ningún cotilleo. Por supuesto, con tantos colegios, era improbable que supiera de qué entrenador estaban hablando, de todos modos.

—Es guapísimo —ronroneó la segunda—. Y tiene un cuerpazo. Un día recogí a Jenny tarde, y él se quedó esperando. Me aseguré de darle un abrazo bien apretado por eso. Y le metí mi número en el bolsillo.

—¡No me digas! ¿Qué va a decir Henry?

La mujer dos resopló. —Por favor. Henry nunca se va a enterar. Sobre todo porque el entrenador Pierce no hizo nada al respecto.

Me ardían las orejas. Estaban hablando de Brantley. Mierda. ¿Una de las madres casadas le había dado su número? ¿Y alguien parecía desesperada y le estaba tirando los tejos? Me preguntaba si sería la mujer que le interesaba.

—No tiene tiempo para ti con Valentina persiguiéndole. Primero hace que Dawson se vaya del pueblo y ahora va detrás del entrenador Pierce. De verdad necesita superar su egocentrismo.

El corazón me latía con fuerza. Las mejillas me ardían. Sentía todo el cuerpo como si la piel me quedara demasiado ajustada. ¿Estaban hablando de mí?

Brantley había sido mi amigo desde siempre. Tenía derecho a hablar con él. Y no estaba coqueteando con él. ¿O sí?

Mierda. No quería que Brantley se sintiera incómodo conmigo. Que se preocupara de que me estuviera aferrando a él y haciendo las cosas raras. Joder, por eso no me decía quién le gustaba. Pensaba que yo lo estropearía todo.

No podía quedarme allí esperando a que volviera. Tenía que darle espacio. Dejarle vivir su vida y no interferir. Las gradas no estaban lejos, así que me dirigí hacia ellas. La mayoría de los estudiantes deambulaban por allí, y los padres estaban junto a la hoguera. Las gradas estaban tranquilas.

Gracias a Dios.

Respiré hondo y solté el aire lentamente. No iba a llorar. Vale, estaba arruinando la oportunidad de felicidad de mi mejor amigo, pero ahora lo sabía. Iba a apartarme y darle espacio para que pudiera encontrar el amor. No iba a estar celosa ni a ser una borde. Iba a alegrarme por él.

—¿Qué haces aquí? —Brantley subió las gradas hacia mí, con las manos llenas de ingredientes para los s'mores.

—Solo quería sentarme. ¿Por qué no vuelves a la hoguera?

—Necesito a alguien que me ayude a comerme estos s'mores. Esperaré hasta que estés lista.

—Estoy bien. Deberías irte.

—¿Por qué tengo la sensación de que intentas deshacerte de mí? —el tono de Brantley adquirió un matiz peligroso que me hizo estremecer.

—No es eso. Solo pensaba que quizás habría otra persona con quien quisieras compartir los s'mores.

—No. Inténtalo de nuevo. ¿Qué ha pasado?

—No ha pasado nada. Solo quiero que seas feliz. No quiero interponerme en eso.

—¿Quién ha dicho que lo estás haciendo?

Suspiré. —Escuché a dos madres hablando sobre ti.

Decían que estaba encima de ti todo el tiempo y que parecía desesperada.

—Ah, ¿así que crees que debes alejarte?

—Sí. Porque no quiero que la mujer que te gusta piense que hay algo entre nosotros. No es justo por mi parte monopolizar tu tiempo y espantar a todas las demás mujeres.

Brantley bufó. —Primero, no lo estás haciendo ahora ni lo has hecho nunca. Ya hablamos de eso. Disfruto pasando tiempo contigo. Quiero pasar tiempo contigo. No quiero que dudes de eso jamás.

—Pero...

—Y segundo, no estás desesperada. Nunca has estado desesperada. Somos amigos. Grandes amigos. Y nadie más tiene voto sobre quiénes somos o qué hacemos juntos.

—Pero...

Puso un dedo sobre mis labios y me miró fijamente a los ojos.

Contuve la respiración, deseando lamer su dedo. Quería que su mano me rodeara y sujetara mi nuca para acercarme y besarme.

No podía.

—¿Has terminado de discutir conmigo? —preguntó Brantley.

Asentí.

—Bien. No dudes de nosotros, Vee. Te diría si necesitara espacio. O si no quisiera hacer algo contigo. No aceptaría algo solo para no herir tus sentimientos o algo así. Creía que nos conocíamos lo suficientemente bien a estas alturas como para ser sinceros el uno con el otro.

—Lo somos. Lo sé. Es solo que yo...

—¿Qué?

—Te gusta alguien. Y no solo no sé quién es, sino que no tenía ni idea de que te gustara alguien. ¿Qué clase de amiga soy que no sé algo así?

—Eres mi mejor amiga.

—Entonces, ¿por qué no quieres que sepa quién es?

—Porque no importa. Ella no siente lo mismo.

—¿Cómo lo sabes?

—Créeme, lo sé.

—¿Pero cómo? Quizás ella no sabe que estás interesado. O tal vez lo disimula bien.

—Déjalo estar, Vee. Yo... nunca va a suceder. Lo he aceptado.

No quería dejarlo estar. Quería que él fuera feliz. Se lo merecía, más que nadie que conociera. Era horrible oírle tan derrotado.

Quizás podría averiguarlo. Hablar con ella sin que él lo supiera. Hablarle bien de él y hacer que viera lo genial que era.

Solo necesitaba obtener más información.

—¿Quieres venir a cenar mañana?

Me miró de reojo y levantó una ceja. —¿Estás segura de que te parece bien que te vean conmigo?

—¿A qué te refieres?

—Saliste corriendo a esconderte. Solo compruebo que esté bien.

Le golpeé el hombro con el mío y negué con la cabeza. Él me rodeó con su brazo y me besó en la coronilla.

—Te quiero, Vee. No quiero que desaparezcas de mi vida. Y me encantaría cenar mañana por la noche.

—Bien, dije, con voz débil y cargada de emoción. Quería apoyarme en él y disfrutarlo, pero no podía dejar que esos sentimientos me controlaran. Tenía que asegurarme de mantenerme en mi lado de la línea para que, cuando descubriera quién le gustaba, ella no pensara que había algo entre nosotros.

—Ya que tenemos eso resuelto... ¿qué tal unos s'mores esta noche? —preguntó Brantley, mostrando sus provisiones.

Me reí y asentí. —Suena perfecto.

LÁGRIMAS, enfado y pisotones fueron la banda sonora del día siguiente. Samantha seguía dolida porque Dawson las había plantado. Bianca era más indiferente sobre todo el asunto, pero sabía que a ella también le afectaba. Las dos discutieron varias veces, con Bianca descartando a Dawson como un padre irresponsable que nunca se preocupó realmente por ellas.

—¿Cuántas veces estuvo ahí para nosotras cuando vivía aquí? —le preguntó Bianca a Samantha al final de la tarde durante la tercera ronda. O quizás la cuarta.

—No lo sé —murmuró Sam.

No me estaba metiendo, pero todas sabíamos la respuesta. No muchas.

—Nunca actuó como si nos quisiera. Al menos, yo nunca lo sentí. Y la forma en que trataba a mamá debería habernos dado una pista. Estoy segura de que si hubiéramos sido chicos habría sido diferente. —Bianca se cruzó de brazos, intentando parecer dura, pero yo sabía que ese gesto era una defensa para ella. Una protección cuando sentía que nadie más la estaba protegiendo.

—Eso no es verdad —rebatió Sam.

—Vale, parad —dije, poniéndome entre ellas. —Nada de esto ayuda. ¿Alguna de vosotras se siente mejor?

Ambas negaron con la cabeza a regañadientes.

—Sam, siento que tu padre no apareciera cuando prometió que lo haría. Desgraciadamente, es probable que no sea la última vez que ocurra. Lo odio, pero todas sabemos que es verdad.

—¿De verdad no nos quería? —susurró Sam.

Negué con la cabeza y alcé los brazos hacia mis niñas,

atrayéndolas a ambas hacia mí. —No, eso no es cierto. Estaba muy ilusionado con ambas. Cuando descubrimos que erais niñas, nunca dijo que hubiera deseado un niño. Vuestro padre era un buen hombre, es un buen hombre. Cuando erais más pequeñas, las cosas iban mejor. Pero no todos los matrimonios están destinados a durar para siempre.

—Especialmente cuando él engaña —gruñó Bianca.

—Es cierto, pero tu padre y yo no estábamos en un buen momento desde mucho antes de eso. Nos estábamos distanciando. Yo intentaba que funcionara, pero no lo hizo.

—¿Por qué debería recaer en ti? —Bianca se apartó para mirarme. Era unos centímetros más baja que yo, pero tenía toda la actitud que yo quería mostrar a Dawson. Era mi protectora, mi fieramente leal defensora que defendería a cualquiera que lo necesitara.

—No recaía en mí. Tampoco en él. La culpa fue de los dos, que nuestro matrimonio dejó de funcionar y ninguno intentó cambiar eso durante mucho tiempo.

—Pero él fue quien engañó. Tú no le engañaste. ¿Verdad? —Los ojos de Bianca se abrieron como si nunca hubiera considerado la posibilidad de que Dawson solo estuviera reaccionando a mi infidelidad.

Negué con la cabeza. —No engañé a tu padre. Nunca lo pensé. No era feliz en nuestro matrimonio, pero tampoco estaba dispuesta a tirarlo por la borda.

—Como él sí lo estaba —siseó Bianca.

Llevé a las chicas al sofá y me senté con una de ellas a cada lado. Les cogí las manos, haciéndoles saber a ambas que estaba ahí para ellas. —Escuchad, chicas, los matrimonios son difíciles. Todas las relaciones son difíciles. Y nunca llegarás a conocer todo sobre otra persona. Incluso alguien con quien compartes tu vida. Hay cosas que no sabéis la una de la otra, aunque hayáis vivido toda vuestra vida bajo el mismo techo. Había cosas de vuestro padre que nunca supe.

Llegar a conocer a alguien significa confiar en que las partes que no comparten son partes que estás dispuesta a dejarles que guarden para sí mismos. A veces esas partes arruinan la relación, y a veces ayudan a que funcione.

—¿Cómo podría mantener algo en secreto hacer que una relación fuera mejor? —preguntó Sam.

Mi mente fue inmediatamente a Brantley. Si hubiera sabido que me gustaba en el instituto, no habríamos seguido siendo amigos todos estos años. Lo mismo ocurría ahora. No podía decírselo. Especialmente ahora que sabía que estaba interesado en otra persona.

—Quizás suspendéis un examen o os castigan después de clase. ¿Contarle eso a alguien marca alguna diferencia en la relación?

Las chicas negaron con la cabeza.

—A eso me refiero. Es una parte de vuestra vida, pero no es una parte crucial que os defina. Ahora bien, si os castigan cada martes porque siempre llegáis tarde al colegio porque tenéis que cuidar de vuestro hermano pequeño ya que vuestro padre trabaja por la noche, eso es diferente. Pero si os castigan una vez, no es probable que sea algo que os defina. ¿Veis la diferencia?

Asintieron.

—Nadie es perfecto. Lo único que puedes hacer es encontrar a la persona que sea perfecta para ti. Alguien que encaje contigo, que se preocupe por ti y que dé tanto como recibe. Alguien que quiera pasar tiempo contigo y te apoye.

—¿Papá era así alguna vez? —preguntó Sam.

Asentí. —Cuando estábamos en la universidad, me enamoré de él. Era divertido, inteligente y amable. Hacía imposible no quererle. Incluso después de graduarnos y mudarnos aquí, las cosas iban bien.

—Pero eso cambió —afirmó Bianca.

—Poco a poco. Con el tiempo. Pequeños cambios que

pasaron desapercibidos hasta que fue demasiado tarde para dar marcha atrás. Él aceptó un trabajo que le obligaba a estar fuera toda la semana. Yo trabajaba en la panadería y no estaba en casa muchos fines de semana cuando él estaba aquí. Dejamos de darnos prioridad el uno al otro y perdimos el contacto. Cuando hablábamos, era sobre vosotras dos, no sobre nosotros. Y, al final, no había nada de qué hablar. No había un nosotros.

—Eso es muy triste, mamá —susurró Sam.

Inspiré profundamente y dejé salir el aire despacio. —Es triste. Lamento que las cosas no funcionaran entre vuestro padre y yo. Ojalá hubiéramos podido encontrar un camino juntos. Pero cuando conocí a Haley, no pude aceptarlo. Sé que algunas personas pueden, y si eso es lo adecuado para su relación, me alegro por ellas, pero no era algo que yo pudiera soportar. Siento que todo eso ocurriera delante de vosotras.

Bianca apoyó la cabeza en mi hombro. Samantha hizo lo mismo un minuto después.

—Fue una mierda —dijo finalmente Bianca—. Fue... Fue una mierda.

—Sí —coincidió Sam.

—Lo sé.

Las tres nos quedamos sentadas en el sofá durante unos minutos, todas en silencio con nuestros pensamientos. Quería decir algo que mejorara las cosas para mis niñas, pero no había nada mejor. Que su padre fuera infiel fue terrible. No solo para mí, sino también para ellas. Dawson fue egoísta e irreflexivo. Nunca me pidió el divorcio ni mencionó tomarnos un descanso ni nada. Sabía que las cosas no iban bien, pero no sabía que estaban tan mal. Si hubiera hablado conmigo, podríamos haber intentado mejorar las cosas, o podríamos haber terminado amistosamente. Tal y como estaban las cosas, no habíamos hablado desde que su novia, Haley, apareció en nuestra puerta.

—¿Puedo quedarme con McJenna esta noche? —preguntó Bianca—. El señor Xavier ha dicho que podemos ir al cine con él a ver películas.

—Estuviste con ella anoche.

—Sí, pero nos quedamos dormidas después de la reunión. En realidad no hablamos anoche.

—¿Vas a venir a casa después?

—Sí. Debería estar en casa sobre las once.

—Vale. ¿Y tú, Sam? ¿Vas a cenar con el tío Brantley y conmigo esta noche?

Sam negó con la cabeza. —Voy a salir con Paul. Si no os importa.

—Por supuesto. Mi corazón dio un vuelco. Cena a solas con Brantley. No debería estar emocionada por esta posibilidad. Pero lo estaba.

—Voy a prepararme —dijo Bianca, inclinándose hacia delante en el sofá. Se detuvo y me miró, luego se abalanzó sobre mí en un abrazo que nos envolvió también a Sam.

Las tres nos reímos. Abracé a mis chicas con fuerza. No faltaba mucho para que Bianca se fuera a la universidad, y Sam la seguiría poco después. Nuestra casa se sentiría vacía sin mis niñas en ella. La casa en la que Dawson y yo siempre hablábamos de envejecer juntos. De ver jugar a nuestros nietos.

Todos esos sueños se habían esfumado. Explotaron como un globo con un solo timbrazo en la puerta. No culpaba a Haley, aunque me resultaba difícil que me cayera bien. Era amable, y no fue ella quien me hizo promesas, pero era duro verla y saber que si ella y Dawson nunca se hubieran conocido, quizás nuestro matrimonio habría sobrevivido.

Probablemente no, pero nunca lo sabría.

Bianca soltó a Sam y a mí, y entonces se apresuró a su habitación para prepararse para salir. Sam me abrazó una vez más, y luego siguió a su hermana.

Me quedé sentada en el sofá otro largo minuto. Las chicas necesitarían tiempo para reparar su relación con su padre. Especialmente Bianca. Pero solo ocurriría si Dawson se esforzaba. Si se esforzaba más con ellas de lo que lo hizo conmigo.

¿Era mi responsabilidad decírselo? Sentía que él debería saber cómo ser un buen padre, pero cada vez que pensaba eso, él me demostraba que me equivocaba.

Aparté los pensamientos sobre Dawson y fui a mi habitación para arreglarme un poco. No es que Brantley lo fuera a notar o le importara, pero no quería estar en pijama cuando llegara.

Las chicas se marcharon con unos minutos de diferencia, ambas abrazándome fuerte antes de salir corriendo por la puerta para ser adolescentes y disfrutar de su noche.

Sentía bastante envidia hasta que sonó el timbre de mi puerta, con Brantley al otro lado.

BRANTLEY

Los vaqueros y una camiseta no deberían verse tan sexys. Casi no era justo. ¿Cómo se suponía que iba a resistirme cuando ella era todas mis fantasías hechas realidad?

—Hola —dijo Valentina, inclinando la cabeza hacia un lado y mirándome con los ojos entrecerrados—. ¿Estás bien?

Asentí y di un paso hacia ella. Debía de haberla estado mirando más tiempo del que me había dado cuenta, fantaseando con desnudarla y tener por fin la suerte de ver lo que se escondía bajo sus barreras.

—Todo bien —dije. Le di un beso en la mejilla, solo para poder quedarme un largo segundo e inhalar su suave aroma a vainilla—. ¿Cómo estás tú?

Se encogió de hombros y cerró la puerta detrás de mí. —Bien. Las niñas siguen teniendo problemas con que Dawson no apareciera ayer.

Como una ducha fría. Joder. No hay nada como mencionar a su ex marido, y mi ex amigo, para marchitar una erección creciente. Pero era necesario recordarme a mí mismo, y a mi polla, que Valentina no estaba en un momento donde una nueva relación fuera buena idea.

—Lo siento, Vee. ¿Quieres que hable con ellas? ¿Recordarles que no todos los hombres son como él? —La oferta salió antes de que pudiera pensarlo dos veces, pero en cuanto dije las palabras, quise retirarlas. No era su padre, y aunque ella había compartido que hablaban de mí antes, no quería pasarme de la raya.

Ella negó con la cabeza antes de que pudiera retractarme. —Las dos han salido. Pero gracias. Hemos hablado mucho hoy, y ellas han discutido mucho.

—¿Por qué discutieron?

Soltó una risa sin gracia. —Sam siempre será la niña de papá y quiere su aprobación. Bianca es mucho más cínica y menos propensa a darle oportunidades extra, aunque sé que también quiere su aprobación. Eso hizo que las cosas fueran tensas hoy.

—Mierda. Lo siento. ¿Estás bien tú?

Me miró con una mezcla de sorpresa y cautela. —¿Yo?

Tiré de uno de sus rizos cortos y luego lo dejé rebotar a su forma original. —Sí, tú, Vee. Defenderlo no debe de haber sido fácil. Y antes de que lo digas, lo sé porque eres buena persona. No quieres que lo odien, aunque tienen todo el derecho. Quieres que sigan viendo a su padre como su héroe. Quieres que acepten cualquier amor que esté dispuesto a darles.

—Me haces parecer como si no pudiera ver quién es realmente.

—Para nada. Lo ves. Lo ves mejor que nadie. Pero también los ves a ellos. Sabes que necesitan a su padre, aunque no sea el mejor padre del mundo.

Suspiró, y la combatividad que había surgido segundos antes se desvaneció. —Solo odio que tengan que lidiar con esto. Que nuestro matrimonio se desmoronara no debería haberles afectado tanto. Si no lo hubieran presenciado...

—Igualmente se habrían enterado. No hay forma de que hubiera permanecido en secreto en Cala MacKellar.

—Lo sé. Suspiró otra vez y se dirigió al sofá. Hundió la cabeza entre las manos y pareció derrotada. —Simplemente no es justo para ellos.

—No, no lo es. Pero nada de eso es culpa tuya.

Tomó aire. Su espalda se enderezó. Me senté a su lado, y me miró con una sonrisa. —Tienes razón. Y necesito superar mi fiesta de autocompasión.

—No es eso lo que estoy diciendo. No te estás compadeciendo de ti misma. Estás siendo muy sincera sobre el caos que es tu vida ahora mismo. Dawson la cagó y se largó dejándote a ti para que lo limpiaras todo.

Soltó una risita. —Sí, realmente lo hizo. Y estoy un poco harta de ello.

—Entonces deja de poner excusas por él.

Abrió la boca para discutir, pero levanté la mano.

—Lo sé. No estás poniendo excusas, estás intentando explicar. Tu matrimonio no era perfecto antes y no se desmoronó porque él te engañara. Lo entiendo. Pero estás asumiendo mucha de la culpa. Porque tú eres la que está aquí.

—Sí, suspiró.

—Así que, en lugar de hacer eso, necesitas recordar que hiciste todo lo que estaba en tu mano para salvar tu matrimonio. Al final, fue la infidelidad de Dawson lo que hizo que dejaras de luchar por tu matrimonio.

—Tienes razón.

—Sé que la tengo.

Ella se rio y negó con la cabeza. —Siempre me haces reír.

—Bien. Entonces mi trabajo aquí ha terminado.

—¿Eso significa que te vas a casa?

Resoplé. —Me has invitado a cenar, mujer. Más te vale ponerte a ello.

—¡Mierda! —dijo, saltando del sofá—. —No he preparado nada.

La seguí hasta la cocina y la cogí del brazo, haciéndola girar y atrayéndola hacia mí. Tarareé una melodía que en realidad no existía y me balanceé con ella, bailando durante un minuto hasta que se rio.

—Ahí está esa sonrisa que echaba de menos —susurré—. —Bienvenida de vuelta.

Ella exhaló, liberando toda la tensión. —Siento no haber preparado la cena todavía. Con las chicas hoy, simplemente perdí la noción del tiempo.

—No tienes que cuidar de mí todo el tiempo. Ya eres demasiado generosa cocinando para mí tanto como lo haces. Te debo una.

—Pero debería...

—A la mierda el "debería". Ni se te ocurra ir por ahí. Nunca te exigiré nada. Pidamos una pizza. Relájate. Siento que últimamente no hemos pasado tiempo juntos. Simplemente descansemos. Como solíamos hacer.

—¿En el instituto? —preguntó con una sonrisa.

Asentí. —En el instituto.

Seguimos bailando por la cocina, su mano en la mía, mi otra mano posada en su cintura. El calor de su piel a través de la fina tela de su camiseta me llamaba. Quería tocar su piel desnuda, sentir su cuerpo moviéndose contra el mío. Besarla y tocarla y amarla.

Pero era mi amiga, no mi amante, así que no tenía derecho.

La hice girar hacia fuera y luego la atraje de nuevo, con su espalda contra mi pecho. Se rio, y con suavidad la aparté antes de que notara el efecto que tenía sobre mí.

—¿Qué quieres en tu pizza? —le pregunté.

—Lo de siempre.

Asentí, sonriendo mientras buscaba el número en mi móvil y pulsaba para iniciar la llamada. Pedí una pizza grande con pimientos banana, salchicha y extra de queso, nuestra pizza favorita. Añadí pan de ajo y una ración de alitas teriyaki, y cedí cuando me ofrecieron una pequeña pizza dulce de galleta.

—Estará aquí en una hora más o menos —le dije mientras colgaba.

—Gracias.

La miré detenidamente y vi el agotamiento alrededor de sus ojos. Sabía que era mejor no decirle nada al respecto, pero me mataba verla tan exhausta. Ser madre soltera no era realmente nuevo para ella, pero le había pasado factura en los últimos meses.

—¿Seguro que estás bien? —pregunté.

Se encogió de hombros y me miró. —Dawson no ha estado aquí en meses, y antes de eso, apenas aparecía. Hoy me he dado cuenta de que la casa va a estar mucho más silenciosa.

—¿Qué quieres decir? —pregunté y tomé asiento junto a ella, lo suficientemente cerca para sentir su calor pero lo bastante lejos para que no resultara incómodo.

—Bianca se irá en unos años, y Sam no tardará mucho más. En noches como esta, ambas están fuera. Últimamente me he dado cuenta de que no tengo nada en mi vida que sea para mí.

—Tienes tu trabajo. Te encanta hornear. No estaba seguro de adónde quería llegar con esto, pero era la respuesta equivocada a juzgar por cómo arrugó la nariz y puso los ojos en blanco.

—Sí, pero es un trabajo. Lo disfruto, pero lo hago porque paga las facturas.

—Entonces, ¿qué quieres hacer para ti misma?

—No lo sé. Ese es el problema. Si tú no estuvieras aquí esta noche, yo estaría simplemente sentada aquí sola. Probablemente habría hecho palomitas y habría cenado eso en lugar de pizza. Habría bebido demasiado vino y luego me habría arrepentido. Es que no sé qué cosas me gusta hacer.

—Entonces descúbrelo.

Una risa se le escapó. —Lo dices como si fuera fácil. Es como lo del placer que comentábamos del libro en el club de lectura. Me di cuenta de que no tengo nada en mi vida que disfrute. Nada fuera del trabajo y mis hijos. Nada que haga porque me encante.

—¿En serio? ¿Nada? ¿Y qué hay del club de lectura? ¿O de beber vino? ¿Pasar tiempo conmigo?

Sonrió ante lo último. —Me encantan todas esas cosas. Pero no puedo beber vino y monopolizarte. No es justo.

—¿Justo para quién?

—Para ti. Para la mujer que te interesa. No puedo arrastrarte a mi miserable vida.

—Quiero estar en tu miserable vida, dije. —Espera, eso no ha sonado bien. Quiero estar en tu vida. Más de lo que crees, Vee. Te quiero. No te vas a librar de mí.

—Bien, pero cuando esta mujer entre en razón y se dé cuenta de lo buen partido que eres, puede que no quiera que yo ande por aquí. No quiero causar problemas entre vosotros.

Le sonreí. Si ella supiera. Pero no podía decírselo. No cuando estaba tratando de encontrar su camino en la vida.

—Si eso ocurre, serás la primera en saberlo.

—Perfecto.

—Bueno, cuéntame sobre ese libro. Sé que estabais hablando de placer, pero no dijiste que fuera de un libro. No sabía que leíais ese tipo de libros.

Resopló. —Por favor. Nos reunimos en la tienda de Finley. Ella solo vende novelas románticas, que podría decirse que tratan todas sobre el placer. Pero esta era más sobre encontrarte a ti misma. Placer que no proviene solo del sexo.

—Ah, ya veo. De ahí venía la conversación. Satisfacción emocional y física.

—Sí. Lo entiendes. Aunque me hizo pensar de verdad. Como claramente no estoy teniendo sexo, he decidido embarcarme en una búsqueda de placer.

Mi cerebro me bombardeó con imágenes de Valentina sintiendo todo tipo de placeres. Mi lengua en su cuerpo, mi polla dentro de ella, mis manos por todo su cuerpo. No importaba que hubiera dicho que estaba pensando en placeres no sexuales, lo único que mi mente escuchó cuando dijo *búsqueda de placer* fue eso.

—¿Es una tontería? —preguntó, sonando mucho menos segura de sí misma que hace un minuto.

—¿Descubrir qué te hace sentir bien? Ni de coña. Todos deberíamos conocer la respuesta a eso.

Me sonrió radiante, con su piel morena brillando de una manera que me devolvió a todas las formas en que me encantaría mostrarle el placer.

El timbre de la puerta interrumpió cualquier conversación adicional sobre el placer. No estaba seguro de si eso era bueno o malo, pero estaba demasiado cerca de ofrecerme como su compañero sexual en su búsqueda del placer, así que probablemente fuera algo bueno.

Fuimos juntos a la puerta para recibir al repartidor. Intenté rechazar su oferta de pagar, pero ella me apartó con el hombro y le entregó al repartidor más que suficiente dinero en efectivo para cubrir nuestro pedido y una buena propina. Coloqué las cajas sobre la mesa de centro y cogí platos de papel del armario encima del microondas para que no se preocupara por fregar ningún plato.

Una hora y una pizza entera después, me recosté en el sofá y gemí. —Eso estaba delicioso.

Valentina se rio y negó con la cabeza. —La mejor cena que he preparado en mucho tiempo.

Me reí con ella. La pizza que pedimos estaba buena, pero la compañía con la que la compartí era aún mejor. —¿Hasta qué hora estarán fuera las chicas?

—Bianca debe llegar a casa alrededor de las once. Xavier la traerá después de la última película, pero él tiene que cerrar. Goldie y Patrick dijeron que traerían a Sam sobre las diez.

Me levanté y llevé la caja de pizza a la cocina. Sentí su mirada sobre mí mientras me movía. Sabía dónde estaba todo en su casa, así que cogí una bolsa para guardar la pizza sobrante y la metí en el frigorífico antes de llevar la caja al cubo de basura en el garaje.

—No tienes por qué limpiar —dijo cuando volví dentro.

—Es lo mínimo que puedo hacer ya que tú has pagado la cena. ¿Quieres hacer algo más, o ya estás lista para echarme?

—Nunca estoy lista para echarte —dijo.

Su tono era ligero y juguetón, pero esas palabras me llegaron hondo. Sabía que aún sentía el dolor de su divorcio, aunque afirmara estar bien. Yo cargaba con la culpa de ello. Dawson era mi compañero de piso, y yo los presenté. Nunca esperé que fuera un auténtico cabrón o que engañara a la mujer más perfecta del mundo.

Si tuviera la suerte de tener a Valentina, adoraría el suelo que pisara. Joder, ya lo hacía de todos modos, pero ella no lo sabía.

—¿Una película? —sugerí, para evitar preguntarle si podía besarla. Sería un error. Acababa de salir de un matrimonio, y yo debía ser su amigo, no aprovecharme de ella.

—Sí, suena bien. Pero nada cursi ni romántico.

—Ni se me ocurriría.

Me entregó el mando, sin inmutarse cuando nuestras manos se tocaron. Encendió una chispa dentro de mí como si tuviera bengalas en los pantalones. Nada nuevo.

Busqué entre las opciones y encontré una vieja película favorita nuestra.

—Ah, hace una eternidad que no veo esta —dijo cuando empezó.

—Yo tampoco.

Recogió los pies bajo ella y se inclinó hacia mí. Su cabeza descansaba en mi hombro, sus pechos contra mi brazo y una sonrisa en su rostro.

Habíamos visto películas así más veces de las que podía contar, especialmente cuando estábamos en el instituto y no éramos conscientes de nuestras hormonas. Ella nunca me veía como algo más que un amigo, pero yo siempre la vi como mi futuro.

Lástima que construyera ese futuro con otra persona.

La película avanzaba mientras mirábamos, el pasado mezclándose con el presente, haciéndome olvidar que ella estaba prohibida. Mi mano cayó entre nosotros, justo encima de la suya, y todas aquellas hormonas adolescentes desatendidas con las que no sabía qué hacer saltaron y tomaron nota.

Ella giró su mano bajo la mía, entrelazando nuestros dedos. Mi pulgar acarició su muñeca, rozando el rápido pulso que latía allí.

—Brantley —susurró.

—¿Sí?

—¿Qué estamos haciendo?

—Viendo una película. Fui intencionadamente vago. No quería estropear nada. No podía. Decirle cómo me sentía era un riesgo que no estaba seguro de poder asumir todavía. No cuando ella aún estaba dolida. Vulnerable. No preparada para lo que yo quería.

—¿Por qué vienes tanto por aquí?

—¿Quieres que me vaya?

—No —soltó ella de golpe—. Solo me preguntaba por qué no sales con nadie. Por qué no estás casado. Eres un hombre increíble.

—Simplemente no he captado la atención de la mujer adecuada todavía.

Ella negó con la cabeza. —Debe de estar ciega para no fijarse en ti.

Solté una risa. —Algo así.

Se quedó en silencio unos minutos más. La película seguía reproduciéndose, pero apenas la noté.

—Gracias por estar aquí, Bee. No creo que hubiera podido superar estos últimos meses sin ti.

—Siempre estaré aquí para ti, Vee.

—Te quiero —susurró.

—Te quiero, Vee. Más de lo que imaginas.

Sonrió y se acurrucó contra mí. Le besé la parte superior de la cabeza e inhalé su aroma. Lo echaría de menos cuando tuviera que volver a casa.

—Debería haberme casado contigo en vez de con Dawson —dijo.

—¿Qué?

Exhaló suavemente. —Había una parte de mí que esperaba que te levantaras en mi boda y me dijeras que no me casara con él porque estabas enamorado de mí. Obviamente, era una tontería. Pero estaba loca por ti. Dawson fue como mi segunda opción ya que tú no sentías lo mismo.

—Imposible —solté de golpe.

Ella asintió. —Sí. Lo amaba, pero si alguna vez hubiera pensado que tenía alguna oportunidad contigo, nunca habría salido con él.

Me moví para poder mirarla y me coloqué el pelo detrás de la oreja para no perderme ni una palabra de lo que me estaba confesando. —Pero te casaste con él. Tuviste hijos con él. Una vida entera. ¿Por qué harías eso si no era tu primera opción?

Ella se incorporó y se encogió de hombros. —Realmente pensé que estabas intentando pasarme a él. Y nunca conocí a otros chicos que me gustaran tanto como él. Excepto tú, pero eso nunca iba a suceder.

—Sigo sin entender por qué pensaste eso.

Ella se echó hacia atrás e inclinó la cabeza, mirándome como si hubiera dicho que el chocolate no es bueno. —Era bastante obvio. Vosotros estabais hablando de todas las chicas guapas del campus, y Dawson te estaba felicitando por una que ya te había pedido una cita. Supuse que le pediste que hablara conmigo para que te diera algo de espacio.

—Eso era lo último que quería en aquel entonces. Me he estado reprochando durante años el haberos presentado. Estaba coladísimo por ti en el instituto.

Ella contuvo la respiración y abrió mucho los ojos.

—Dawson insistió en venir ya que no conocía a nadie más. Cuando empezasteis a salir, me enfadé muchísimo conmigo mismo. Nunca tuve el valor de decirte lo que sentía.

Ella se rió, un sonido tímido como si no estuviera segura. Nos conocíamos desde hacía más de la mitad de nuestras vidas. Habíamos hablado de todo. Pero nunca le había confesado que me gustaba. —¿Pero me lo estás diciendo ahora?

—Tú lo has admitido primero. Solo desearía haberlo sabido en aquel entonces.

—Mi vida habría sido tan diferente si me hubiera dado cuenta.

Nos miramos fijamente, con el pasado y el presente flotando en el espacio entre nosotros.

Miré sus labios, y ella los humedeció. Labios brillantes, húmedos y exuberantes que me suplicaban que me acercara.

No sé quién de los dos se movió primero, pero chocamos

en el medio. Mi mano fue hacia sus rizos en espiral, mis dedos se enredaron en ellos y le incliné la cabeza a mi antojo.

Ella gimió suavemente, casi un suspiro, como si hubiera estado esperando media vida para sentir mis labios contra los suyos.

Igual, Vee, igual.

Pasé la lengua por la comisura de sus labios, y ella se abrió para mí, gimiendo con el primer contacto. Le succioné la lengua, posando mi mano en su cadera y animándola a acercarse más.

Captó la indirecta y se sentó a horcajadas sobre mí en el sofá. Mi erección palpitó al sentir su calor justo sobre mi centro.

—Joder —gruñí. El calor entre nosotros era abrasador sin siquiera intentarlo. Todo el tiempo que me dije a mí mismo que la olvidara, que la dejara ir, estaba equivocado. Tan jodidamente equivocado.

La puerta de un coche se cerró de golpe fuera. Ella se echó hacia atrás, con los ojos desorbitados mientras miraba fijamente la puerta principal. Los faros iluminaron las ventanas.

—Sam está en casa —siseó Valentina. Se bajó a toda prisa de mi regazo, alisándose el pelo revuelto por mis dedos y limpiándose los labios como si ese gesto pudiera borrar lo que acababa de ocurrir.

Estaba de pie frente al sofá, observando la puerta, cuando Sam entró.

—Ya estoy en casa —anunció Samantha. —Oh. Estáis aquí mismo. Hola, tío Brantley.

—Hola, cariño —dije, girándome para sonreír y saludarla con la mano. No podía levantarme. No estaba seguro de que mis piernas sin sangre pudieran sostenerme, pero tampoco quería escandalizar a la adolescente que sin duda notaría la erección que tenía, ya que intentaba traspasar mi cremallera.

—¿Qué tal la cena? —preguntó Valentina, con la voz aguda y frenética.

—Bien —dijo Sam. —¿Estás bien, mamá?

—¡Sí! Sí. Bien. Todo bien. Solo estábamos viendo una película.

Sam miró la tele, congelada desde que la pausamos, y puso los ojos en blanco. —¿Otra vez? Te encanta esta película.

—Me encanta. Y al tío Brantley también.

El móvil de Sam sonó. —Es Paul. Vamos a hablar. Adiós, tío Brantley.

—Adiós, Sam.

Sus pasos se alejaron rápidamente, y Valentina se desplomó en el sofá a mi lado. —Eso casi acaba muy mal.

Maldita sea. Eso no era lo que esperaba que dijera.

VALENTINA

Respiré hondo y solté el aire despacio. Besé a Brantley. Joder, besé a Brantley. O él me besó a mí. No lo sabía, y tampoco me importaba. Nos besamos.

Y fue casi orgásmico. Un beso no debería ser tan bueno. ¿Estaría simplemente fuera de práctica? Hacía mucho tiempo que no besaba a un hombre, y tras años de besos rápidos con Dawson que dejaban mucho que desear, no podía recordar que hubiera sido así con él.

—Debería irme —dijo Brantley de repente. Se levantó de un salto del sofá y caminó nervioso hacia la puerta.

—Oh, um, vale. —Le seguí, mientras todas las deliciosas sensaciones que bailaban en mi interior se hundían como plomo en mis entrañas. No sentía lo mismo. Yo estaba intentando no sonreír como una idiota y él solo quería largarse de mi lado.

Dios, era tan idiota.

—Gracias por la cena. Y por la película —dijo.

Incómodo. Era totalmente incómodo. Las cosas nunca habían sido incómodas con Brantley antes. Me daban ganas de llorar. ¿Por qué le dije que desearía haberme casado con él en lugar de con Dawson? Fue hace toda una vida. Nunca debería haber dicho nada.

—Brantley, espera.

Se giró pero no me miró a los ojos. La ligera barba de su mandíbula hacía que me picaran los dedos. Llevaba el pelo recogido en un moño bajo. Quería suavizar las líneas entre sus ojos y llevarnos a ambos de vuelta a donde estábamos hace apenas un minuto.

Pero el momento había pasado.

—No quiero que lo que ha pasado estropee las cosas entre nosotros.

Sonrió con los labios, una mueca que habría engañado a la mayoría de la gente pero no a mí. Su sonrisa no llegaba a sus ojos. No le iluminaba como solía hacer cuando me sonreía. —Estamos bien.

—¿Estás seguro?

Asintió. —Definitivamente. Te veré pronto.

—Vale. Buenas noches.

—Buenas noches, Vee.

Me besó en la mejilla, deteniéndose solo un segundo, y luego se marchó. Como si fuera una noche cualquiera y nada diferente hubiera ocurrido. Como si no me hubiera besado y hecho desear poder retroceder en el tiempo para hacer un único cambio. Un cambio que alteraría mi vida para siempre.

Me quedé en el salón, escuchando cómo arrancaba su todoterreno y salía de mi entrada. Lo odiaba. Odiaba saber que las cosas habían cambiado. Así de rápido, todo había cambiado. Y no sabía por qué ni cómo hacer que volvieran a ser como antes.

Definitivamente debería haber mantenido la boca cerrada.

ME NEGUÉ A ESTRESARME POR BRANTLEY. Estaríamos bien. Siempre lo estábamos. Había sido nosotros contra el mundo desde siempre. Sobrevivimos a mi matrimonio y a mi divorcio, y también superaríamos mi confesión y mi estúpido ataque hacia él.

Solo tenía que dejar de pensar en lo que podría haber pasado si Sam no hubiera llegado a casa cuando lo hizo. Porque eso definitivamente no me estaba haciendo ningún bien. A menos que contara el nuevo juguete que me compré y lo condenadamente bueno que era en la ducha, especialmente cuando cerraba los ojos y me permitía imaginar a Brantley allí conmigo.

No. No podía. Nunca iba a suceder. Así que tenía que parar.

El placer se suponía que debía ser no sexual. Maldita sea.

Sacudí la cabeza y chorreé salsa de caramelo sobre los brownies que acababa de terminar. La sal marina y el caramelo siempre combinaban bien, pero el chocolate que usé era rico y decadente por sí solo. Añadí un poco más de sal para equilibrar la riqueza y espolvoreé todo con azúcar glas para mejorar la presentación.

Estaba bueno. Condenadamente bueno. Podría haberme comido toda la bandeja, pero sabía que solo me haría sentir mal.

Harriett estaba más que encantada de que probara cosas nuevas y disfrutaba vendiéndoselas a los clientes. Mucha gente venía solo para ver qué novedades teníamos, y cuando no se me ocurría algo nuevo, era una decepción para ellos.

Lo nuevo era bueno.

—Valentina, ven aquí un momento —susurró cuando coloqué la bandeja de brownies en la vitrina.

No había cola, pero todas las mesas del local estaban ocupadas. Sonreí al ver que cada uno tenía algo diferente, desde chocolate hasta toffee, pasando por fudge y cupcakes.

—Mira las expresiones de sus caras —susurró Harriett. Sabía que yo estaba probando cosas nuevas y buscando lo que me hacía feliz. Llevaba días intentando mostrarme cómo los clientes disfrutaban de su comida.

Miré alrededor y sonreí. Ojos cerrados, labios curvados en atisbos de sonrisas. Gemidos y lenguas relamiéndose. Extendiendo los dulces a familiares y amigos para compartir, pero rápidamente retirándolos para sí mismos.

Éxtasis. Esa era la palabra que me venía a la mente. Estaban disfrutando de mis creaciones, mis obras de arte.

Mis labios se curvaron en una sonrisa por primera vez en días. Después de que Brantley se marchara el sábado por la noche, me había costado ver la alegría incluso en las cosas más pequeñas, pero ver a mis amigos y vecinos deleitándose con algo que yo había hecho me permitió sonreír de nuevo.

—Es hermoso, ¿verdad? —preguntó Harriett.

Asentí. —Realmente lo es. Gracias por compartir esto conmigo.

Harriett me dio unas palmaditas en la mano. —Tú lo has hecho posible. Esta es mi parte favorita del día. Cuando todos están disfrutando de sus dulces y no pueden parar lo suficiente para tener una conversación. Cuando hay silencio aquí porque están amando lo que has preparado. Es lo que me hace venir todos los días.

—Esto es muy especial. Has creado un lugar increíble aquí.

Miró alrededor y sonrió. —Me encanta estar aquí. Y me encanta tenerte aquí. Has hecho que sea más de lo que jamás soñé que podría ser.

—Las dos lo hemos hecho.

La campanilla de la puerta sonó, y Harriett saludó a los clientes. La dejé encargándose de cautivarlos y me retiré a la cocina.

Hacer felices a los demás había sido mi pasión desde que

tenía memoria. Quería verlos sonreír, verlos disfrutar de las cosas. Pero yo también quería disfrutar. Sentía que faltaba una pieza. Una pieza que no debería haber sido tan difícil de encontrar.

Pasé el resto del día trabajando en nuevas recetas para cosas que me parecían increíbles. Cuando salí para recoger a los niños de sus actividades, estaba exhausta pero orgullosa del trabajo que había hecho. No estaba segura de tener el mismo disfrute extático que los clientes, pero me gustaba lo que había creado. Y estaba feliz de seguir creando.

Aparqué en el estacionamiento, no muy lejos del todoterreno de Brantley, pero tampoco cerca. No quería que pensara que estaba intentando quedarme a solas con él o algo así. No habíamos hablado realmente desde que salió corriendo de mi casa, y no estaba segura de qué decirle.

El entrenamiento aún continuaba, así que saqué mi móvil y abrí mi correo electrónico. La mayoría era basura, pero llevaba unos días sin revisarlo. Estaba leyendo sobre un nuevo programa creado por alguien a quien seguía cuando alguien golpeó mi ventanilla.

Di un respingo, casi se me cayó el móvil y grité, todo a la vez.

Entonces miré y vi a Goldie riéndose de mí.

Puse el móvil en el portavasos y salí del coche.—¿Qué haces aquí?

—Iba a preguntarte lo mismo. Pensaba que me tocaba recoger a las niñas hoy.

—¿En serio? Maldita sea. Estoy tan excitada. Quiero decir, confundida. Uf.

Goldie arqueó una ceja.—Mmm, ¿estás bien?

—No. Ni un poquito.

—¿Qué está pasando?

Me di cuenta de lo que estaba admitiendo e inmediatamente me retracté.—Nada. Lo siento. Han sido unos días muy largos. Estoy bien.

—Estás mintiendo. Hace tiempo que no quedamos. ¿Qué vas a hacer esta noche?

—Mmm, yo, eh...

—O sea, nada. Goldie estaba escribiendo mensajes mientras hablaba.—Vamos a ir a O'Kelley's. Anna va a reunirse con nosotras allí. Cena y copas. Como sé que no trabajas esta noche, no puedes escaquearte.

Le lancé una mirada hosca. Me caía bien Goldie, mucho, pero no estaba segura de querer contarle lo que estaba pasando. Ya había presenciado el peor momento de mi vida. ¿Realmente quería arrastrarla también al segundo peor?

—Ve a casa y tómate unos minutos para ti. Yo llevaré a las niñas a casa. Pueden ducharse y cambiarse, y Patrick puede vigilarlas a todas esta noche.

—Seguro que les encantará.

Goldie se rio. —Le adoran. Prácticamente tiene su misma edad. Pero tiene una tarjeta de crédito y puede pagar la cena. Anna está bien. Dice que sus chicos se apuntan.

—No puedo...

—Sin discusiones. Tienes *necesito ayuda* escrito por toda tu preciosa cara.

—¿Tan obvio es?

Goldie asintió y me apretó la mano. —Te vamos a arreglar todo esto. Vete a casa. Yo llevaré a las chicas pronto.

—Gracias, Goldie.

Asintió y se marchó, dejándome para que hiciera lo que me había indicado.

Todavía no estaba acostumbrada a depender de otros, pero Goldie me estaba ablandando. Había estado ahí para mí más que nadie excepto Brantley en los últimos meses, y si lo estropeaba todo con Brantley, entonces iba a apoyarme aún más en Goldie. Y en Anna.

Me cambié la ropa de trabajo y dudé si darme una ducha rápida. Olía a azúcar y café, así que decidí simplemente cambiarme de ropa y seguir adelante.

Goldie dejó a las niñas y les dijo que todas iban a cenar en su casa. Se ducharon en tiempo récord y estuvieron listas para salir casi antes que yo. Cuando llegamos a casa de Goldie, los demás ya estaban allí esperándonos.

Anna nos llevó a las tres al O'Kelley's, charlando durante todo el trayecto. Todos solíamos quedar en el O'Kelley's con regularidad. El marido de Anna, Hudson, era el propietario y un buen hombre. Ambos habían estado casados antes, pero él era viudo y ella estaba divorciada. Se encontraron y, aunque no se llevaban bien, lucharon hasta que se cayeron bien.

Hudson ya tenía una mesa para nosotras con bebidas y aperitivos cuando llegamos. Le dio a Anna un beso que me hizo sonrojar, y me hizo preguntarme si el placer podía existir sin sexo porque, joder, me puso a cien.

—Bueno, ¿qué te pasa? —preguntó Goldie tan pronto como todas estuvimos sentadas y habíamos dado nuestros primeros sorbos.

—¿Qué? —solté.

—Te ha preguntado qué te pasa. Dijo que antes estabas hecha un lío. ¿Qué está pasando?

Miré entre ellos, tan tranquilos como podían estar, mientras comían queso frito y patatas con piel. Yo solo quería derrumbarme. —Las cosas se pusieron raras con Brantley y ahora no sé qué hacer.

—¿Qué pasó? —preguntó Goldie.

—Le besé —admití. Arrancando la tirita de golpe.

—¿Que tú qué? —jadearon al unísono.

—Vino a cenar el fin de semana pasado, y estábamos hablando, y le confesé que me gustaba en el instituto. Me dijo que él también sentía lo mismo, y entonces nos besamos.

—¿Y luego qué? —preguntó Anna.

—Y entonces Sam llegó a casa, y Brantley se marchó.

—¿Se marchó? ¿Así sin más? —preguntó Goldie.

Me encogí de hombros. —Sí. Hablamos un segundo y luego se levantó y se fue.

—¿De qué hablasteis?

—De nada en realidad. Le dije que casi habría sido muy malo que Sam nos pillara besándonos, y le dije que no quería que nuestro beso estropeara las cosas.

Intercambiaron una mirada que decía a gritos que pensaban que lo había estropeado de todas formas.

—¿Qué? —gemí.

—Decirle a un chico que fue *muy malo* después de besarle es probablemente-

—Muy malo —terminó Anna por Goldie.

—Sí.

—Pero no me refería al beso. El beso fue... Lo malo era que Sam casi nos pilla.

—¿Le explicaste eso a Brantley? —preguntó Anna.

Pensé hacia atrás y luego negué lentamente con la cabeza.

—¿Quieres tener una relación con Brantley? —preguntó Goldie.

—No. Sí. No lo sé. No creo que deba involucrarme con nadie ahora mismo. Estoy haciendo esta Búsqueda del Placer, y...

—Espera, ¿qué es eso? —preguntó Goldie.

—Del libro de hace unas semanas. Donde hablaban sobre lo que nos da placer. Anna y Hudson también lo están haciendo. ¿Vosotros no?

Anna asintió. —Lo estamos haciendo. Buscando cosas que disfrutamos, cosas que nos dan placer, que van más allá del sexo.

—Vale, ahora lo recuerdo —dijo Goldie—. Entonces, ¿qué tiene que ver eso con Brantley y con querer o no querer una relación?

Fruncí el ceño y cogí un trozo de queso. Definitivamente necesitaba comida para tener esta conversación.

Goldie y Anna siguieron comiendo, esperando pacientemente a que me explicara.

Exhalé con fuerza. —Empecé a salir con Dawson cuando tenía dieciocho años. Durante toda mi vida adulta, he estado con él. Con el tiempo, perdí quién era, pero hay una parte de mí que sabe que nunca me tomé el tiempo para descubrir quién era realmente. Pasé de ser una adolescente viviendo en casa a una universitaria en una residencia y luego a una esposa viviendo con Dawson. No hubo tiempo para averiguar quién era, quién soy. Y siento que necesito descubrir eso.

—¿Sin Brantley? —preguntó Anna.

Me encogí de hombros. —Si me involucro con él, ¿no estoy abriéndome a dejar que me influya? ¿No estaría simplemente pasando de un hombre a otro?

Goldie se inclinó hacia delante. —Creo que eso depende de ti. Pero si no estás lista o interesada en una relación con Brantley, está bien.

—Da igual. A él le gusta alguien.

—¿Quién?

—No lo sé. No me lo dijo. Pero no quiero interponerme en su camino para que tenga una vida.

—Vale, entonces ¿qué estás buscando? ¿Qué es lo que quieres? —preguntó Anna.

Lo pensé durante un largo momento y miré a mis dos amigas más cercanas. Ambas estaban divorciadas. Sabían mejor que cualquiera de nuestras otras amistades por lo que estaba pasando. Pero me había contenido.

Era hora de dejar de hacerlo.

—Echo de menos tener a alguien. Tener a alguien a quien volver a casa. Alguien con quien hablar cuando estoy teniendo un día horrible. Tener una pareja. Dawson no fue esa persona durante mucho tiempo, pero era mi marido, así que me decía a mí misma que estaría ahí si realmente lo necesitaba. Simplemente nunca me permití necesitarlo. Pero cuando se marchó, fue duro. Le odiaba por serme infiel. Le odiaba por haberme hecho eso. Pero creo que lo que más odiaba era que nunca luchó por mí. Por nosotros. Le dije que se fuera, y se fue.

Cada una extendió la mano y cogió una de las mías. Levanté la mirada hacia sus ojos y vi la profunda comprensión en sus miradas. Realmente lo entendían.

—Cuando Charles me dijo que me dejaba, le supliqué que no lo hiciera. Le dije que podía tener su relación pero que se quedara. Él sabía que le odiaría por ello, y tenía razón, pero en ese primer momento de debilidad, cuando vi que mi matrimonio desaparecía, estaba tan asustada que quería aferrarme a lo que pudiera —admitió Goldie.

Anna soltó una risita. —Nick venía a casa con tan poca frecuencia que tuve muchos de esos momentos. Cuando descubrí que estaba embarazada de Matty, no se lo dije porque sabía que se iría en cuanto supiera que venía otro niño. Sabía que era horrible para mí, pero no quería estar sola. No quería admitir que había fracasado en tantas cosas.

—Tú no fracasaste—le dije a Anna.

Anna sonrió. —Sí que lo hice, pero los fracasos son parte del éxito. Si no me hubiera casado con Nick y no hubiera tenido a Joey y a Matty, mi vida no sería la misma. No me habría dado cuenta de lo maravilloso que es Hudson si no hubiera sabido lo poco que valía Nick. Bueno, quizás no, pero ya sabes lo que quiero decir. Me hace apreciar a Hudson mucho más.

—Así es como me siento con Patrick. Si me hubiera aferrado a mi relación con Charles, nunca habría conocido a Patrick ni lo habría dejado entrar en mi vida. Nunca habría encontrado a este hombre maravilloso que me hace sentir que soy lo mejor que podría pasarle.

—No estoy segura de estar preparada para eso todavía —confesé.

—Nunca lo estarás —dijo Anna. —Yo luché contra mis sentimientos por Hudson cada segundo de cada día. Lo detestaba. Pero él estuvo ahí para mí. Una y otra vez estuvo ahí.

—¿Te desgastó? —bromeé.

—No. Me demostró que no todos los hombres son como Nick. Algunos se quedan. Algunos no engañan. Algunos son buenos, honorables y fieles a su palabra.

Contuve la respiración y luché contra las lágrimas que me picaban en las comisuras de los ojos. Eso es lo que pensaba de Brantley. Pero no era mío, y nunca lo sería.

—Deberías apuntarte a En Busca del Galán de Papel —dijo Goldie—. La creó Karissa. Es una buena aplicación. Puedes conocer gente sin más.

—¿La aplicación de citas? ¿En serio?

Goldie le lanzó a Anna una mirada que no supe interpretar, y Anna asintió. —Deberías hacerlo. Es una buena oportunidad para ampliar tus posibilidades en la búsqueda del placer. Probar cosas nuevas. Conocer gente nueva. Expandir tu mundo.

—No estoy segura.

—Dame tu móvil —dijo Goldie.

Le lancé una mirada de desaprobación, pero ella agitó la mano para que se lo entregara. —Vale.

Anna fue al mostrador a pedir más comida y bebidas, y a darle unos cuantos besos a Hudson. Goldie me bombardeó con preguntas y creó mi perfil. Cuando me devolvió el móvil, Hudson nos trajo hamburguesas, patatas fritas, más queso frito y bebidas.

—¿Necesitáis algo más, señoritas? —preguntó Hudson. Jugueteaba con el pelo de Anna mientras hablaba.

—Todo bien. Gracias, cariño. —Anna inclinó la cabeza hacia atrás para recibir un beso, que Hudson le dio con un susurro que no pude oír.

Me concentré en mi comida. No me entusiasmaba la idea de las citas por internet, pero quería lo que ellos tenían. Quería tener una pareja de nuevo. Una de verdad. Quizás no ahora mismo, pero si me lanzaba y me abría a las citas, tal vez alguien me sorprendería.

BRANTLEY

Asentí a Hudson mientras ocupaba lo que se había convertido en mi asiento habitual en O'Kelley's durante la semana. Estaba harto de comer comida de bar, pero con mi cocina aún hecha un desastre y las cosas con Valentina no muy bien, no tenía otra opción.

No pasó mucho tiempo antes de que Hudson se acercara con un vaso de agua para mí. Se había acostumbrado a verme allí y entendía cuando le dije que no bebía mucho durante la temporada.

—¿Sándwich de pollo?

—Sí. Gracias.

—¿Algún acompañamiento esta noche?

—¿Tenéis algo de ensalada?

Hudson se rio.—De hecho, Charlie dijo que podía prepararte una ensalada. No tiene muchas opciones de aliño, pero podría hacer algo si estás abierto a posibilidades.

—No me jodas.

Hudson asintió.—Intentamos complacer a nuestros clientes. Tenemos lechuga, tomate, cebolla, cosas así para las hamburguesas, así que Charlie dijo que podía picarlo todo y prepararte una ensalada si querías.

—Eso es genial. Gracias. Dale las gracias a él también.

—Entendido. Hudson empezó a alejarse, pero luego se volvió hacia mí.—¿Te quedas aquí o vas a la mesa con las chicas?

—¿Qué chicas?

—Anna, Valentina y Goldie están aquí. Supuse que lo sabías.

Negué con la cabeza y di un sorbo a mi agua. Mi cuerpo se acaloró de repente. Quería girarme y verla tanto como quería salir corriendo antes de que me viera.

Hudson me miró demasiado fijamente. Evité su mirada hasta que finalmente asintió y se alejó.

Sin embargo, no me iba a librar tan fácilmente. Volvería.

Bebí mi agua y saqué el móvil, esperando transmitir una vibra de *déjame en paz*. Como el verano había terminado, no había muchos turistas por los alrededores, pero tampoco quería que ningún padre se me acercara. Solo quería comer mi cena e irme a casa.

Hudson regresó con mi comida y una mirada que decía que quería respuestas.

Mierda.

—¿Qué está pasando entre Valentina y tú?

—Nada.

—Eres un pésimo mentiroso. ¿Qué ha pasado? Anna dijo que siempre habíais sido cercanos, pero has venido a cenar aquí todas las noches de esta semana. ¿Qué ha ocurrido?

—No ha pasado nada.

—Repito, pésimo mentiroso.

—No tengo ganas de compartir mis sentimientos — contraataqué.

—No te he preguntado por tus sentimientos. Te he

preguntado qué ha pasado. Supongo que la has cabreado si no estás dispuesto a ir a saludarla. ¿Qué has hecho?

—Yo no he hecho nada. Es ella quien... —me interrumpí antes de admitir algo. Era bueno.

Hudson me miró atentamente y se apoyó en el borde de la barra. —Ahora está soltera.

—Soy consciente. Pero no está interesada en salir con nadie. Especialmente conmigo.

—¿Qué te hace estar tan seguro de eso?

—Me lo dijo.

—¿Te dijo que no quiere salir contigo?

—Después de besarme, sí. Su hija volvió a casa y Vee dijo que besarnos había sido muy malo.

Hudson arqueó tanto las cejas que casi desaparecieron bajo la visera de su gorra de béisbol. Era uno de los mayores donantes de los Patrocinadores Deportivos de Cala MacKellar, algo que yo solo sabía por ser entrenador. Hudson había jugado para MCHS y había sido una estrella, pero una lesión de rodilla acabó con su carrera universitaria. Podría haber tenido mi puesto de entrenador si lo hubiera querido. Era el doble de buen jugador de lo que yo jamás había sido.

—Vaya, tío, eso es un palo. Pensaba que tenías mejores movimientos.

Puse los ojos en blanco mientras él se reía. —Sí, sí.

—Bueno, será mejor que te compongas, porque acaba de verte.

—¿Qué?

Hudson apretó los labios y asintió, alejándose para dejarme a solas con Valentina.

—Hola —dijo, sentándose en el taburete junto al mío.

La miré y sonreí. —Hola. No sabía que estabas aquí.

—Lo mismo digo. Anna me contó que Hudson había comentado que llevas toda la semana por aquí. Me preguntaba por qué no había sabido nada de ti.

Me encogí de hombros. Nuestra última cena había ido tan bien, ¿para qué intentarlo de nuevo?

—¿Es porque te besé? Lo siento. No quería que las cosas se volvieran incómodas entre nosotros.

—Está bien. No es eso.

—¿Entonces qué es?

—No quería seguir invadiendo tu espacio. He estado abusando de tu hospitalidad.

—Ni lo más mínimo. Eres mi mejor amigo, Bee. Siempre quiero tenerte cerca.

Exhalé lentamente, intentando dejar ir el dolor. Ella realmente no lo decía en serio, pero no iba a reprochárselo.

—Ven mañana por la noche a cenar.

Dudé. No me interesaba repetir lo del fin de semana anterior.

—Las chicas estarán allí. Te lo prometo. No va a pasar nada raro. Mantendré las manos quietas.

Me forcé a sonreír. No era eso lo que quería de ella, pero era lo mejor. Necesitábamos volver a ser amigos. Nada más. Solo amigos.

—Suena bien.

—Bien. Miró mi plato. —Oye, ¿cómo has conseguido una ensalada?

—Charlie me la ha preparado. Creo que se compadeció de mí porque llevo preguntando cada noche si tienen ensalada.

—Qué bien. Voy a tener que esforzarme más para que vengas a cenar a mi casa si voy a competir con esto.

Solté una risa y negué con la cabeza. —No hay competencia sobre dónde prefiero estar. Pero no se lo digas a Charlie.

Sonrió y se selló los labios, cerrándolos con llave y tirando la imaginaria llave.

—Gracias. Le guiñé un ojo.

—Voy a volver con Anna y Goldie, pero ¿estamos bien?

Asentí. —Siempre, Vee. Que pases buena noche.

—Tú también.

Dudó un momento, luego me apretó el brazo y volvió con sus amigos.

Me negué a verla alejarse.

EL PEOR DÍA siempre era cuando entregaba los exámenes corregidos. Especialmente cuando había uno o dos estudiantes que habían suspendido estrepitosamente. Y era aún peor cuando esos estudiantes pertenecían a mi equipo.

Como Kevin.

Recorrí los pasillos del aula entregando los exámenes. Muchos de los chicos suspiraron aliviados al ver su nota, pero la tensión aumentaba a medida que avanzaba por la clase. Cuando llegué al pupitre de Kevin, me detuve. Sobre su calificación había una nota pidiéndole que se quedara después de clase para hablar. Me miró y asintió con la cabeza, entonces seguí adelante.

Dediqué la clase a repasar el examen para que todos supieran qué habían hecho mal. Mi expectativa era que los estudiantes siguieran la corrección y la hicieran ellos mismos.

Sonó el timbre y todos se levantaron de sus asientos. Esperé cerca de la parte delantera del aula a que los estudiantes salieran, luego me centré en Kevin.

Tenía la mochila colgada sobre un hombro, una expresión molesta en la cara y los labios fruncidos. Ya había tomado su decisión. Estaba harto.

—Sé que este es su primer año aquí, así que no estoy seguro de si conoce la política del colegio sobre las calificaciones deportivas.

—Sí.

—Entonces sabes que esta nota te deja por debajo del aprobado y significa que no podrás competir en la próxima competición a menos que la subas.

—Lo que sea.

Las ganas de reprenderle eran fuertes, pero con los años había aprendido que cuando los chicos se comportaban como Kevin, la situación era más complicada.

—Eres un corredor con talento, Kevin. Y eres un chico brillante. No quiero que te rindas.

—¿Por qué? ¿Porque tengo un futuro tan prometedor? No sabes nada sobre mí.

—Entonces cuéntame sobre ti.

Sonó el timbre para la siguiente clase, y una mirada de pánico cruzó su rostro. —Tengo que irme.

—Te daré un justificante. Háblame. ¿Qué está pasando?

Kevin me miró como si no confiara en mis preguntas. Como si no creyera que quería ayudarle.

Siempre existía una separación entre estudiantes y profesores, pero él también estaba en mi equipo. Eso normalmente ayudaba a forjar una mejor conexión. Una que Kevin no parecía sentir.

—Estoy disponible para dar clases particulares después de la escuela. Hay tiempo antes del entrenamiento si necesitas ayuda. Los errores que cometiste fueron todos menores. Cosas que parecían como si estuvieras apresurándote en lugar de que no entendieras lo que estaba pasando.

—¿Qué diferencia hay?

—Hay una gran diferencia. Quiero ayudarte.

—No me lo creo.

—No sé cómo funcionaban las cosas en tu antigua escuela, pero aquí ayudamos a nuestros estudiantes. Quiero ayudarte.

—No puedo quedarme después de clase. Tengo que ir a español. Voy atrasado en esa asignatura, y ella me ayuda.

—¿Y más tarde? ¿O antes de las clases?

—No se preocupe. No puedo hacerlo. Tengo que irme.

—Kevin...

Salió del aula sin decir una palabra más. Sin una nota. Sin ninguna explicación.

No estaba de acuerdo con eso. Entendía que estuviera frustrado, pero ¿por qué no estaba dispuesto a dejar que le ayudara?

TODAVÍA ESTABA INTENTANDO AVERIGUAR la respuesta a esa pregunta cuando llegué al entrenamiento. Kevin estaba calentando con su grupo habitual, pero me miró con mala cara cuando me acerqué.

Arqueé una ceja hacia él, intentando transmitirle que no estaba conforme con su comportamiento. Por suerte, asintió. Tomé eso como una buena señal. Mejor que la actitud que me había mostrado antes.

El entrenamiento fue bueno. Teníamos una competición al día siguiente, así que Jana y yo programamos una sesión corta para asegurarnos de que los chicos no estuvieran agotados para el evento. Cuando terminó, me acerqué a Kevin.

—Todavía tenemos que hablar.

—¿Estoy fuera del equipo? —preguntó en voz baja.

—No. No quiero que salgas del equipo ahora, y no quiero que salgas del equipo en el futuro. Sé lo valioso que es formar parte de algo más grande que tú. ¿Quiere usted seguir en el equipo?

Levantó la cabeza de golpe, con la sorpresa reflejada en su rostro. —Sí. Si puedo.

—Bien. Entonces tenemos que encontrar una manera de que mejores tu nota en mi clase.

Kevin asintió. —Vale, pero no sé cuándo.

—¿Tienes alguna hora de estudio?

Kevin asintió de nuevo.

—¿En qué hora?

—En séptima.

—¿Todos los días?

Asintió una vez más.

—Tengo una hora libre entonces. Hablaré con tu profesor de sala de estudio y con tu orientador para que te permitan venir a mi aula. ¿Te parece bien?

—Sí. Eh, gracias, entrenador.

—De nada. De verdad quiero ayudar.

Asintió y luego se alejó trotando.

Lo observé hasta que se subió a una camioneta y se marcharon del aparcamiento.

—¿Todo bien? —preguntó Jana.

—Lo estará. Está suspendiendo mi clase, pero voy a darle clases particulares.

—¿Puede competir mañana?

—Las notas no se actualizan hasta el domingo por la noche.

Jana arqueó las cejas. —¿Estás retrasándolo?

—Sí, pero no por él. Estará fuera la próxima semana.

—¿Cuando no tenemos competición?

Me encogí de hombros. —Es simplemente cómo ha resultado el calendario.

Ella se rio. —Qué conveniente.

—No estoy haciendo nada diferente a lo que hago siempre. Tengo años de experiencia respaldando mi proceso. Si introdujera las notas ahora y las actualizara, eso sería una variación, y podría llamar la atención de forma innecesaria.

—Tienes razón. Está bien. Lo ayudarás a volver al buen camino.

—Voy a hacer todo lo posible.

Saludó con la mano mientras el último estudiante salía del aparcamiento, luego se despidió y se dirigió a su vehículo.

Subí a mi todoterreno y recordé que había quedado para cenar con Valentina esta noche. Debería estar deseando que llegara. Y lo estaba. Más o menos.

Estaría bien.

GEMÍ Y PUSE los ojos en blanco ante mi propia estupidez. Estaba siendo un tonto. Debatiendo qué ponerme cuando no importaba. Podría llevar un traje de tres piezas y a ella le daría igual. Valentina no me quería. No realmente.

Cogí una camiseta de MCHS XC y unos pantalones cortos cómodos e informales. No iba a arreglarme para una cena con los Hayes.

Cuando llegué a su casa, dudé de nuevo. Nunca me había puesto nervioso cerca de ella, pero eso cambió ahora que sabía lo que se sentía al tenerla entre mis brazos. Tener mis labios contra los suyos. Saborearla, tocarla y deleitarme con ella.

Una vez y se acabó. Eso es todo lo que obtuve. Era una mierda, especialmente porque estaba medio empalmado solo de pensar en ello de nuevo, pero no podía hacer nada al respecto. Éramos amigos. Solo amigos.

Toqué el timbre y esperé a que abriera la puerta. Cuando lo hizo, casi perdí mi batalla con ese cabrón resbaladizo llamado fuerza de voluntad.

Valentina llevaba sus rizos salvajes recogidos de la cara con una diadema elástica que hacía juego con la camiseta morada que llevaba. Sus mejillas estaban espolvoreadas de harina, y sus pantalones cortos apenas eran lo suficientemente largos como para llamarse pantalones en lugar de bragas. Sus largas piernas morenas eran gruesas y curvilíneas, y pedían a gritos estar envueltas alrededor de mis hombros mientras me perdía en su dulce centro.

—¿Bee?

—Sí, ¿qué?

—¿Por qué no has usado tu llave? O simplemente entrar. Te sigo diciendo que no tienes que tocar el timbre.

Se rio mientras se alejaba de la puerta, dejándome seguirla como uno de los perros de Pávlov'. Maldita sea, haría cualquier cosa para hacerla mía.

Pero no lo era.

La seguí hasta la cocina antes de responder a su pregunta. —No quiero pillar algo que no quieras que vea.

—¿Como qué? Si te pasaras sin avisar y entraras por tu cuenta, eso sería raro, pero si sé que vas a venir, ¿qué más da?

—Ya veremos.

Me sonrió con suficiencia, sabiendo que era lo más cerca que estaría de conseguir que cediera.

—Bianca ha pedido pollo al ranch esta noche con patatas y ensalada verde. ¿Te parece bien?

Asentí. —Ha estado prestando atención en los entrenamientos cuando les hablo sobre alimentación saludable.

—Sí. Las dos lo han hecho. Están disfrutando probando cosas nuevas. Esta semana volvimos a comer coles de Bruselas.

—¿En serio?

Valentina asintió, sus mejillas y ojos iluminándose cuando me miró. —Sí. Nos estás inspirando a todos a comer más sano.

—Bien.

—Lo considero parte de mi descubrimiento. Ver qué es lo que me gusta.

—¿Cómo va la búsqueda del placer?

Arrugó la nariz y negó ligeramente con la cabeza. —No muy bien. Para ser alguien que siempre tiene un montón de ideas, siento que me he quedado en blanco.

—¿Cómo es eso posible?

Se encogió de hombros y evitó mi mirada. —No lo sé. Simplemente siento que he probado de todo, ¿sabes?—

Tosí para ocultar mi jadeo de sorpresa. —¿Como qué?— Me odié por hacer esa pregunta. Solo iba a torturarme aún más. Pero había accedido a ayudar y, maldita sea, era por motivos de investigación. Sí, investigación. Claro.

—Bueno, el chocolate es obviamente la elección fácil. Lo he mezclado con sal y especias. He hecho todo tipo de cosas con él. El queso es otra opción si vas a lo salado. Está lo dulce y lo salado juntos. Sabores ricos, decadentes, embriagadores. No trabajo tanto con lo salado, pero incluso eso... No sé. Simplemente me siento estancada.—

Puse el último plato en la mesa y la miré atentamente. —Sabes que el placer puede venir de otras cosas, ¿verdad? ¿No solo de la comida?—

Puso los ojos en blanco y se apartó de mí. —Lo sé, pero acabo de divorciarme y definitivamente no estoy teniendo sexo ahora así que...—Dejó la frase en el aire con un encogimiento de hombros.

—Vale, primero, tu divorcio se finalizó hace meses. Segundo, dijiste que hacía un año antes de eso desde que tú y Dawson... así que no le debes ninguna lealtad. Y tercero, y lo más importante, tampoco estaba hablando necesariamente de sexo.—

Entrecerró los ojos mirándome con una pregunta, como si estuviera loco. —Eres un hombre soltero y atractivo con el que todas las mujeres del pueblo quieren acostarse. No puedes convencerme de que tienes algún problema con el sexo.—

—¿Todas las mujeres?—bromeé. Estaba tanteando terreno.

Puso los ojos en blanco y me dio un manotazo.

—Soy demasiado mayor para el sexo casual sin sentido. Perdió su atractivo hace años. Pero encuentro placer en cosas cada día. Cosas que no tienen nada que ver con tener un orgasmo, aunque también me aseguro de tener al menos uno de esos cada día.—

Se quedó paralizada, como si algo hubiera bloqueado su cerebro.

Esperé, deseando no haber ido demasiado lejos.

—¿Encuentras placer en cosas cotidianas? ¿Como cuáles? —

Su tono sugería que no me creía. Supongo que no debería haberme sorprendido. Una razón más para partirle la cara a Dawson si alguna vez volvía a aparecer por el pueblo. Ninguna mujer debería pasar la mayor parte de su vida sin entender claramente qué le produce placer. ¿En la cama? Por supuesto. Pero ¿en la vida? Sí, también eso.

—Yo siento placer al salir a correr al amanecer y ver cómo la primera luz comienza a iluminar el cielo. Siento placer con una ducha larga y caliente. Con las sábanas limpias en mi cama. Con ese momento en que uno de mis alumnos comprende algo. Al ver a un chico superar su propio récord personal. Al hablar por teléfono con mi sobrina y mis sobrinos. Al visitar a mi familia. Al tomar una copa con amigos. Al cocinar para las personas que quiero y ver cómo lo disfrutan. Al relajarme en el jacuzzi después de un día largo. Con las puestas de sol y los primeros besos y los masajes, y sí, también con los orgasmos que hacen que todo mi cuerpo hormiguee y que me quede sin aliento y que mi pecho anhele volver a sentirse así de bien.

Valentina tomó aire temblorosamente. Tenía las pupilas

dilatadas y los pezones marcados bajo su fina camiseta. Se lamió los labios y negó con la cabeza. —Sí, creo que necesito más ayuda. Porque no siento nada de eso.

Sonreí. —Entonces parece que tenemos trabajo que hacer.

—¿Nosotros? —chilló ella. —¿Todavía quieres ayudarme?

—Joder, claro que sí. Dije que lo haría y voy a hacerlo. Especialmente si no puedes pensar en nada que te dé placer aparte de la comida y el sexo.

—Es que... soy patética.

Negué con la cabeza y alargué la mano para coger la suya, agarrándola antes de pensar dos veces en cómo tocarla haría que una corriente subiera por mi brazo directamente hasta mi polla. El cabrón exigente se animó para acercarse más a ella, y joder si no quería dejarle ir a por todas. Literalmente.

—No eres patética —susurré, esforzándome por evitar que mi voz delatara lo desesperado que estaba por ella. —No has tenido que pensarlo. No has tenido tiempo. Yo llevo soltero toda la vida. He tenido que encontrar formas de entretenerme.

—Saliste con aquella chica hace unos años. ¿Megan? ¿Mandy?

—Missy —le aclaré.

—¡Sí! Eso es. Pensaba que hacíais buena pareja.

Hacíamos buena pareja, pero Missy quería que me mudara cuando consiguió un nuevo trabajo en Pensilvania, y no pude hacerlo. No podía dejar a Valentina. Lo cual no tenía ningún sentido, ni siquiera entonces, pero no podía.

—Simplemente no era lo adecuado. Y, de todos modos, estábamos hablando de ti. ¿Cuándo fue la última vez que recuerdas no poder dejar de sonreír por algo que no estuviera relacionado con la comida?

La observé atentamente. Se mordió el labio. Se llevó las manos a las mejillas. Evitaba mirarme.

¿Qué demonios?

—Em, no lo sé.

—¿No lo sabes? Parece que estás pensando en algo.

—No. Nada. Nada en absoluto.

—¿Qué es lo que no me quieres contar?

—Cuando nos besamos, ¿vale? Cuando nos besamos el fin de semana pasado, no podía dejar de sonreír, aunque salieras corriendo de aquí como si tuvieras el culo en llamas.

—Porque dijiste que fue realmente malo.

—No, dije que fue *casi* realmente malo, y me refería a que Sam nos pilló. Yo estaba lista para... Da igual.

—Termina la frase —gruñí.

Me miró, con los ojos muy abiertos y vidriosos de deseo.

Me acerqué más a ella, necesitando sentir su calor. —Dilo, Vee.

—Estaba lista para montarte —susurró.

No pensé, solo reaccioné. La atraje hacia mí tan rápido que no pudo protestar. Mi lengua se sumergió entre sus labios, tomando el sabor que había estado anhelando durante una semana. Durante toda una vida.

Le tiré del pelo para inclinarle la cabeza, y ella gimió. Lo hizo de nuevo cuando arrastré mis dientes por su mandíbula y succioné el pulso que latía acelerado en la base de su garganta.

—¿Esto te da placer, eh? —susurré contra su piel.

—¿Q-qué?

—¿Que te bese? ¿Es esto en lo que pensabas?

—Sí.

—Bien. Aún voy a ayudarte.

—¿De verdad?

Mordisqueé su mandíbula y le apreté la cadera. —Sí. Hay muchas cosas que pueden hacerte sentir bien. Quizás no tan bien como esto, pero bien. Y voy a ayudarte a encontrarlas.

—¿Esto no?

Me reí y di un paso atrás. Aquella mujer era lo suficientemente potente como para hacerme perder la cabeza y olvidar que era mi amiga y no alguien con quien me enterraría más tarde esta noche. —No esto. No estás buscando esto. Ya lo has dicho antes.

—Pero...

—Mañana por la mañana. Correr al amanecer. O caminar, si prefieres. ¿Te apuntas?

Abrió y cerró la boca varias veces, parpadeando mientras lo hacía. Era demasiado adorable y demasiado tentadora. Necesitaba una barrera. Una separación. Ella estaba recuperándose de una ruptura, o algo así, y no buscaba nada serio. Yo estaba demasiado enganchado como para resistirme, aun sabiendo que me destruiría cuando terminara.

Pero podía mostrarle cómo se sentía el placer. Fuera del dormitorio.

—Caminar —dijo finalmente—. ¿Pero al amanecer?

Asentí. —El mejor momento del día. Será precioso.

Refunfuñó. —Más te vale.

Me reí y le besé un lado de la cabeza mientras las voces de Bianca y Samantha nos alcanzaban. Los refuerzos habían llegado en forma de adolescentes mata-erecciones.

Definitivamente algo por lo que nunca pensé que me alegraría.

ESTABA de vuelta en la puerta de Valentina justo antes de las seis de la mañana siguiente. Levanté la mano para llamar, pero no quería arriesgarme a despertar a Bianca y Samantha si aún no estaban despiertas. Si. ¡Ja! Sabía que no había manera de que estuvieran levantadas.

Intenté girar el pomo, pero estaba cerrado con llave. Menos mal. Saqué mis llaves y abrí la puerta tan silenciosamente como pude.

Había una luz encendida en la cocina, y el aroma del café inundaba el aire. Había traído agua para nosotros, pero el café era casi tan bueno para despertar como Valentina por la mañana.

Salió de la cocina con una taza en los labios. Se detuvo cuando me vio. Bajó la taza y sonrió. —Por fin me has hecho caso.

—No quería despertar a las chicas —dije.

Asintió y volvió a su café. —¿De verdad tenemos que hacer esto?

Negué con la cabeza. —No tenemos que hacer nada que tú no quieras hacer.

—Pero tú quieres hacerlo. No era una pregunta. Estaba intentando algo porque yo quería que lo hiciera, no porque ella estuviera interesada.

—No pretendo cambiarte. Si quieres volver a dormir, me iré. Sin preguntas. Solo quería ofrecerte algunas opciones en las que aún no habías pensado.

Suspiró y asintió. —Tienes razón. Me estoy comportando como una cría. Voy a coger mis zapatillas y nos vamos.

—Puedes traerte el café.

Resopló. —¿De verdad pensabas que iba a dejármelo?

Me reí con ella, sonriendo mientras le susurraba a su café de camino a su dormitorio.

No tardó mucho en volver, con zapatillas azules que hacían juego con sus mallas negras y azules y su chaqueta azul con cremallera. Me lanzó una mirada de fingido reproche y me guió hacia fuera.

Cerré la puerta con llave mientras ella terminaba su café y dejaba la taza en la mesa del porche delantero.

Se volvió hacia mí, arqueando una ceja, y preguntó: —¿Adónde vamos?

—Al instituto, de hecho. Hay un buen sitio para ver el amanecer.

Refunfuñó otra vez. —Vale.

Sonreí cuando se dio la vuelta. No esperaba que estuviera tan frustrada por levantarse tan temprano.

Se subió a mi todoterreno y estuvo enfurruñada mientras conducía. El cielo aún mantenía ese color azul oscuro, turbio, cuando aparcamos en la escuela. Quería que ella disfrutara del amanecer como yo lo hacía, aunque claramente no era una entusiasta de las mañanas.

Llegamos al campo de béisbol antes de que el cielo azul medianoche se disipara. Jirones de azul claro se filtraban a través de la oscuridad, con tonos rosados y morados uniéndose. Las nubes eran alargadas, extendidas por el horizonte como si surgieran de él. Los árboles bloqueaban parte de la vista, pero la quietud de la mañana siempre me hacía sentir como si fuera la única persona alrededor. Como si tuviera el mundo para mí solo.

—Vale, es bonito —admitió Valentina.

Me reí, negando con la cabeza ante su tono reticente. —Me alegro tanto de que hayas podido ver la belleza del mundo que nos rodea.

—Nunca me han gustado las mañanas. ¿Cómo es que no lo sabes?

Me encogí de hombros. —Supongo que porque nunca he pasado la noche contigo.

No pretendía que sonara como sonó, pero una vez que las palabras salieron, quedaron suspendidas entre nosotros. Nos tambaleábamos al borde de algo, algo que podría arruinar nuestra amistad o que podría convertirnos en algo más de lo que cualquiera de nosotros jamás había imaginado. Pero no estaba seguro de que tuviéramos el valor de saltar de ese precipicio y descubrir cuál de las dos cosas ocurriría.

—Cierto —dijo ella después de un largo minuto.

—Vamos a caminar. Hay mucho espacio aquí. Normalmente corro desde casa hasta aquí, veo el amanecer y luego vuelvo corriendo.

—¿Por qué no hemos hecho eso?

—No querías correr.

Negó con la cabeza. —Podríamos haber caminado.

—Eso habría significado levantarnos más temprano.

Frunció el ceño. —Buen punto. Vamos a caminar.

Sonreí mientras ella se alejaba pisando fuerte y me apresuré a alcanzarla. Caminamos uno al lado del otro en silencio durante unos minutos. De vez en cuando, ella miraba hacia el cielo cada vez más brillante y sonreía. No dije nada, simplemente dejé que disfrutara del sol de la mañana y de la forma en que nos calentaba mientras caminábamos.

Después de un rato, bajó la cremallera de su sudadera y la dejó abierta. Llevaba debajo un top rosa bebé ajustado que marcaba sus pezones endurecidos y acentuaba la redondez de su vientre.

—Está empezando a hacer calor.

—Sí.

—¿Es por eso que llevas pantalones cortos?

Me reí. —Sí. Estoy acostumbrado a esto. Lo hago todos los sábados antes de una competición.

—Estás loco.

No respondí. No siempre me habían gustado las mañanas. Cuando era más joven, me costaba horrores levantarme de la cama. Dar clases en el instituto y tener que salir de casa justo después del amanecer siempre me resultaba precipitado. Empecé a levantarme más temprano por las mañanas para tener tiempo de relajarme y comenzar el día como yo quería en lugar de ir con prisas.

—Aunque me gusta la tranquilidad.

—A mí también.

Caminamos un poco más, tomando la ruta alrededor del colegio y regresando al lugar donde había aparcado. Si estuviera solo, daría otra vuelta, pero no quería forzarla.

—¿Necesitas volver a casa? —preguntó ella.

Negué con la cabeza. —Todavía no. ¿Qué quieres hacer?

—¿Podemos caminar un poco más?

—Por supuesto.

Dimos otra vuelta alrededor del colegio, disfrutando del silencio en lugar de hablar. Era la única persona con la que había podido estar en silencio. La única con la que no sentía la necesidad de llenar los silencios con ruido.

Cuando regresamos al aparcamiento por segunda vez, ella respiró profundamente y exhaló despacio. —Gracias por esto. No estoy segura de que se convierta en una rutina para mí, pero lo he disfrutado. Tener este silencio para ordenar mis pensamientos es bueno.

—Bien.

—¿Es esto todo lo que haces? ¿Cada sábado por la mañana vienes corriendo hasta aquí, ves el amanecer y luego te vas a casa?

—A veces.

—¿Qué más haces?

—Una vez al mes más o menos me doy un masaje.

—¿En serio?

Asentí. —Hay una masajista en la consulta del Dr. Monroe. Trabajan juntos con algunos pacientes; él hace ajustes quiroprácticos y ella terapia de masaje. Se centra en mis piernas, a veces en la parte baja de la espalda.

—Ni siquiera recuerdo la última vez que me dieron un masaje.

—Tenemos una hora si quieres que te dé uno. La oferta salió de mi boca antes de que pudiera pensarlo. ¿Poner mis manos por todo su cuerpo? Sí, por favor. Pero ¿mantenerlo no sexual? ¿En qué estaba pensando?

—Bueno, si esto es parte de tu recomendación para cosas de las que podría obtener placer, supongo que no puedo decir que no.

Asentí, tragando con dificultad. Estaba jodido.

Volvimos a mi casa, ya que las chicas probablemente seguían dormidas. El autobús para nuestro encuentro no salía hasta las nueve, y Valentina dijo que se levantarían más cerca de las ocho.

Nos dejé entrar y consideré dónde podría tumbarse. La cama era la opción obvia, pero no una buena idea. ¿El sofá?

—¿Podemos ir a la terraza? preguntó.

—Buena idea. Tenía tumbonas alrededor del jacuzzi y asientos de banco en un lado de la terraza. Era perfecto.

Valentina eligió una tumbona y la puso plana. Se estiró boca abajo, apoyando la cabeza sobre sus manos. —¿Está bien así?

Asentí. —Sí. Perfecto.

Sus piernas estaban completamente cubiertas por los pantalones, pero se había quitado la sudadera con cremallera, quedándose solo con la camiseta de tirantes rosa. Esta se le subía lo justo para mostrar un resquicio de piel entre la camiseta y el pantalón, haciéndome desear recorrer su espalda con la lengua.

Pero no lo hice. Esto era para ella, no para mí. Tomé una de sus piernas, dejando que doblara la rodilla. Me senté donde había estado su pie y apoyé su pierna sobre mi regazo.

Usando los pulgares, presioné una línea ascendente por su pantorrilla hasta la parte posterior de su rodilla.

Gimió.

Y casi perdí el control.

Un simple sonido no debería ser tan embriagador, pero al salir de Valentina, lo era.

Continué, masajeando su pierna hasta que toda la tensión desapareció. Cambié a la otra, repitiendo el proceso y dejándola sin fuerzas. Me moví más arriba, trabajando sus isquiotibiales y glúteos, luego frotando pequeños círculos en la parte baja de su espalda.

—Deberíamos haber saltado el paseo y haber hecho directamente esto.

No podría haber estado más de acuerdo.

Se dio la vuelta, y le froté la parte delantera de las piernas. Sus espinillas estaban tensas, y sus muslos estaban cálidos. Utilicé ambas manos para aliviar la tensión en sus muslos, teniendo cuidado de no acercarme demasiado a su centro.

—Se siente increíble —gimió.

Apenas podía contenerme y necesitaba distraerme de pensar en lo bien que se sentiría si le bajara los pantalones y siguiera masajeando todo su cuerpo.

—¿Dawson te daba masajes alguna vez?

Resopló. —Dawson no hacía nada. No creo que me diera un masaje ni una sola vez en más de veinte años.

—Eso es una locura.

Se encogió de hombros. —No era muy dado al contacto físico. A menos que fuera para el sexo. —Hizo una mueca—. —Lo siento. Probablemente no quieras oír hablar de esto.

—Puedes contarme cualquier cosa.

Ella suspiró. —Es el único hombre con el que he tenido sexo. ¿Sabes lo loco que se siente eso?

—No creo que sea una locura. Fue tu primer amor. Y tu marido.

—No fue mi primer amor, pero fue mi primera vez en todo lo demás.

Quería preguntarle quién fue su primer amor, pero tenía la sensación de que ya sabía la respuesta. Después de su confesión el fin de semana anterior, parecía que teníamos eso en común, pero ambos fuimos demasiado despistados para haberlo entendido bien en aquel entonces.

Sonreí para mis adentros, sintiéndome ridículamente feliz con su casi confesión. —Pensabas que estarías con él para siempre. Encontrarás a alguien nuevo cuando estés preparada.

Ella se apoyó sobre los codos y me miró fijamente. —¿Puedo preguntarte algo?

—Por supuesto.

—¿Con cuántas mujeres te has acostado?

—¿Qué?

—¿Cuántas? ¿Cuál es tu número?

—Em, ¿por qué quieres saberlo? El corazón me latía con fuerza ante la idea de decirle la verdad. No estaba seguro de lo que pensaría de mí.

—Solo tengo curiosidad. Es decir, ¿qué es normal para alguien de nuestra edad?

—Bueno, probablemente yo no sea lo normal ya que nunca me he casado.

—Así que sacamos la media de nuestros números. El mío es uno, y el tuyo es...

—Um... ¿Veintitrés?

—¿Veintitrés? —chilló ella—. —¿Veintitrés? ¿Te has acostado con veintitrés mujeres?

—Cuéntaselo a todos mis vecinos. Por favor.— Me levanté y me alejé de ella. Volví al interior, a mi cocina destrozada. Se parecía a cómo me sentía.

Sabía que contarle la verdad era una mala idea. Sabía que no lo entendería. No comprendería que pasé toda la universidad intentando evitar verla a ella y a Dawson juntos, y luego pasé los más de veinte años desde entonces tratando de superarla. Hice lo que todos decían y me metí debajo, o encima, de alguien más.

Y nunca funcionó.

La oí entrar en la cocina, pero no me di la vuelta. Me bebí de un trago el agua que había cogido de la nevera y me concentré en eso en lugar de en la vergüenza que me invadía por dentro.

—Lo siento. No quería gritar.

Asentí bruscamente con la cabeza, pero no me sentía mejor.

—Y no quería sonar como si estuviera juzgándote.

—Porque no lo estabas haciendo —dije con sarcasmo.

—No. Quiero decir, sonaba así, pero es más que yo estoy...

—¿Estás qué? ¿Horrorizada? ¿Avergonzada? ¿Porque me he acostado con muchas mujeres?

—Celosa —susurró.

—¿Qué?— No podía haberla oído correctamente.

—Estoy celosa. No he tenido sexo en más de un año, y la única persona con la que tuve sexo fue Dawson. Era bueno, pero nunca fue como algunas personas hablan del sexo. Era suficiente. Suena horrible, pero es verdad. Apenas me interesaba el sexo. Por eso no quería que toda esta Búsqueda del Placer fuera sobre sexo. Porque nunca he tenido un sexo que haga temblar el mundo, que haga vibrar el cuerpo, que duela en el pecho. Nunca he tenido un sexo que fuera ni la mitad de bueno que lo fue besarte.

—Dios mío —suspiré.

Dio un paso hacia mí, su mirada oscura se clavó en la mía sin soltarla. —Pero tú has tenido sexo con veintitrés mujeres. Veintitrés mujeres que tuvieron la suerte de ser elegidas por ti, que pudieron experimentar el tipo de sexo del que estás hablando. Nunca me importó mucho el sexo porque nunca ha sido tan bueno para mí, pero tengo envidia de esas mujeres, y de ti. Porque estaba perfectamente contenta con no molestarme con el sexo otra vez hasta que me besaste. Pero ahora quiero saber qué más puede sentirse tan bien. ¿Qué más puedes hacer que haya llevado a veintitrés mujeres a irse a casa contigo?

—Vee... Quería tocarla, acercarme a ella, pero si lo hacía, no estaba seguro de que pudiera soltarla.

—Está bien. No te estoy pidiendo nada. No quiero arruinar nuestra amistad. No por tener curiosidad de lo bueno que puede ser un orgasmo con otra persona.

—Joder —gemí. Mi polla dio un respingo con sus palabras. Quería ver eso. Observarla. Estar allí con ella.

—¿Qué? Lo siento, ¿no puedo decirle a mi mejor amigo que disfruto del sexo en solitario?

—No, claro que puedes. Puedes contarme cualquier cosa. —Me tragué que estaba guardando el resto de su confesión para mi propia sesión de placer solitario.

—Gracias. —Forzó una sonrisa que era tan frágil como la distancia que crecía entre nosotros. Con un pequeño tirón se rompería.

La miré fijamente, mi mirada descendió hacia sus labios. Me acerqué a ella, inconscientemente. Estaba casi lo suficientemente cerca para tocarla cuando sonó una alarma desde el salón, rompiendo la conexión tentativa entre nosotros.

Valentina apartó la mirada, mezclando decepción y alivio en su rostro antes de ocultar ambos. —Es para despertar a las chicas. Tengo que irme.

—Te llevaré a casa.

—Gracias.

—Y, ¿Vee?

—¿Sí?

—Estoy disfrutando mucho de tu Búsqueda del Placer.

Ella sonrió. —Yo también.

12

VALENTINA

No estaba ni de lejos tan cansada como esperaba cuando llegó la noche. Después de levantarme antes del amanecer, pensé que estaría arrastrándome, pero había algo en el amanecer que me vigorizaba.

No es que planeara levantarme tan temprano otra vez, pero fue un buen experimento.

Las chicas corrieron bien en la competición y, para celebrarlo, les dije que podíamos salir a cenar. Por algún milagro, se pusieron de acuerdo sobre dónde ir. Will Work For Burgers siempre había sido un favorito de la familia, pero eso no significaba que normalmente no hubiera discusiones sobre a quién le tocaba elegir la cena.

Todas nos duchamos y nos cambiamos después de la competición, y luego fuimos al abarrotado restaurante. Tardamos un rato en que nos tocara el turno, y mientras esperábamos, las chicas vieron a media docena de amigos también con sus padres.

Finley, Trent, Xavier y Karissa estaban terminando de cenar con sus hijos cuando nos apartamos del mostrador.

Nos hicieron señas para que nos acercáramos y nos preguntaron si queríamos su mesa.

—Gracias. Y hola —dije, abrazándolos a todos—. Vosotros habéis esquivado el barullo.

—Por los pelos —dijo Finley—. Por suerte, George también se ha dormido durante la cena para que pudiéramos disfrutarla.

—Es tan mono —dijo Bianca. Se inclinó y le hizo carantoñas al bebé mientras balbuceaba y se reía. Rápidamente se estaba convirtiendo más en un niño pequeño que en un bebé, pero aún así me hacía sentir un vacío. Una parte de mí siempre quiso tener más hijos.

—Gracias —dijo Finley—. Es un buen chico. Muy feliz.

—Sí, nos lo quedaremos —bromeó Trent.

Finley se rio y negó con la cabeza mirando a su marido. —Lo dice como si tuviera elección. Sabe que él se iría antes que el bebé.

Me reí con Finley. Sabía que estaba bromeando, pero el comentario me llegó al alma. Yo habría elegido a mis niñas antes que a Dawson cualquier día, y al final, eso fue lo que hice.

—Hemos estado hablando sobre bebés en clase de salud, —dijo Bianca—. —Tengo que aprender RCP. Si alguna vez necesitáis una canguro, me encantaría ayudar.

Finley y Trent se miraron y asintieron. —Gracias, —dijo Finley—. —Te avisaremos sin duda. Para ser sincera, no salimos mucho, pero siempre es bueno tener canguros.

Bianca asintió. Su mirada estaba clavada en George. Él le había agarrado el dedo y lo balanceaba como si estuviera dirigiendo una orquesta, usando su dedo como batuta.

—Le caes muy bien, —dijo Trent, observándolos a los dos —. —Nunca le había visto tan atraído por alguien.

—A los bebés les gusto. No sé por qué. —Bianca se encogió de hombros.

—Siempre ha sido así. Creo que es por ser la hermana mayor, —dije—. —Samantha siempre estaba interesada en lo que Bianca hacía. Bianca vigilaba a su hermana y se aseguraba de que estuviera atenta a todo. Es cautivadora.

—Mamá —gimió Bianca.

—¿Qué? Es verdad. Y has dicho que les gustas a los bebés.

Bianca puso los ojos en blanco y se dejó caer en un asiento como si yo fuera lo peor del mundo.

—Los adolescentes son geniales, ¿verdad? —susurró Xavier. McJenna se sentó junto a Bianca, con las cabezas juntas mientras hablaban.

Negué con la cabeza. —Debería haber tenido una docena más.

Xavier soltó una carcajada. —¿Verdad? Siempre le digo a J que lo entenderá cuando tenga hijos.

—Seguro que le encanta eso, —dije con una risa.

Karissa asintió a su lado, poniendo los ojos en blanco con humor y comprensión.

—Oh, sí. Cuando no le parece asqueroso, incluso hablo de ello. Pero no soy tonto. Ya tiene edad suficiente para que me preocupe cada vez que no está a la vista.

—Todo el tiempo. Era bueno tener otros padres que lo entendieran.

—¡Número tres-cuatro-nueve! gritó el hombre en el mostrador.

—¿Es el nuestro? preguntó Samantha.

Asentí. —¿Quieres ir a por la comida?

—Sí. Sam se levantó de un salto y se abrió paso entre la multitud hasta el mostrador.

—Deberíamos irnos. Dejad que comáis. Me alegro de verte —dijo Finley.

—Igualmente. Nos vemos mañana. Me había convertido en un habitual del club de lectura y por fin sentía que no solo pertenecía allí, sino que lo disfrutaba.

Una cosa más para mi búsqueda del placer que no tenía nada que ver con la comida o el sexo.

—Hasta entonces —dijo Finley, mientras George empezaba a quejarse.

Sam volvió con nuestra comida, y los tres nos sentamos en un extremo de la gran mesa para dejar que otro grupo ocupara los demás asientos. Estábamos a la mitad de nuestras hamburguesas cuando Bianca dejó la suya y miró alrededor.

—¿Qué pasa? —pregunté. Vi que estaba dando vueltas a algo y sabía que se estaba gestando alguna idea.

—Finley y Trent se casaron después de tener a George, ¿verdad?

Asentí. —Sí. ¿Por qué? Conocía la historia, pero no estaba seguro de si quería contarles a mis hijas adolescentes sobre unos amigos que tuvieron un rollo de una noche y acabaron embarazados y casados más tarde. Era una buena historia, pero no era lo que esperaba que mis hijas tomaran como modelo para sus vidas.

—Es que me hace sentir mejor que las cosas les salieran bien. McJenna me contó que su padre y Karissa eran novios de la universidad, pero él no quería mudarse aquí. Un poco como papá.

Dejé mi hamburguesa en la cesta e intenté formular mi respuesta. Entonces me detuve. Les debía a mis hijas la verdad, no alguna versión manipulada diseñada para que su padre quedara mejor.

—Es cierto. Se quejaba mucho de mudarse aquí.

—¿Incluso después de que os mudarais? —preguntó Samantha.

Asentí. —Todo el tiempo. Encontré trabajo aquí, y como él no tenía uno, se mudó conmigo. Pero nunca estuvo contento con ello. Creo que no fue feliz hasta que encontró un trabajo fuera de la zona y viajaba por trabajo.

—Y conoció a otras mujeres —refunfuñó Bianca.

—Desgraciadamente, sí.

—¿Por qué hizo eso? —preguntó Samantha.

—Nunca lo entenderé. Pero no tengo por qué hacerlo. Como hablamos antes, hay personas que nunca harían algo así. Esas son las personas que quiero en mi vida.

—Como el tío Brantley.

Asentí. —Como el tío Brantley.

—Espero encontrar a alguien como el tío Brantley o Trent o Xavier en lugar de alguien como papá —dijo Bianca.

Le cogí la mano y se la apreté. —Yo también, cariño. Yo también.

Estaba con los codos hundidos en harina cuando mi móvil sonó con un mensaje el martes por la tarde. No era el sonido que había configurado para las niñas, pero eso no significaba que no fuera importante. Especialmente porque Xavier las recogería del entrenamiento y las llevaría a casa para que yo pudiera trabajar hasta más tarde.

Me limpié las manos con una toalla seca y toqué la pantalla para activar el móvil. Era de Goldie.

> Vamos de compras mañana por la noche.
> Necesito algo para ponerme en una cena de
> trabajo, y tú necesitas algo que no sean
> mallas de yoga y camisetas.

Miré mis mallas de yoga y mi camiseta, y fruncí el ceño.

> Me gusta mi ropa.

Son perfectamente válidas para trabajar cuando estás hasta las cejas de harina, pero no funcionarán para una cita. ¿Has conseguido algún match ya? Nunca lo mencionaste.

Me había olvidado por completo de la aplicación.

No sé. Necesito comprobarla cuando no esté en el trabajo.

Y después de que tengas ropa apropiada para citas. ¿A qué hora sales del trabajo mañana? Xavier dijo que puede quedarse con los niños otra vez.

Él recoge a los míos hoy.

Y los recogerá mañana. Le dije que tomaría un día extra la semana que viene ya que solo tenía un día planeado.

Piensa en esto como parte de tu misión. Encuentra ropa nueva que te haga sentir bien. Telas sedosas y cortes sexys, y algo que muestre a todos los hombres de CM que estás disponible.

¡NO! ¡No estoy disponible! Apenas estoy divorciada.

No puedes usar esa excusa conmigo. Yo ya he pasado por eso. Necesitas recordar que eres una mujer fuerte, inteligente y guapa que se merece un buen orgasmo de vez en cuando. Uno que no sea proporcionado por tu propia mano, o por algo que tengas en la mano.

No puedo creer que acabes de decir eso.

Sí, puedes. Y sabes que es verdad. No tienes que casarte con un tío solo porque te haga gritar, pero tienes que quitarte esos pantalones de yoga si vas a dejar que lo intente.

Vuelvo al trabajo ahora.

Estate lista a las cinco mañana. Pasaré a recogerte.

Vale.

¡Te quiero!

Te quiero.

Negué con la cabeza mientras bloqueaba el móvil y lo dejaba sobre la encimera. Mis pantalones de yoga estaban perfectamente bien. Y mis orgasmos también.

Me mordí el labio.

Podrían ser mejores con Brantley.

Gemí y negué con la cabeza. No iba a utilizar a mi mejor amigo para tener algunos orgasmos. No importaba lo bien que besara. No era justo para él. Por mucho que le deseara.

GOLDIE COGIÓ un vestido de tirantes verde neón. Intenté no horrorizarme. Era el peor tono de verde posible para su tez. Nunca la había visto con nada tan brillante. No era horrible ni le quedaba mal, simplemente no era en absoluto adecuado para ella.

—Deberías probarte esto —dijo, empujando la prenda hacia mí.

—¿Qué? ¿Por qué? —No era mi estilo en absoluto. Demasiado brillante. Atraería demasiada atención sobre mí. Prefería ser invisible, no lo más llamativo de los alrededores.

—Porque es un color estupendo para ti, y necesitas algo en tu armario que grite, *mírame*.

—Eso definitivamente lo grita—murmuré.

Se rio por lo bajo. —Solo pruébatelo. Si lo odias, no tienes por qué llevártelo. Oh, o prueba el azul. El mismo estilo, pero menos neón.—

Alcancé el azul sin pensármelo. El color seguía siendo brillante, pero al ser azul en lugar de verde, no era neón. Era impresionante, y me encantó nada más verlo. —Vale—. No iba a admitir ante Goldie que esperaba que me quedara bien. Estaba allí para ayudarla a encontrar ropa, y lo único que habíamos hecho hasta ahora era encontrar cosas para mí.

Unas cuantas perchas más y algunas opciones más, y nos dirigimos a los probadores. Goldie tenía tres vestidos para probarse para su cena, y yo tenía el triple para mis citas.

Dejé el vestido azul para el final, optando por empezar con uno rojo, uno rosa y uno negro. Los odiaba todos.

—Tu cara lo dice todo—dijo Goldie cuando nos encontramos frente a los espejos. —No está mal, pero no favorece tu cuerpo.—

—No hay mucho que lo haga.—

—Excepto Brantley—bromeó Goldie.

Puse los ojos en blanco para evitar que viera cómo me afectaban sus palabras. No había confesado lo que sentía por él. Con solo admitir que nos habíamos besado ya era bastante malo.

—¿Qué te parece este?—preguntó, cambiando de tema sin exigir una respuesta.

Me giré para mirarla con el vestido negro que había elegido. Tenía un buen corte, ajustado con suficiente elasti-cidad para favorecer sus curvas. El rayado rosa le daba movimiento que de otro modo no tendría. Y el largo era suficiente para ser apropiado para un evento de trabajo.

—Te queda increíble. ¿Para qué evento lo quieres?—

—El alcalde Knight organiza una cena. Quiere reunir a algunos de los otros alcaldes locales para planificar eventos conjuntos para el próximo verano. Algo que toda la zona pueda hacer para trabajar juntos y atraer turistas.—

—Esa es una gran idea.—Me caía bien Omar Knight. No lo conocía mucho, pero siempre era amable y cordial cuando lo veía por el pueblo. No se mantenía apartado ni actuaba como si fuera demasiado bueno para mezclarse con el resto de Cala MacKellar.

—Lo es. Es genial trabajar para él. Tiene un montón de ideas y está muy abierto a las sugerencias de todos. Se para a hablar con todo el personal. Un día estaba yo en el Ayuntamiento y él estaba reunido con una de las empleadas de limpieza. El padre de la mujer estaba enfermo, y Omar estaba pendiente de ella y le ofreció cubrir su salario durante un mes para que pudiera estar con su padre durante su recuperación.

—¿En serio?

Goldie asintió. —Lo pagó de su propio bolsillo porque el pueblo no tiene fondos para algo así. Dijo que Cala MacKellar no funciona si no es con la colaboración de todos. Está trabajando para cambiar las ordenanzas municipales y ofrecer mejor cobertura a los empleados en esas situaciones. Ella iba a solicitar una baja por FMLA, pero solo cubriría el sesenta por ciento de su sueldo, y no podía permitirse eso.

—Sí, eso es un golpe fuerte.

—Así es. Pero hizo que se acogiera a la FMLA para que su puesto estuviera protegido, y él le pagó la diferencia para asegurarse de que no perdiese nada. Es realmente increíble trabajar para él.

—Vaya. Parece exactamente quien necesitamos al frente de este pueblo.

—Estoy de acuerdo. Así que necesito causar una buena impresión en esta cena para que los otros alcaldes estén dispuestos a trabajar con nosotros.

—Bueno, creo que esa es una buena opción. Veamos qué más tienes.

—Tú también.

Entramos en los probadores y nos cambiamos. Me probé unos vaqueros y un jersey gris, sorprendida por lo cómodos que eran ambos.

—Vaya, dijo Goldie cuando salí. —Es sencillo, pero impresionante.

—Gracias. Estoy de acuerdo. Ni siquiera recuerdo la última vez que compré unos vaqueros nuevos. O un jersey.

—Tienes que llevártelos.

Giré para comprobar cómo me quedaba el trasero en el espejo. Parecía más respingón de lo habitual. No sabía que los vaqueros podían ser mágicos.

—No me gusta tanto este vestido —dijo Goldie.

Negué con la cabeza. —No. El otro era mejor. Este no está mal, pero no te favorece tanto.

Nos cambiamos otra vez. Me probé una blusa que odié, luego me cambié por unos pantalones de vestir negros y una blusa verde musgo. Goldie se puso su último vestido, uno azul con cuello drapeado que hacía resaltar sus ojos.

—Es precioso —le dije.

—Gracias. Creo que es mi favorito.

—Ya veo por qué. Pero creo que deberías llevarte los dos.

—Probablemente lo haga. Seguro que los necesitaré. Me gusta tu conjunto.

—Gracias. Estos pantalones son muy cómodos. Y esta blusa es lo más suave que me he puesto nunca.

—Bien. ¿Ya te has probado ese vestido azul?

Negué con la cabeza.

—Póntelo mientras yo me cambio. ¿Tienes algo más?

—No. Quería dejarlo para el final.

—No te culpo. Espero que te encante.

—Yo también.

Volví al probador una vez más y dejé a un lado los pantalones negros y la blusa verde. Saqué el vestido azul de la percha y sentí como si estuviera sujetando agua. Era suave y resbaladizo. Me lo pasé por la cabeza y casi gemí al sentir la tela contra mi piel. Se sentía tan bien.

No me miré en el espejo del probador porque quería apreciar el efecto completo. Quería comprarlo basándome en cómo se sentía en mi cuerpo, pero si me quedaba mal, sabía que tendría que devolverlo.

Goldie contuvo la respiración cuando salí. Sus ojos se abrieron de par en par. —Vaya.

—¿Te gusta? Aún no me he mirado.

—Tienes que ponerte eso la próxima vez que veas a Brantley. No podrá quitarte las manos de encima.

—Eso no ha sido un problema hasta ahora —murmuré.

—¿Cómo? ¿Qué? Me debes esa historia, pero primero, mírate.

Por fin me miré en el espejo y me quedé boquiabierta. Joder. El vestido parecía hecho a medida para mí. Caía perfectamente sobre todas mis curvas, resaltando las que quería mostrar y disimulando las que prefería ocultar. Mis pechos se veían llenos y exuberantes, mi vientre desaparecía bajo el fruncido del medio, y mis caderas lucían dignas de una modelo pin-up. —Madre mía...

—Exactamente. Es precioso. Tienes que comprártelo.

Asentí, incapaz de apartar la mirada de cómo el vestido se ceñía a mi cuerpo. Era... ni siquiera podía encontrar las palabras. Me encantaba.

—Vale, ve a cambiarte, luego necesitamos cenar, y tú necesitas contarme qué está pasando entre Brantley y tú.

Asentí, apenas consciente de lo que me estaba preguntando. Aunque necesitaba hablar con alguien. Alguien que pudiera tener una perspectiva diferente.

Pagamos nuestras compras, y Goldie nos llevó a un restaurante tailandés. Como a nuestros hijos no les encantaba, habíamos cogido la costumbre de ir a comer tailandés cuando estábamos solas.

—Vale, suéltalo —dijo después de que hubiéramos pedido y mientras esperábamos la comida.

—No hay nada que soltar. Nos hemos besado algunas veces, pero no es gran cosa.

—Besarle es una cosa enorme. Sé que tienes miedo de empezar una nueva relación, y sé que te preocupa estropear vuestra amistad, pero también es Brantley. Le adoras.

—Sí, y por eso es ridículo. No debería desearlo. No debería estar pensando en él cuando... ya sabes.

—¿Por qué no? —preguntó Goldie—. Es un hombre muy atractivo. Ambos estáis solteros. No hay nada malo en que lo desees o pienses en él. No entiendo por qué luchas contra esto.

—Porque no puedo perder a otra persona en mi vida. No puedo verlo marcharse.

—¿Y si no lo hace? ¿Y si él quiere lo mismo y sois perfectos el uno para el otro?

Negué lentamente con la cabeza, descartando su idea mientras mi cerebro intentaba asimilarla. —No es posible. Él no es... No soy su tipo. He visto a las mujeres con las que sale y a las que se lleva de los bares.

—Blake me contó que ella decía lo mismo de Ian. Nunca lo consideró como una posibilidad porque siempre estaba con mujeres que ella veía más guapas, más delgadas o lo que fuera. Pero estaba equivocada. Él estaba con ellas para intentar olvidarse de ella.

—Brantley me dijo que está interesado en alguien.

—Sí, pero no te dice quién es, y te besó. Quizás está interesado en ti.

—No. No puedo ir por ahí. Simplemente no puedo.

—Vale, entonces veamos si tienes alguna coincidencia. Si no quieres salir con Brantley, puedes ponerte ese vestido para otro.

La idea me provocó un dolor en el pecho mientras le entregaba mi móvil a Goldie para que comprobara si tenía coincidencias. No quería ponerme ese vestido para otro hombre. Quería ver la mirada en los ojos de Brantley cuando lo llevara puesto. Y la mirada en sus ojos cuando me lo quitara.

Pero no podía. Tenía que centrarme en mí misma. En mi propio placer. Y no en atar a mi amigo cuando no creía que fuera lo que él quería.

13

A las chicas les gustaron mis compras cuando llegué a casa. Bianca me preguntó si podía pedirme prestado el vestido azul algún día.

—¿Dónde vas a ponerte un vestido así? —le pregunté.

—¿Dónde te lo vas a poner tú? —me respondió.

Puse los ojos en blanco. —No tengo planes de ponérmelo, pero era demasiado bonito para dejarlo pasar. ¿Habéis terminado vuestros deberes?

—Sí —refunfuñaron ambas. Normalmente, estaban de mejor humor cuando yo salía por la noche.

—¿Qué está pasando?

—Nada —dijo Bianca rápidamente.

—¿Qué ha ocurrido? —pregunté, dejando mis cosas y cruzando los brazos. Miré alternativamente a mis hijas y esperé a que alguna me contara qué estaba sucediendo.

—Bianca tiene una cita —se burló Samantha de su hermana.

—¿Qué? —me giré hacia mi hija mayor y la pillé fulminando con la mirada a su hermana. —¿Quién te ha invitado a salir?

—No importa.

—Sí que importa.

—Le dije que no.

—Ay, Bianca, necesitas salir y vivir tu vida. No puedes esconderte para siempre.

—¿Es eso lo que estás haciendo tú? ¿Es por eso que has comprado el vestido? —Bianca era demasiado observadora para mi cordura. Pero no se equivocaba.

—Estoy considerando mis opciones.

—¿Vas a tener una cita? —preguntó Samantha.

Negué con la cabeza. —No. Todavía no. Pero no quiero estar soltera para siempre. Ahora mismo, vosotras dos sois mi prioridad. Nada se interpondrá entre vosotras y yo. Aunque algún día, espero encontrar a alguien. Alguien que me haga sentir especial.

—Lo encontrarás, mamá —dijo Samantha.

Le sonreí. —Eso espero. Pero el punto es que no voy a poner mi vida en pausa. Ya no más. Estoy descubriendo qué me hace feliz. Y parte de eso eventualmente será reconocer a un hombre que me haga feliz.

—Siempre te ríes cuando estás con el tío Brantley. Quizás deberías elegir a alguien que te haga sonreír —dijo Sam. —Paul me hace sonreír. Dice que le gusta cómo se me iluminan los ojos cuando estoy realmente feliz por algo.

—Papá nunca te hacía sonreír —dijo Bianca.

—Solía hacerlo —admití. —Cuando nos conocimos, esa era una de las cosas que más me gustaban de él.

—¿Cómo era él por aquel entonces? —preguntó Samantha.

Dejé que los recuerdos de hace tiempo me inundaran. Dawson era encantador. Era amable, inteligente y diferente a cualquier persona que hubiera conocido antes. Me hacía sentir especial, y me enamoré de él por eso.

Cuando pensaba en las personas que solíamos ser, me

entristecía que nuestro matrimonio hubiera terminado. Deseaba que las cosas hubieran sido diferentes. Pero cuando todo se derrumbó, supe que esas personas ya no estaban destinadas a estar juntas.

Me recliné y les conté a mis hijas sobre el día en que conocí a su padre. Sobre la primera vez que salimos juntos, sin Brantley. Sobre la primera vez que me di cuenta de que me importaba, y cuando creí que eso era amor. Hablé y ellas escucharon historias durante horas, hasta que Samantha se quedó dormida en mi hombro y Bianca bostezó ruidosamente.

—Es hora de irse a la cama —les dije.

—¿Puedes contarnos más mañana? —preguntó Samantha mientras se ponía de pie.

Asentí. —Claro.

—Buenas noches, mamá —dijo Samantha. Me dio un abrazo y luego se dirigió hacia su habitación.

Bianca se quedó rezagada. —Papá no parece que fuera tan malo.

Asentí de nuevo. —No lo era. Fue un novio estupendo y un buen marido durante un tiempo. Creo que todavía puede ser un buen padre, pero eso depende de él. He pasado muchos años haciendo todo lo posible para asegurarme de que supierais que os quería.

—Eso no dependía de ti.

—Lo sé. Pero nunca quise que vosotras dos sintierais que no erais queridas. Él estaba feliz cuando se enteró de que estaba embarazada. Ansioso, como todos los padres, pero feliz. Os quiere a las dos, aunque no siempre sea bueno mostrándolo.

—Gracias, mamá —Bianca me abrazó un poco más tiempo de lo habitual antes de dirigirse a su habitación.

Comprobé las puertas y apagué todas las luces. Fui a mi habitación y coloqué mi ropa nueva sobre la cama. El vestido azul seguía llamándome. Lo saqué de la bolsa y lo observé de nuevo.

Goldie dijo que mirara mis matches. No tenía el valor para hacerlo, pero con el vestido puesto, podría hacer cualquier cosa.

Me lo puse rápidamente, sintiéndome tonta por necesitar un vestido que nadie iba a verme puesto para sentirme mejor conmigo misma. Pero funcionó. Sentía que podía hacer cualquier cosa. Abrí En Busca del Galán de Papel y toqué la parte con mis mensajes.

Tenía seis matches. Seis hombres que estaban lo suficientemente interesados en mí como para enviarme un mensaje.

Leí sus perfiles y me reí cuando vi uno de un chico llamado Nerd por naturaleza. Me gustó que tuviera sentido del humor y que no tuviera miedo de admitir que era inteligente.

Su mensaje era divertido, captó mi atención y me hizo responder.

NERD POR NATURALEZA

¿Qué es peor... recibir mensajes raros de
chicos desconocidos o no recibirlos?
Supongo que en una aplicación de citas
quieres recibirlos, ¿verdad?

Toqué para responder y me di cuenta de lo que Goldie había puesto como mi nombre de usuario. Dios mío.

HERMOSA PANADERA

¿Existe una tercera opción donde los
mensajes no sean raros? Porque quiero esa.

Iba a guardar el móvil, pero vibró casi inmediatamente.

NERD POR NATURALEZA

Ahí vas cambiando las reglas. Hola, por
cierto.

HERMOSA PANADERA

Hola. ¿Qué tal estás?

NERD POR NATURALEZA

Bien. ¿Y tú? ¿Qué haces esta noche?

HERMOSA PANADERA

Estoy a punto de irme a dormir, pero antes he ido de compras y he pasado tiempo con mis hijos.

NERD POR NATURALEZA

Vaya, no soy ese tipo de chico. Tienes que invitarme a cenar antes de llevarme a la cama.

Solté una risa nasal y negué con la cabeza. Definitivamente un punto a favor por hacerme reír.

HERMOSA PANADERA

Quizás deberías invitarme a cenar primero.

NERD POR NATURALEZA

Ooh, me caes bien. Lo haremos. En algún momento. Pero debo confesarte que no estoy seguro de que vaya a seguir por aquí mucho más tiempo.

HERMOSA PANADERA

No pasa nada. Yo también tengo que irme a dormir pronto.

NERD POR NATURALEZA

Eso sí, pero me refiero en general. He estado pensando en cerrar mi cuenta.

HERMOSA PANADERA

Ah, vale. ¿Puedo preguntarte por qué? ¿Hay algún problema con la aplicación?

NERD POR NATURALEZA

Para nada. Es genial. He conocido a mucha
gente estupenda. Pero hay una chica que me
gusta mucho, y espero que pueda funcionar.
Es una locura porque nunca ha sido así, pero
las cosas han cambiado recientemente, y no
quiero estropear ninguna relación potencial.

HERMOSA PANADERA

Lo entiendo. No busco nada serio ahora
mismo. A decir verdad, mi amiga rellenó
esto. Ella me hizo las preguntas, así que son
mis respuestas, pero yo no elegí mi nombre.

NERD POR NATURALEZA

Quizás te conoce mejor de lo que te conoces
a ti misma.

HERMOSA PANADERA

Tiene buenas intenciones.

NERD POR NATURALEZA

Nuestros amigos suelen tenerlas.

HERMOSA PANADERA

Eso es muy cierto.

NERD POR NATURALEZA

¿Debería dejarte marchar o prefieres charlar
unos minutos?

HERMOSA PANADERA

¿Por qué no me cuentas sobre la mujer que
te gusta? Podría usar algo de inspiración
positiva estos días.

NERD POR NATURALEZA

Siento oír eso. Espero que encuentres alguno. En cuanto a la mujer... Es la persona más fuerte que he conocido nunca. Ella no lo sabe, pero lo es. Es inteligente, valiente y guapísima. Ha pasado por algunas cosas difíciles últimamente, pero se está recuperando y siguiendo adelante. Descubriendo la vida de nuevo.

HERMOSA PANADERA

No me sorprende que te guste. Suena genial.

NERD POR NATURALEZA

Lo es. Pero como todos nosotros, no lo sabe. Duda de sí misma. Ojalá pudiera verse como yo la veo.

HERMOSA PANADERA

Quizás algún día lo haga.

NERD POR NATURALEZA

Eso espero. Se merece el mundo entero.

HERMOSA PANADERA

Realmente espero que algún día vea que tú quieres dárselo. Todos merecemos eso.

NERD POR NATURALEZA

No paro de decírselo también.

HERMOSA PANADERA

¿Inteligente y enamorado de ella? Me muero de envidia.

NERD POR NATURALEZA

Ella no me ve de esa manera. Al menos, no creo que sea así.

HERMOSA PANADERA

No pareces muy seguro de eso.

NERD POR NATURALEZA

Nos hemos acercado varias veces, pero ella
se echa atrás.

HERMOSA PANADERA

Qué fastidio. No está bien jugar con los
sentimientos de la gente.

NERD POR NATURALEZA

No creo que lo haga a propósito. Creo que
no se da cuenta. Es una amiga y cruzar esa
línea me pone nervioso.

HERMOSA PANADERA

Ah. Lo entiendo.

NERD POR NATURALEZA

Yo también. Créeme. Pero a veces es difícil
mantenerse al otro lado de esa línea.

HERMOSA PANADERA

Entrará en razón.

NERD POR NATURALEZA

Eso espero.

HERMOSA PANADERA

Debería irme. Ha sido agradable hablar
contigo. Mantenme informada de cómo van
las cosas.

NERD POR NATURALEZA

Lo haré. Que pases buena noche, Hermosa
panadera.

HERMOSA PANADERA

¡Uf! Ese nombre. Disfruta de tu noche, Nerd
por naturaleza.

Cerré la aplicación y sonreí. Era agradable coquetear con
alguien, aunque no supiera quién era él. Dejé el móvil en la

mesita de noche y alcancé el bajo de mi vestido cuando sonó el teléfono.

Era Brantley llamándome.

Dejé caer el vestido y contesté al teléfono. —Hola, Bee. ¿Cómo estás?

—Bien. Justo estaba pensando en ti. Vi que Xavier recogió a las chicas. ¿Todo bien?

—Sí. Goldie quería que fuera de compras con ella. Tiene una cena de trabajo próximamente y necesitaba algo nuevo que ponerse.

—Ah, menos mal. Estaba un poco preocupado.

—Todo bien. ¿Qué tal el entrenamiento?

—Bien. Aunque creo que Andrew está un poco hundido porque Bianca le ha rechazado.

—¡Así que fue él quien le pidió salir! Debería haberlo imaginado. Ella no quiso decírmelo. Solo dijo que no importaba porque le había dicho que no. Caminé por mi habitación, odiando que estuviera jugando con el chaval.

—Siempre está hablando con él. ¿Por qué le está rechazando?

—Dawson.

—¿Qué?

—Teme que todos los hombres sean como Dawson y le da miedo implicarse con alguien.

—Ah, mierda. No me esperaba eso.

—Yo tampoco.

—¿Hay algo que pueda hacer para ayudar?

Negué con la cabeza. —Creo que solo tiene que superarlo por sí misma. Pero quizás cambie de opinión. ¿Qué opinas de Andrew?

—Es estupendo. Un chico maravilloso. Amable. Siempre anima a los otros corredores. Si fuera mi hija, me gustaría que saliese con alguien como él.

—Bueno, prácticamente es tu sobrina, así que lo tomaré

como lo mismo. Tú has sido más un padre que lo que Dawson ha sido nunca. Excepto por todo el tema de la concepción.

Brantley se atragantó, tosiendo ruidosamente durante un segundo antes de que su voz sonara distante.

—¿Estás bien? —siseé al teléfono. Esperé mientras seguía tosiendo hasta que volvió.

—Perdona. Se me fue el agua por mal camino.

—¿Estás bien?

—Sí. Todo bien. Oye, ¿quieres probar algo diferente este fin de semana para tu Búsqueda del Placer?

—¿Requiere que me levante antes de que salga el sol otra vez?

—No, solo después de que se haya puesto el sol.

—Con eso puedo trabajar. ¿Qué tenías en mente?

—Deja eso en mis manos. Ponte un vestido si tienes uno y trae un bañador.

Miré hacia abajo a mi vestido azul y sonreí. —Puedo hacerlo funcionar.

—Suena bien. ¿Nos vemos mañana después del entrenamiento?

—Allí estaré.

—Que pases buena noche.

—Tú también, Vee. Te quiero.

—Te quiero.

Mi sonrisa no se desvaneció mientras colgaba el teléfono y me preparaba para ir a la cama. Cuando me deslicé entre las sábanas, me sentía bien. Realmente bien. Coquetear con un chico y luego hablar con Brantley me tenía por las nubes.

Busqué en mi mesita de noche y encontré el juguete que guardaba en el cajón. El suave zumbido hizo que mi cuerpo hormigueara antes incluso de tocarlo con mi piel.

¿Qué haría Brantley con algo así?

Lo pensé durante un segundo, y luego lo bajé hasta mi

pezón. Jadeé ante la sensación. Era nueva, pero era agradable. Me moví al otro pezón y cerré los ojos.

Placer. Claro, sabía que los orgasmos podían darme placer, pero nunca me había dado la libertad de experimentar qué otras partes de mi cuerpo intensificarían esa sensación.

Moví el vibrador alrededor de mi cuerpo, probando diferentes zonas que me pudieran dar placer. Para cuando lo bajé entre mis piernas, estaba empapada y al borde del abismo. No tardaron mucho las vibraciones en llevarme al éxtasis, un grito silencioso arrastrándome hacia el fondo.

Mi cuerpo ansiaba más cuando me retiré, algo que raramente me ocurría. Normalmente era una mujer de "una vez y ya está", pero la necesidad me recorría en oleadas. Presioné el vibrador contra mi clítoris, la sacudida dobló mi cuerpo por la mitad. Mi garganta ardía con la necesidad de gritar. Dawson nunca fue partidario del sexo ruidoso, pero me pregunté qué le gustaría a Brantley.

—Háblame —susurró su voz imaginaria.

—Sí —susurré en la oscuridad. Brantley querría oírme. Me susurraría cosas sucias al oído y me haría correrme aún más fuerte.

Intenté pensar en algo sexy, pero mi mente estaba en blanco. Lo único que quería era otro orgasmo.

Me concentré de nuevo en la vibración e introduje el juguete dentro de mí. Dio en el punto exacto y gemí. Me mordí el labio para evitar que se me escaparan más ruidos mientras me empujaba contra la vibración.

Hacía demasiado tiempo que no tenía un sexo que me volara la cabeza. Una vida de mediocridad me había hecho preguntarme si estaba haciendo algo mal. Pero evocar el rostro de Brantley e imaginarle embistiéndome trajo una conciencia plena a mi cuerpo.

No era yo. Era mi pareja.

El sexo no formaba parte de mi Búsqueda del Placer, pero estar allí tumbada en mi cama, sola, luchando por respirar e imaginando el rostro sonriente de Brantley sobre mí, me hizo darme cuenta de que me estaba menospreciando. Estaba menospreciando el sexo. Necesitaba saber qué se sentía al tener a alguien tan profundamente dentro de mí que no pudiera sentir la diferencia entre nosotros. Saber qué se sentía al curvar los dedos de los pies y que mis pulmones se congelaran y todo mi cuerpo cantara con un orgasmo que destrozara mi mundo y lo reformara en algo nuevo.

Quería todo eso con Brantley. Mientras esa revelación caía sobre mí, también lo hizo mi orgasmo, uno que me hizo temblar y sacudirme y ansiar gritar. Uno que me hizo desesperar por más. No de mi propia mano, sino de la suya. Sus manos y labios y lengua y polla.

El vibrador cayó sobre la cama y zumbó mientras bajaba de mi clímax. Después de un minuto, lo cogí y lo apagué, dejándolo sobre las sábanas mientras luchaba por recuperar la consciencia.

Finalmente me levanté y fui al baño. Usé el inodoro, luego me lavé las manos y lavé el vibrador. Lo dejé en el lavabo para que se secara durante la noche y regresé a la cama.

Mis muslos hormigueaban y mi núcleo ardía. Quería más, pero no podría contenerme si cedía. Y no quería dármelos yo misma. Quería saber qué se sentía al estar con Brantley.

Pero significaría cruzar una línea que no podríamos descruzar. Ya nos habíamos besado, y el bulto en sus pantalones cortos decía que estaba dispuesto a hacer más, pero ¿lo estaba yo?

Con Dawson, los orgasmos se contaban y numeraban. Iguales, medidos y a cambio de algo. Si él conseguía uno, yo también, pero si él no conseguía lo que quería, yo me quedaba sin suerte.

Nunca quería pensar en el sexo de esa manera con Brantley. Ni con nadie más que tuviera en mi vida en el futuro. Los orgasmos debían ser mutuamente beneficiosos. Si cedía y añadía esa parte a mi Búsqueda del Placer, el único con quien quería compartirlo era Brantley.

¿Era eso justo?

No quería acabar como la mujer en la que Nerd por naturaleza estaba interesado. Alguien que jugaba con sus emociones y se echaba atrás cada vez que nos acercábamos.

Supongo que en cierto modo hice eso con Brantley, pero no fue a propósito. Fue por la situación. Fue...

No era justo para Brantley. Él me dijo que estaba interesado en otra mujer, y en lugar de respetar eso y mantener las distancias, me lancé sobre él como una gata en celo. Definitivamente le debía algo mejor que eso. Era mi mejor amigo, y necesitaba que supiera lo que estaba pensando.

Estaba pensando que quería saber cómo era el sexo realmente bueno. Y estaba pensando que quería que él me lo mostrara. También pensaba que podríamos mantenerlo casual. Amistoso. Como todo lo demás que hacíamos juntos.

Si la mujer que le gustaba finalmente se daba cuenta de que era una joya, entonces me apartaría. Le dejaría encontrar el tipo de amor que se merecía. Nunca me interpondría en la felicidad de Brantley. Era su amiga. Y quería que fuera feliz.

Pero hasta entonces, quizás podríamos compartir unas cuantas docenas de orgasmos o así.

14

BRANTLEY

Revisé cada línea del examen de Kevin, buscando cualquier punto posible que pudiera darle. Habíamos estado trabajando juntos toda la semana, y era más inteligente de lo que él mismo se reconocía, pero aún seguía teniendo dificultades.

No pensé en lo que la nota haría con su media porque no podía permitírmelo. Tenía que ser profesor primero y entrenador después. Esa era la promesa que me hice a mí mismo cuando acepté el trabajo de entrenador. Los estudios siempre debían ser lo primero. Y si eso significaba dejar en el banquillo a una de mis estrellas, me las arreglaría.

También era la razón por la que ideé mi sistema de poner las notas cada domingo. Eliminaba cualquier manipulación de las calificaciones. Si era constante, entonces era justo.

Pero no era fácil.

Quería dar sobresalientes a todos mis alumnos, pero cuando no se ganaban la nota, no podía hacerlo. El único que dolía era el estudiante que creía saber lo que estaba haciendo cuando no era así.

Terminé el examen de Kevin y pasé al siguiente, repitiendo el proceso de buscar cada punto que pudiera dar a cada estudiante. Todos merecían la oportunidad de obtener tanto crédito como fuera posible.

Llevaba más tiempo repasar los exámenes múltiples veces como hacía yo, pero me daba una imagen más clara de lo que cada estudiante era capaz. Cuando por fin terminé mis anotaciones, sumé las puntuaciones de cada examen e introduje las notas en mi libro de registros. Sí, seguía siendo anticuado y llevaba un libro. Eso significaba que nunca tenía que preocuparme de que el ordenador fallara o del mantenimiento del sistema. Siempre sabía a qué se enfrentaban los chicos.

Respiré hondo y comprobé dos veces que había anotado cada nota correctamente, luego trabajé en calcular sus medias para el trimestre.

Kevin volvía a aprobar.

Exhalé un suspiro de alivio y sonreí. Era por los pelos, pero estaba aprobando. Sabía lo duro que había estado trabajando, y estaba realmente orgulloso del esfuerzo que había puesto. Esperaba que él también lo estuviera.

Estaba impaciente por introducir las notas, pero no me lo permitiría hasta el domingo por la tarde. Tenía que ser constante. Pero necesitaba una distracción antes de que Valentina viniera para nuestra próxima aventura.

Decirle que se pusiera un vestido fue impulsivo y estúpido. Planeaba llevarla a bailar, pero no necesitaba un vestido para ello. Aun así, sería divertido verla un poco más elegante de lo habitual.

En la universidad solía encantarle salir a bailar. Todos los fines de semana, intentaba convencer a Dawson y a mí para probar un nuevo club. A veces íbamos todos, y otras veces yo me excusaba y les dejaba ir a los dos. Dawson se quejaba cada fin de semana, algunas veces hablándome de otras chicas y otras diciendo que no le gustaba bailar. De cualquier manera, debería haber visto algunas de las señales. Pero estaba demasiado ocupado suspirando por Valentina como para fijarme en Dawson la mitad del tiempo.

Sabía que hacía años que no iba a bailar. No estaba seguro si sería algo que disfrutaría hacer, pero nos había apuntado a una clase de tango. En la primera hora, un instructor nos enseñaría los pasos y animaría a todos a bailar. Después, el club se abriría al público donde la gente vendría a bailar. El club estaba a una hora al sur de nosotros, pero si le gustaba, podríamos volver otra vez.

Como salí a correr esa mañana para ver el amanecer, decidí abordar algunos proyectos más en mi cocina. El suelo estaba puesto, la nueva puerta corredera instalada, y los armarios estaban encargados, pero tenía ganas de pintar la habitación. Sin obstáculos, debería haber sido un trabajo fácil.

Si tuvieras habilidades. Claramente, yo no las tenía.

Para cuando terminé, tenía casi tanta pintura en mí como en las paredes. Por suerte, mantuve los suelos libres de pintura gracias a un protector de alta resistencia en el que Knox insistió que comprara. No estaba seguro de si podría admitirle que me salvó el trasero cuando se me cayó el pincel.

Di un paso atrás y admiré el nuevo color. Mis suelos eran de tablones de vinilo gris claro que parecían madera. Los armarios tenían un tinte gris oscuro con puertas lisas. Knox las llamaba estilo shaker. A mí simplemente me gustaba la simplicidad. Las encimeras eran de cuarzo blanco con líneas grises y azules. No estaba muy seguro sobre esa elección, pero Knox insistió en que me encantaría. Dijo que el color claro iluminaría el espacio, y el veteado lo unificaría todo. Yo solo pasé la tarjeta de crédito y esperé lo mejor.

Cuanto más miraba la muestra de la encimera en la esquina de la habitación, más me gustaba, y cuando llegó el momento de elegir un color de pintura, escogí el azul que estaba en el cuarzo. Era un color azul grisáceo, pero el más claro de la paleta. Justo el color suficiente para no ser blanco, pero el azul se apreciaba una vez que estaba en las paredes.

Tenía que admitir que Knox había acertado de pleno con todo hasta ahora.

También tenía que admitir que estaba disfrutando remodelando la cocina. Aunque lo hice pensando en Valentina, me gustaba lo poco que había terminado en el primer mes y estaba contento con ello. La fuga que encontré detrás del fregadero estaba arreglada y no volvería a ocurrir. Los suelos eran sólidos y más blandos de lo que esperaba. Las baldosas que tenía antes harían que me dolieran los pies después de terminar de cocinar la cena, pero el vinilo no era tan malo. Todavía tenía mucho trabajo por hacer, pero empezaba a sentir que podría funcionar.

Antes de dejarme absorber por otro proyecto, comprobé la hora. Se suponía que tenía que recoger a Valentina en cuarenta y cinco minutos, lo que significaba que necesitaba ponerme en marcha.

Limpié la pintura y me aseguré de que el bote quedara bien cerrado. La lona protectora estaba manchada, pero no quería que la pintura traspasara al suelo, así que la llevé afuera y la colgué en el viejo tendedero que nunca me había molestado en quitar. La brocha y el rodillo tendrían que limpiarse más tarde, pero los dejé en el fregadero del garaje y llené un cubo con agua para cubrir la pintura.

Mi ducha fue rápida y, desafortunadamente, no tuve tiempo de masturbarme antes de salir apresuradamente. No quería recoger a Valentina luciendo una erección. Había estado empalmado prácticamente todo el tiempo desde que me habló de su Búsqueda del Placer. Ayudarla y hablar sobre el placer me mantenía constantemente al límite.

Llegué a su casa con menos de un minuto de margen.

Dudé entre abrir la puerta directamente como ella seguía diciéndome, pero al final opté por llamar.

Abrió la puerta con una risa, y todo pensamiento consciente huyó de mi cuerpo.

Llevaba un vestido azul que abrazaba sus curvas como si estuviera pintado sobre ella. No era ajustado ni inapropiado, solo sexy, impresionante e imposible de no provocarme una erección inmediata.

Su pelo estaba natural, con sus rizos en espiral apretados enmarcando su cabeza como un halo. Llevaba un toque de maquillaje, justo lo suficiente para que notara que sus ojos brillaban más y sus labios estaban brillantes y tentadores y tan jodidamente besables que casi lo hice.

—Estás muy guapo —dijo Valentina mientras salía de la casa—. Supongo que estás listo para irnos, ¿verdad?

Asentí, incapaz de articular palabra. Sonrió, entrecerrando los ojos, y luego se volvió para cerrar la puerta con llave.

—Las chicas están en casa, y estoy un poco nerviosa por dejarlas. Aunque se han quedado solas en casa un millón de veces.

—¿Ha pasado algo?

Negó con la cabeza. —No. Solo estoy teniendo uno de esos días en los que me preocupo por todos los que me rodean y no me centro en mí misma. No hay ninguna razón por la que deba preocuparme, aparte de que siempre me preocupo.

—Entonces déjame distraerte durante la noche.

Una sonrisa lenta, sexy y pecaminosa curvó sus labios e iluminó sus ojos. Giró la cabeza, y vi los pendientes en forma de lágrima que llevaba, plateados y brillantes, tentándome mientras descansaban junto al punto de pulso en su cuello que yo quería lamer y succionar.

—Estoy definitivamente abierta a eso —susurró. Su voz era ronca, sexy.

¿Estaba loco, o se estaba comportando como si esto fuera una cita?

¿Y me importaba?

Definitivamente sabía la respuesta a la segunda pregunta. Le ofrecí mi brazo y sonreí cuando lo aceptó. La acompañé hasta la puerta del copiloto y la abrí para ella, esperando hasta que metiera sus largas y curvilíneas piernas dentro antes de cerrar la puerta suavemente.

Mientras rodeaba el todoterreno, le di una charla motivadora a mi polla. —No presiones. No supliques. Y por el amor de Dios, no exijas.—

Quería hacer todo eso, y el obstinado cabrón estaba liderando la carga para meterse en los pantalones de Valentina. O en sus bragas, supongo. Asumiendo que llevara algunas debajo de ese vestido.

Gemí mientras abría la puerta. No podía imaginar a Valentina sin bragas. Eso sólo acabaría en un desastre en mis pantalones.

Me hundí en el asiento del conductor y me dirigí hacia el sur. Hablamos sobre la semana y las chicas, y ni una sola vez me preguntó adónde la llevaba.

Eso era significativo. Valentina confiaba lo suficiente en mí como para no cuestionar mi plan para la noche.

Cuando aparqué frente al club, miró el edificio con confusión. —¿Qué es este sitio?

—Tienen clases de tango y baile libre.

—¿Qué? —jadeó, con los ojos y la sonrisa abriéndose al mismo tiempo. —¿Hemos venido para eso?

Negué con la cabeza. —Pensé que podríamos mirar. No hace falta bailar realmente.

Me empujó el hombro y se rio, apresurándose para entrar.

Me reuní con ella frente al todoterreno en la acera. Prácticamente vibraba de alegría. No podía esperar para llevarla dentro a la clase y bailar con ella.

¿EN QUÉ COÑO ESTABA PENSANDO?

Bailar con Valentina era la peor clase de tortura. No porque lo hiciera mal. Oh, no, mi chica tenía unos movimientos impresionantes. Pero ese era el problema. Cuando se balanceaba en mis brazos y giraba y movía esas caderas, estaba perdido. Perdí la cuenta de las veces que casi me corrí en los pantalones. Era una seductora, una provocadora, la más tentadora de las torturadoras.

Y lo único que quería era más.

La clase terminó y nos tomamos un descanso de unos minutos. No había dejado de sonreír en todo el tiempo, y supe que había sido una gran idea traerla aquí.

—¿Te estás divirtiendo? —pregunté mientras bebíamos agua y picábamos unos pretzels.

—Muchísimo. Había olvidado cuánto me gustaba bailar.

—¿Olvidado o simplemente dejaste de recordártelo?

Se encogió de hombros, apagándose un poco el brillo de sus ojos. —Un poco de ambas cosas, supongo. Me dije a mí misma que era egoísta hacer cosas solo por mí. Especialmente cuando Dawson no quería acompañarme. Odiaba bailar, y después de casarnos, se negó a ir conmigo. Se lo pedí durante un tiempo, pero al final, supongo que me convencí a mí misma de que no lo echaba tanto de menos.

—Bueno, yo iré a bailar contigo siempre que quieras.

—¿De verdad?

Asentí. —Por supuesto.

—¿Por qué harías eso?

Solté una risa porque seguía sin entenderlo. No tenía ni idea. —Porque te quiero, Vee.

Sabía que las palabras no calarían porque se las había dicho un millón de veces. Decirle que la quería era significativo para mí. Nunca le había dicho a otra mujer que la quería, excepto a mi familia. Nunca había querido a otra mujer.

Y a pesar de todos mis intentos, deseos y esperanzas de que algún día superaría a Valentina, sabía que nunca sucedería.

Era la mujer con la que quería pasar mi vida. Si eso era solo como amigo, me mantendría a su lado y la vería amar a otra persona, como había hecho durante décadas. Pero si existía la más mínima posibilidad de que algún día sintiera lo mismo por mí, iba a estar ahí y disponible para que ella me amara también.

—Yo también te quiero. Gracias por esto. Es la mejor noche que he tenido en mucho tiempo.

—Bien. Aunque todavía no ha terminado.

Ella sonrió cuando la banda anunció que reanudarían el espectáculo en tres minutos.

Canción tras canción, la sostuve en mis brazos y la hice girar por la pista de baile. No se nos daba muy bien seguir los pasos que se suponía que debíamos dar, pero disfrutamos muchísimo intentándolo. A nadie más le importaba. Todos estábamos allí para pasarlo bien.

Para cuando tomamos otro descanso, había perdido mi lucha por mantener la distancia con ella. Tener mis manos en su cuerpo toda la noche, sintiendo cómo la sedosa tela de su vestido se deslizaba entre mis dedos, era doloroso. La necesitaba de una manera en que nunca había necesitado a otra persona.

Pero no iba a ser yo quien iniciara algo.

Volvimos a nuestro reservado, pero en lugar de sentarnos

en lados opuestos, me deslicé junto a ella. Me miró con una sonrisa y me guiñó un ojo.

—Me preguntaba por qué te sentabas tan lejos.

Me encogí de hombros. —Porque dijiste que tu Búsqueda del Placer consistía en probar cosas y divertirte.

—¿Y si te dijera que he estado pensando en ampliar esa búsqueda?

Mi polla dio un respingo. Me moví en el asiento corrido e intenté detener el dolor pulsante de mi erección tras la cremallera. Estaba fracasando. —¿Qué quieres decir?

Se encogió de hombros y evitó mi mirada. —He estado pensando que nunca he disfrutado del sexo antes, y sería realmente agradable poder hacerlo.

Me atraganté. Joder. Solo el pensamiento de Vee…

—Creo que definitivamente deberías hacerlo.

—Bueno, tú inspiraste la idea. Besarte fue como un aperitivo.

—Eh, ¿gracias?

Ella soltó una risa ronca. —No lo digo como algo negativo. Solo que me abriste los ojos a cómo podría ser. Me registré en una cuenta de En Busca del Galán de Papel. Goldie y Anna dijeron que debería pensar en tener citas y estar abierta a ello. Aunque no esté lista ahora, quiero estarlo algún día.

—¿Así que vas a follarte a un tío cualquiera? —solté bruscamente.

Me miró y negó con la cabeza. —En realidad, esperaba poder follar contigo.

El fuego en sus ojos se arremolinó dentro de mí. Ella estaba cabreada, pero yo también lo estaba. Pensé que iba a conocer a algún tío de la aplicación y pedirle que la volviera loca en la cama. No. Ni de coña. Si quería unos buenos orgasmos, yo iba a ser quien se los diera.

Me incliné antes de que pudiera apartarme y reclamé su

boca. Ella agarró con el puño la parte delantera de mi camisa y me atrajo más cerca. Labios abiertos y dientes chocando. Lenguas entrelazadas luchando por el control. Puse mi mano en su muslo, necesitando su tacto para mantenerme con los pies en la tierra.

Gimió en mi boca y extendió el brazo para acercarme más. Me incliné sobre ella, presionándola contra la pared. Me moví, acercando mi cuerpo al suyo. Sus muslos se separaron, suplicándome que le subiera la falda y comprobara lo húmeda que estaba.

Pero me detuve.

La primera vez que sintiera el cuerpo de Valentina húmedo y listo para mí no iba a ser en un reservado al final de una pista de baile. Iba a ser en privado. Donde ella sabría que era respetada y cuidada, no violada e insultada.

Sus labios estaban hinchados. Sus ojos seguían cerrados. Sus mejillas estaban sonrojadas. Parecía que acababa de tener un orgasmo, aunque lo único que hicimos fue besarnos. Yo sentía lo mismo, como si me hubiera atropellado un autobús de placer y hubiera golpeado cada uno de sus ejes por el camino.

—Bee, susurró, parte pregunta, parte miedo.

—No voy a irme a ninguna parte. Apoyé mi frente contra la suya y aspiré su aroma. El olor de su excitación llegó hasta mí, suplicándome que no me detuviera.

Pero tenía que hacerlo. Tenía que asegurarme de que me lo pedía por las razones correctas.

La parte de mí que la había querido para siempre dijo *qué más da*, pero el hombre que era yo necesitaba saberlo. Si me acostaba con ella porque estaba vulnerable y excitada, y luego se arrepentía, jamás me lo perdonaría. Pero si sabía que iba a hacerlo con la mente clara, no tendría ninguna reserva en llenar a Valentina y hacerla llegar al clímax hasta que el único nombre que conociera fuera el mío.

—¿Por qué has dejado de besarme?

—Porque necesito saber que quieres que esto suceda.

—Pensaba que había sido bastante clara.

Negué con la cabeza. —Quieres añadir el sexo a tu Búsqueda del Placer. Dijiste que te habías unido a esa aplicación de citas. Estoy más que dispuesto a ser tu compañero de búsqueda, pero necesito saber que es porque quieres estar conmigo. Si cruzamos esa línea...

—¿Acaso no la hemos cruzado ya? Ese beso no fue el tipo de beso que comparten los amigos. Fue el tipo de beso que lleva a cuerpos sudorosos y éxtasis y más orgasmos de los que he tenido en el último año.

—Necesito saber que no te arrepentirás de esto. Nada me importa más que tú. No puedo arriesgarme a hacerte daño. Nunca.

—No me arrepentiré.

—¿Por qué me lo has pedido esta noche?

—Porque estamos aquí. Y bailar es sexy. Y estar en tus brazos me ha tenido húmeda y lista para ti toda la noche.

—Siento lo mismo, Vee, pero no puedo hacerlo esta noche. No es que no pueda, sino que no quiero. Si todavía lo deseas el próximo fin de semana, puedes venir a mi casa. Cocinaré algo, o pediremos comida, y nos aseguraremos de que no nos interrumpan. Pero necesito que lo pienses. Que sepas que esto es lo que realmente quieres.

Respiró entrecortadamente y finalmente asintió. Sus ojos estaban claros y concentrados. —No hagas otros planes para el próximo fin de semana.

Sonreí. —Definitivamente no lo haré.

15

Volvimos a la pista de baile y pasamos el resto de la noche torturándonos mutuamente con roces y provocaciones. Tomé nota mental de los lugares donde la tocaba que la hacían jadear, y me aseguré de besarla siempre que tuve la oportunidad.

Cuando nos marchamos, era pasada la medianoche, y decidí no tentar a la suerte invitándola a mi casa para pasar un rato en el jacuzzi. Podríamos hacer eso el próximo fin de semana, antes o después del sexo.

O durante. Nunca me había follado a nadie en el jacuzzi, pero siempre había querido hacerlo.

Me recordé a mí mismo cien veces antes de dejarla que podría decir que no. Que no era una garantía. Y que incluso si aceptaba, no significaba que estuviéramos juntos. Éramos mejores amigos con una química física increíble que estábamos explorando.

Que yo estuviera enamorado de ella no era relevante.

—Gracias por esta noche —susurró Valentina en su porche.

Era como todas esas noches que soñé con tener una cita

con ella en el instituto. Dejarla en el porche y hablar bajito para que no nos pillaran. Solo que ahora intentábamos que no nos pillaran sus hijas en lugar de su padre.

—Me lo he pasado muy bien.

Me miró a través de esas interminables pestañas oscuras. Sus ojos castaños brillaban bajo la luz del porche. Nunca antes había pensado en algo así como sexy, pero la forma en que los ojos de Valentina resplandecían y cómo su cuerpo se acercaba al mío, jamás volvería a estar en un porche sin pensar en ella.

—Yo también. No puedo esperar al próximo fin de semana —susurró ella.

El significado era intenso detrás de sus palabras, igual que mi polla detrás de la cremallera. Gemí y acorté la distancia entre nosotros, dejándole sentir lo hambriento que estaba de ella. Había dicho que quería que lo pensara, pero eso no significaba que fuera a jugar limpio y mantener mis manos quietas hasta entonces.

Abrió sus labios para mí cuando nos conectamos, su lengua zambulléndose primero en mi boca. Incliné la cabeza y chupé con fuerza su lengua. Mis manos fueron a sus caderas y luego más abajo para abarcar su trasero exuberante.

Se frotó contra mi erección, gimiendo al sentir la dureza contra su vientre. Sus manos se aferraron a mi camisa de nuevo, manteniéndome cerca.

No tenía ninguna intención de irme a ninguna parte. No por un buen rato.

La atraje más cerca, restregando mi polla contra ella. Levantó una pierna, acomodándome entre sus muslos, y contuvo la respiración.

—¿Vee? —jadeé, apartándome lo justo para dejar que la pregunta flotara entre nosotros.

—Por favor —susurró. Suplicó.

Mi control estaba firmemente en sus manos, lo que significaba que ya no lo tenía, y esa única palabra fue suficiente para que dejara de pensar en no tenerla y empezara a pensar en lo que me había estado contando.

El sexo nunca había sido bueno para ella. Nunca lo había deseado con ardor. Nunca había querido sexo.

Tenía una oportunidad. En ese momento, podía ser honorable y alejarme, y preguntarme para siempre si esa elección había jodido un futuro con ella. O podía ceder y hacerla temblar y correrse y gritar mi nombre. Allí mismo en su porche.

—Lejos de la luz —siseé, apartándola de delante de la puerta hacia un lado, donde un par de sillas descansaban en la oscuridad.

Su cuerpo se relajó, como si hubiera estado tensa por la ansiedad, esperando mi respuesta. Dio los pocos pasos fuera de la luz y se volvió hacia mí, atrayéndome para besarla de nuevo.

Nunca me había sentido tan fuera de control con una mujer antes. Nunca había estado tan perdido en la lujuria que no pudiera decir que no cuando ella quería algo. Pero nunca había tenido a la mujer que amaba suplicándome que la hiciera llegar al orgasmo.

Su pierna se abrió de nuevo, su tobillo enganchándose alrededor de mi pantorrilla. Se equilibró sobre un pie mientras se frotaba contra mí. Un gemido escapó de su garganta antes de que un gruñido frustrado saliera de ella.

No iba a perderla. No en esto. No así. Ella iba a saber exactamente lo buenos que podíamos ser juntos.

Empujé contra ella, frotando mi erección contra su centro. Su vestido me resistía, pero por la forma en que se tensaba me di cuenta de que no importaba. Estaba tan perdida como yo.

—Vee —susurré. Necesitaba oír su voz. Saber que no

estaba pensando en otra persona. Saber que sabía que era yo quien la estaba volviendo loca en el porche en la oscura noche de septiembre.

—Por favor, Bee. Oh, Dios —Su voz sonaba ahogada, necesitada, como nada que hubiera escuchado antes.

—¿Quieres que te haga correr?

—Sí.

—¿Has estado pensando en esto toda la noche?

—Sí. En tocarte. Te necesito.

—Quiero oírte, Vee. Dime qué quieres.

—Se siente tan bien —susurró ella.

Cada embestida la hacía gemir, entrecortar la respiración, estremecer su cuerpo. Pero no era suficiente. No iba a llevarla donde necesitaba estar. Podía sentir la tensión aumentando en ella, el momento que no llegaba lo suficientemente rápido.

—Agárrate a mí —le dije.

Sus brazos rodearon mis hombros. Me lancé contra ella, presionando su peso contra la pared de la casa. Ella tembló.

—Sí —gimió, su voz suave, pero la intención de la palabra clara.

Le levanté la pierna más alto, separando más sus muslos. Embestí contra ella. Nuestra ropa amortiguaba la sensación, pero sabía que no podría detener el deseo que corría por mis venas. Iba a correrme con ella. No me importaba. La necesitaba.

—Oh, Dios —siseó ella. —Sí. Brantley. Oh... mi... ¡SÍ!

Su liberación fue rápida y aguda, como el mordisco en mi hombro. Tembló en mis brazos, con réplicas sacudiendo su cuerpo y enviando necesidad pulsando a través de mi sangre.

El mordisco me sacó lo suficiente del momento para que mi orgasmo se detuviera, y cuando Valentina me miró, supe que había perdido mi oportunidad.

Pero también sabía que nada podría haber sido mejor que ver esa expresión de placer absoluto en su rostro.

—¿Así que añadir sexo a la Búsqueda del Placer está bien? —bromeé.

—Jodidamente bien —susurró. —Nunca ha sido tan bueno.

—Imagínate cómo será cuando no estemos vestidos y en tu porche.

Ella gimió y apoyó la cabeza en mi hombro. Apenas pude contener una mueca de dolor cuando me golpeó justo en el mordisco que ya se estaba amoratando.

—Siempre pensé que la gente mentía sobre lo bueno que era el sexo. Creía que era una gran teoría conspiratoria para que la gente se reprodujera. No entendía por qué la gente perdía la cabeza por el sexo.

—¿Y ahora?

Me miró y sonrió. —Empiezo a entenderlo.

Sonreí y presioné suavemente mis labios contra los suyos. Ella sonrió contra mi boca, besándome de esa manera en que solo lo hacen los amantes. Sin pensar ni un segundo en lo que vendría después.

—Siento que te estoy dejando a medias. O no a medias. —Mordió su labio y me miró con esos ojos de dormitorio que me tenían pendiendo de un hilo.

Podría pedirle que me devolviera el favor, y lo haría. Pero no lo quería así. Quería sentir su piel contra la mía, que me tocara antes de dejarme llevar. Y no era el momento adecuado para eso.

—Quizás podamos cambiar eso el próximo fin de semana. Si quieres.

—¿Ahora no?

Negué con la cabeza y besé la punta de su nariz. —Me lo he pasado muy bien esta noche.

—Yo también.

La besé otra vez, separando suavemente sus labios para probar su sabor. Si iba a ser mi última oportunidad, iba a disfrutar cada segundo.

—Debería entrar —dijo un minuto después—. Asearme e irme a dormir.

Asentí y di un paso atrás, soltándola para que pudiera marcharse. No debería haber sido tan difícil, pero lo era. Quería entrar con ella. Acostarme con ella. Despertar con ella.

Maldita sea. Ni siquiera habíamos tenido sexo, y ya me estaba imaginando en su vida. Quería estar en su vida.

Como algo más que su mejor amigo.

No. Eso no es lo que estábamos haciendo. Ella nunca dijo nada sobre una relación. Sexo. Era solo sexo. Iba a sacármela del sistema y volveríamos a ser amigos. Estaba bien. Sin futuros. Sin para siempre. Solo amigos.

—Gracias por esta noche —le dije.

Me acarició la mejilla y mantuvo mi mirada durante un largo momento. Asintió y susurró: —No podría hacer todo esto sin ti, Bee. Eres increíble. Gracias.

—Encantado de ayudar.

Dejó escapar una risa, luego abrió la puerta de su casa y entró. Se había ido.

Durante toda la semana, Valentina y yo nos enviamos mensajes coquetos. Era algo nuevo para nosotros, pero definitivamente no inoportuno. Intenté mantener mis mensajes en la frontera para que siguieran siendo amistosos, aunque rozaran la línea de lo sexy.

Después del entrenamiento del jueves, pasé por la ferretería de Al para recoger los herrajes de los armarios. Knox me envió un mensaje diciendo que habían llegado, y que podía recogerlos para tenerlos en mi casa antes de que entregaran los armarios.

También era una buena excusa para pedir consejo sobre lo de Valentina.

Knox estaba detrás del mostrador cuando entré, cerrando el cajón. Antes de levantar la vista, dijo: —Estamos cerrados.

—¿Qué es esto, horario de banquero? —bromeé. Eran casi las seis, y probablemente ya llevaba doce horas detrás del mostrador.

Knox me respondió con el dedo corazón. —¿Vienes esta noche a O'Kelley's?

Negué con la cabeza. —No lo tenía planeado. ¿Qué pasa?

—Un grupo de tíos nos reunimos todos los jueves. Básicamente quien esté disponible.

—¿Todavía hacéis eso? Creo que fui una o dos veces. No sabía que era algo regular. Y no soy muy cercano a esos tíos.

—¿Y eso qué? Por eso tienes que ir. Hablar, tomarte una cerveza, conocerlos. Es bueno para el negocio.

—Soy profesor. No tengo un negocio.

Knox puso los ojos en blanco. —Vale. Es bueno para mi negocio. Ven y habla de lo genial que soy.

—Sí, tu servicio al cliente es impecable —dije con voz monótona.

Knox resopló. —Solo para ti. —Rodeó el mostrador y arrugó la nariz—. —Dios mío, ¿te ha rociado una mofeta?

—No. Así es como huele un hombre cuando ejercita sus músculos.

—¿Como un animal muerto? Necesitas una ducha.

—No me digas. Iba a hacerlo después de coger el material que tienes para mí.

—Bien. Porque la necesitas.

—Está en mis planes.

—Entonces ven a O'Kelley's. Podemos hablar de lo que sea que te tiene tan agobiado.

—¿Quién ha dicho que estoy agobiado?

—Tu cara.

Le hice un corte de mangas y luego le seguí hasta los armarios de almacenaje mientras él se reía. Me entregó la caja de herrajes y me dijo que nos veríamos pronto. Salimos juntos, y yo conduje a casa, debatiendo si escaquearme aunque sabía que sería bueno hablar con alguien más sobre Valentina. No necesitaban saber que era ella.

No pasó mucho tiempo antes de que entrara en O'Kelley's, oliendo limpio para que Knox no me diera más la lata. Me senté en la barra junto a Xavier y sonreí cuando me saludó.

—¡Entrenador P! Me alegra verte fuera del campo. —Xavier me dio una palmada en la espalda.

—Gracias, Xavier. Knox me dijo que viniera. Espero que esté bien.

—Siempre, dijo Hudson, asintiendo desde el otro lado de la barra. —¿Qué te pongo?

—Cerveza. La que tengas de barril. ¿Pale ale o IPA?

Hudson asintió y puso un vaso bajo el grifo, llenándolo con manos expertas. Lo colocó frente a mí y dijo: —La primera va por mi cuenta. Me alegro de que te hayas unido a nosotros.

—Gracias.

—Ian nos estaba contando que Blake habla de tener otro bebé, pero aún no ha conseguido sacar al primero de su habitación. ¿Algún consejo? preguntó Xavier.

Miré a lo largo de la barra hacia los otros hombres. Conocía a Xavier desde que McJenna estaba en el equipo de cross. Todo el mundo en el pueblo conocía a Hudson Grant y a Trent MacKellar. Trent estaba casado con la hermana de Ian Jameson, e Ian construía barcas de madera personalizadas y tenía un talento extraordinario. Gavin Holbrook era dueño del Posada Cala MacKellar con su mujer, y Sebastian

Parks estaba casado con la hermana de Gavin. Knox estaba entre Sebastian y Colin Jones, que poseía la Granja Familiar de Arce Jones.

Todos eran hombres inteligentes y talentosos que ayudaban a hacer de Cala MacKellar lo que era. Me había criado con muchos de ellos, conocido a más, y conocía a las esposas y novias de la mayoría. La vida en un pueblo pequeño era una de mis cosas favoritas de Cala MacKellar.

—Bueno, como no he tenido ni hijos ni esposa, probablemente sea yo el último al que deberíais pedir consejo sobre cualquiera de las dos cosas, les dije.

Xavier me sonrió mientras los demás continuaban la conversación. —¿Cómo van las cosas?

—Bien. El equipo es genial. ¿Cómo le va a McJenna?

—Está gratamente sorprendida de que se esté divirtiendo. Se resistió mucho a Bianca, pero le va mejor de lo que pensaba. Ayuda que tú y el entrenador M hayáis creado un ambiente tan acogedor.

—Ese es el objetivo. Tenemos chicos que son corredores acérrimos y que acabarán corriendo maratones por diversión y yendo a la universidad con becas, y tenemos chicos que desarrollarán un hábito de correr de por vida para mantenerse sanos o reducir el estrés o por alguna otra razón. Siempre hay algunos que deciden que no es lo suyo, y eso también está bien. Queremos que sea una buena experiencia para los chicos mientras estén con nosotros.

—Definitivamente lo habéis conseguido. No creo que J se hubiera apuntado si Bianca no hubiera hablado tan bien de ti. Dijo que eres como de la familia, dijo Xavier.

Asentí y di un sorbo a mi cerveza para tomarme un minuto. —Valentina y yo crecimos juntos. Nos graduamos juntos en el instituto MCHS. He conocido a Bianca y Samantha toda su vida.

—Bien. Es bueno para ellas tener a alguien cerca que las

apoye. Especialmente después de que Dawson resultara ser un cabrón.

—Dawson siempre fue un cabrón—escupí—. —Lo que no me di cuenta es que fuera lo suficientemente imbécil como para tirar por la borda una relación con Valentina.

Xavier sonrió con suficiencia, con un brillo en los ojos que decía que me estaba provocando.

—¿Qué?

—Nada. Estás bastante involucrado con ellas.

—Se merecen algo mejor.

—Parece que ya tienen algo mejor.

Sentí un hormigueo en la nuca. —¿Qué quieres decir con eso?

—Quiere decir ¿cuánto tiempo llevas enamorado de Valentina?—preguntó Trent.

Me aparté el pelo de la cara y negué con la cabeza. —No lo estoy.

—Y una mierda—dijo Hudson.

Le lancé una mirada fulminante. Él me devolvió una sonrisa burlona.

—¿Es de eso de lo que querías hablar antes?—preguntó Knox.

A él también le fulminé con la mirada.

—Todos somos amigos aquí—dijo Ian, inclinándose hacia delante para mirarme a los ojos—. —Y no dejes que ninguno de estos capullos te engañe. Todos hemos estado exactamente donde tú estás ahora. Yo incluido.

—¿Y dónde es exactamente?—le pregunté, sin querer admitir la derrota todavía.

—Locamente enamorado de una mujer que no ve lo increíble que es ni entiende por qué te atarías a ella para siempre. Básicamente dándote cabezazos contra la pared y deseando poder parar, pero dejar de amarla sería como dejar de respirar. Morirías si lo consiguieras.

Miré a los demás a lo largo de la fila. Aparte de Knox, el resto no parecía estar sonriendo con suficiencia tanto como yo pensaba. Parecían mucho más comprensivos. —Sí, bueno, todos vosotros convencisteis a la mujer que amáis para que os diera una oportunidad. Valentina solo quiere ser amigos.

—¿Estás seguro de eso? —preguntó Hudson.

Le miré y entrecerré los ojos. —Eso es lo que ella me ha dicho. ¿Por qué?

Hudson se encogió de hombros. —No es así como lo cuenta Anna. Ella está bastante convencida de que Valentina está tan pillada como tú.

Negué con la cabeza. —Ni de coña. Las cosas son increíblemente intensas entre nosotros, pero...

—Vaya, ¿en serio? —preguntó Xavier. Sonrió como si estuviera orgulloso.

—No voy a compartir los detalles —gruñí.

—No los quiero. Solo me alegra oírlo. Karissa tiene muy buena opinión de ti. También Goldie y todos los demás que te han mencionado. Valentina es una buena persona. Una gran persona. Debería tener a alguien bueno en su vida, y si ese eres tú, entonces bien por los dos.

Miré fijamente a Xavier durante un largo momento, pero él no sonrió ni hizo ninguna broma ni nada que me hiciera pensar que estaba siendo un imbécil. —Gracias.

—Bueno, volvamos a eso de *increíblemente intenso* —dijo Knox—. Él quizá no quiera detalles, pero yo sí.

Le hice una peineta, y los demás se rieron.

—Dejamos que Knox venga porque tiene todos los buenos materiales de construcción de la ciudad, pero estar soltero significa que su perspectiva está un poco distorsionada —dijo Ian. Levantó la barbilla hacia Knox, quien puso los ojos en blanco.

—Todos vivís indirectamente a través de mí —dijo Knox, sacando pecho.

Observé cómo los demás negaban con la cabeza y daban sorbos a sus cervezas. Eso era lo que yo buscaba. Nada de aventuras de una noche vicarias o en directo. Nada de encuentros anónimos. Nada de mañanas siguientes intentando escabullirse en la oscuridad. Yo quería un futuro. Una vida. Un compromiso con Valentina.

—¿Sabe ella que estás enamorado de ella? —preguntó Sebastian.

Negué con la cabeza. —Cortaría la línea y saldría corriendo si lo supiera.

—Yo pensaba lo mismo con Zoey. Acababa de divorciarse cuando volvimos a estar juntos. Se suponía que sería divertido durante unas semanas mientras ella estaba en la ciudad, pero no pude dejarla marchar cuando llegó el momento.

—Finley y yo nos conocimos porque tuvimos un rollo de una noche. Fui un auténtico capullo con ella, y finalmente me dejó entrar en su vida para que pudiera demostrarle que era digno de ella. —Trent MacKellar era el tipo más rico de Cala MacKellar. Su patrimonio neto probablemente triplicaba el de todos los demás en el bar juntos.

—Todavía estás en ello —le dijo Hudson a Trent.

Trent sonrió y asintió. —Cada maldito día. Ella lo vale.

—Entonces, ¿qué vas a hacer con Valentina? —preguntó Gavin.

Negué con la cabeza. —Ojalá lo supiera.

—Estar ahí para ella —dijo Sebastian.

—Aparecer cuando te necesite —dijo Trent.

—No te rindas con ella —dijo Gavin.

—Sé vulnerable —dijo Hudson.

—Por encima de todo, sé primero su amigo. Si la quieres en tu vida, tienes que estar dispuesto a renunciar a una relación si eso no es lo que ella quiere. No creo que vaya a ser el caso, pero debes estar preparado para ello —dijo Ian.

Asentí ante todos sus consejos, sabiendo que todos tenían

razón. —Gracias. Supongo que tener a Knox como amigo resulta útil de vez en cuando.

Los chicos se rieron, y la conversación cambió de mi vida amorosa a los deportes. Saqué mi móvil y le envié un mensaje rápido a Valentina, sabiendo que era lo correcto.

VALENTINA

Pensando en ti esta noche. Espero que estés haciendo algo que te dé placer. Espero que siempre sea así, Vee. Te quiero.

El mensaje de Brantley seguía en mi móvil. Lo leí cuando me lo envió, pero estaba ayudando a Bianca con los deberes, y luego no supe qué contestar. Responder de forma coqueta casi parecía apropiado después de cómo habíamos estado hablando toda la semana, pero no parecía ese tipo de momento. Se sentía diferente. Como si lo que dijera determinaría lo que pasaría entre nosotros.

Todavía no estaba segura de lo que quería que pasara entre nosotros. No más allá del fin de semana. El fin de semana lo tenía claro. Quería acostarme con Brantley. Quería saber cómo era el sexo de agarrar las sábanas, y sabía que él lo conseguiría. ¡El hombre me dio un orgasmo sin siquiera tocar mi piel, en mi porche! Estaba deseando descubrir de lo que era capaz sin ropa.

También confiaba en él. Sabía que Brantley no se limitaría

a follarme y echarme. Podríamos hablar. Ser honestos. Seguir siendo amigos después.

¿Quería yo eso?

Negué con la cabeza. Eso nunca estuvo en duda. Quería a Brantley en mi vida. Pisar esa línea era peligroso, pero si me obligaran a elegir, siempre lo querría como mi amigo.

Cuando las chicas se fueron a dormir, apagué todas las luces y me fui a mi habitación. Miré fijamente el mensaje y finalmente escribí una respuesta.

> Siempre pensando en ti. Pasé la noche con las chicas. Probé otra receta nueva. No fue un éxito, pero tampoco lo peor que hemos comido este mes. Espero que tú también hayas hecho algo que te diera placer esta noche. Te quiero, Bee.

Dejé el móvil y fui al baño para prepararme para dormir. Cuando me metí en la cama, cogí el teléfono para ver si había respondido. Lo había hecho.

> Siento que no fuera un éxito. La próxima vez. Fui a O'Kelley's con Knox. Fue una buena noche.

Mi cuerpo se sonrojó con una combinación de celos y posesividad. Knox estaba soltero. También Brantley. Si estaban en O'Kelley's, ¿significaba eso que estaban buscando mujeres?

> Suena divertido. ¿De caza?

> ¡Ja! Ni un poco. Conocí a un montón de tíos. Hudson dijo que se reúnen todos los jueves. Me invitó a volver.

No era justo que me sintiera aliviada. No debería desear que estuviera soltero y solo como yo. Quería que fuera feliz. Solo quería que, quizás, fuera feliz conmigo.

Anna lo mencionó. Lo había olvidado. Es agradable tener amigos con los que salir.

Sí. Los amigos siempre vienen bien. Pero echaba de menos a mi mejor amiga. ¿Qué tal tu día?

Fue bueno. Sin incidentes. Los nuevos blondies que hice tuvieron mucho éxito hoy.

Ah, así que sí hiciste algo que te dio placer.

Lo hice. Y pasé tiempo con mis chicas, lo que siempre es agradable. Bianca incluso recogió los platos sin que se lo pidiera, y Samantha hizo una colada. Les pregunté si se encontraban bien.

¡JAJAJA! Ese fue también mi primer pensamiento.

Mentes brillantes.

Sin duda.

También estoy disfrutando hablando contigo ahora mismo.

Yo también, Vee. Siempre disfruto hablando contigo.

Gracias. ¿Seguimos con lo del fin de semana?

Sabes que lo dejo completamente a tu elección. Sin presiones por mi parte.

Bianca se queda a dormir en casa de
McJenna, y Samantha en casa de Amy.

Así que tendrás la casa para ti sola.

Espero que la casa esté vacía. Pensaba que
iba a ir a tu casa.

Trae tu bañador. Podemos usar el jacuzzi.
Quizás sea la última vez este otoño.

Suena perfecto.

Bostecé y miré el reloj. Era tarde, mucho más tarde de lo que Brantley solía acostarse.

Acabo de ver la hora. ¿No necesitas ir a
dormir?

Estaba hablando contigo.

Deberías haberme dicho algo. No quiero ser
la razón por la que no duermes lo suficiente.

No te preocupes. Siempre voy a estar aquí
para ti, Vee.

Lo sé. Gracias por eso. Pero por ahora, ve a
dormir.

Tú también. Hablamos mañana.

Sí.

Dejé el teléfono y apagué la lámpara, curvando mis labios ante la idea de pasar una noche completa a solas con Brantley.

Iba a ser un buen fin de semana.

—¡ESTE es el peor fin de semana! —gritó Bianca mientras entraba pisando fuerte en casa después de su competición del sábado.

Era el fin de semana de la Fiesta de Bienvenida, y Bianca iba a ir al baile con McJenna. Ambas chicas irían sin pareja. Al menos, ese era el plan.

—¿Por qué te molesta que McJenna tenga una cita? —le pregunté.

—¡Porque lo habíamos acordado! Dijimos que iríamos juntas. A la mierda el patriarcado y todo eso. No necesitamos hombres en nuestras vidas para sentirnos completas. Y ahora ella tiene una cita. ¿Qué se supone que debo hacer con eso, mamá?

Tomé aire porque el drama adolescente era tan grande, abrumador y estúpido. Dios, era tan estúpido. No porque no importara, sino porque ninguna de las cosas en las que estaban tan centradas estaría en su radar en cinco o diez años.

Pero en este momento, era el mayor problema del planeta.

—¿Vais a ir juntas de todas formas?

Bianca se encogió de hombros. —Sí, eso creo.

—¿Y todavía vas a quedarte a dormir en su casa? —crucé los dedos y recé.

Bianca asintió. —Sí.

—Entonces, ¿cuál es el problema?

Bianca resopló. —Porque ella va a estar bailando con Kevin. No va a pasar el rato conmigo.

—¿Y qué hay de Andrew? ¿Vas a bailar con él?

—No lo sé. —Sus labios intentaron curvarse en las comisuras, y pasó de rinoceronte enfadado a ratoncita tímida.

—Esta noche se supone que es para divertirse. Se supone que es una oportunidad para vestirse con hermosos vestidos, bailar, hacer el tonto y disfrutar de una noche con tus amigos. ¿Le dijiste que no a Andrew por McJenna?

—No. No del todo. Nadie le pidió salir a ella, y no quería que fuera incómodo, pero también... no sé qué pensar sobre las citas.

—Pensé que estabas dispuesta a considerarlo.

—Considerarlo, sí. Pero ¿tirarme a la piscina sin más? No.

—¿Por qué ir a un baile con Andrew es tirarte a la piscina?

—Porque está enamorada de él —respondió Samantha. Había estado detrás de mí, en silencio durante la conversación, pero claramente estaba prestando atención y tenía las piezas que faltaban.

—¡Cállate! —gritó Bianca—. ¡No tienes ni idea de lo que estás hablando!

Samantha hizo ruidos de besos hacia Bianca, y Bianca se abalanzó sobre Sam. Me puse entre ellas y le dije a Sam que fuera a su habitación para empezar a prepararse mientras yo calmaba a Bianca para que no matara a su hermana.

Una vez que Sam salió del salón, Bianca dejó de forcejear conmigo y se fue al sofá.

—¿Y si elijo al chico equivocado, mamá? ¿Y si Andrew es como papá?

—¿Y si lo es? ¿Cuál es lo peor que podría pasar?

Se encogió de hombros. —Que me sea infiel.

—¿Y luego qué?

Volvió a encogerse de hombros. —No sé.

—Pues yo sí. Te levantas, te sacudes el polvo y vuelves a salir ahí fuera. Porque ningún hombre tiene derecho a destruirte.

—Pero papá te destruyó a ti.

Negué con la cabeza. —No. No lo hizo. Me rompió un poco. Más que un poco. Dolió. Mi orgullo quedó herido y mi corazón magullado, pero no estoy dispuesta a esconderme del amor con la esperanza de no volver a sufrir nunca.

—¿No lo estás?

—No. No lo estoy. No ando por ahí saliendo con la mitad de los hombres del pueblo, pero una vez que haya descubierto a quién quiero en mi vida, el tipo de hombre que voy a elegir esta vez, estaré abierta a encontrarlo.

—Quiero un hombre como el tío Brantley.

Asentí mientras mi corazón palpitaba en señal de acuerdo. —El tío Brantley tiene muy buena opinión de Andrew. Dijo que si fueras su hija, querría que salieras con Andrew.

—¿Dijo eso?

—Sí. No creo que negarte la felicidad sea realmente un golpe contra el patriarcado. Es dejar que se salgan con la suya. Es negarte algo que te hace feliz. ¿Cómo va a ser eso un paso en la dirección correcta?

Bianca se encogió de hombros, pareciendo años más joven de los dieciséis. —¿La he fastidiado, mamá?

—No lo sé, cariño. Puedes preguntar. Y puedes intentar arreglar las cosas.

Pensó por un segundo, luego asintió y se apresuró hacia su habitación.

DOS HORAS MÁS TARDE, ambas estaban vestidas, con el pelo perfecto, y la noche estaba a punto de comenzar. Todos venían a nuestra casa para las fotos ya que nos conocíamos, así que no pasó mucho tiempo antes de que todo se animara en el interior. Había sacado aperitivos y tentempiés para que los padres y los chicos pudieran picar mientras esperábamos a que llegaran todos.

—¿Estamos listos para las fotos? —me preguntó Goldie.

Miré alrededor de la habitación y asentí. —Creo que ya están todos.

Goldie dio un paso adelante. —Vamos a hacer algunas fotos, todos. Las chicas primero. Delante de la chimenea.

Goldie dirigió las fotos, colocando a los chicos como quería. Tomamos fotos de todas las chicas, todos los chicos, hermanos, parejas, y cada chico por separado. Era un auténtico zoológico, pero se hizo rápido gracias a las instrucciones de Goldie.

Bianca se acercó a mí mientras los últimos chicos se hacían fotos y me abrazó.

—¿Y eso a qué viene?

—Por animarme a ser fiel a mí misma.

—Siempre debes ser fiel a ti misma —le dije. Le acuné la mandíbula y me aseguré de que me prestaba atención—. La única persona a la que nunca debes defraudar es a ti misma.

—Gracias, mamá —Se quedó callada un minuto y luego dijo—: He llamado a Andrew.

—¿Ah, sí? ¿Y qué te ha dicho?

—Dijo que esperaba que hubiera cambiado de opinión y que quería ser mi cita esta noche.

—¿En serio? Bueno, ahora me cae aún mejor.

Ella sonrió radiante. —A mí también.

—Entonces, ¿eso significa que las cosas con McJenna ya están bien otra vez?

Bianca asintió. —Ya estaban bien antes, pero yo estaba celosa. Quería decirle que sí a Andrew, pero luego me entró miedo. Pensé que J lo entendía y que iba a ser mi pareja para el baile, pero cuando ella aceptó su cita, yo...

—Lo entiendo. No siempre es fácil decir lo que quieres. Pero todo ha salido bien.

Uno de los padres tenía una furgoneta grande y se ofreció a llevar a todos los niños. Avisaron de que todos tenían que salir fuera.

—Deberías irte —le dije a Bianca.

—Gracias, mamá. Pásalo bien esta noche tú sola en casa.

Mi cuerpo se acaloró. —Lo haré. Diviértete en casa de McJenna. Pórtate bien con Xavier y Karissa.

—Lo haré. Te quiero.

—Yo también te quiero.

Samantha se acercó mientras Bianca salía, me dio un abrazo y se despidió.

Esperé a que todos salieran de mi entrada, con las bolsas de la fiesta de pijamas bien guardadas en los vehículos de los otros padres. Fui a mi habitación y saqué el bikini más diminuto que tenía. Ese que conservaba desde la universidad que sería indecente hasta en su mejor momento, pero del que no había sido capaz de deshacerme con la esperanza de que quizás algún día pudiera volver a ponérmelo. Lo metí en una bolsa, sonriendo porque hoy era el día, y añadí una muda de ropa, un pañuelo y mi cepillo de dientes.

Y todos los nervios que pude encontrar. Los pequeños cabrones bailaban a mi alrededor.

Respiré hondo y me recordé lo que acababa de decirle a Bianca. Necesitaba ser fiel a mí misma. Y lo más auténtico en este momento era que deseaba a Brantley Pierce.

La luz de su porche estaba encendida cuando aparqué en su entrada. El corazón me latía con fuerza mientras subía por el camino. Todo dentro de mí estaba preparado para la noche, y para lo que fuera a suceder entre nosotros.

Toqué el timbre y esperé un minuto a que Brantley abriera la puerta. Llevaba unos vaqueros gastados que le envolvían y abrazaban en todos los lugares adecuados y una camiseta blanca que se estiraba sobre su pecho y dejaba poco a la imaginación. Iba descalzo, pero sus manos no estaban vacías.

—Hola —dijo, como si fuera una noche cualquiera—. Estaba terminando con la parrilla. Vamos.

Se dio la vuelta y me dejó seguirle. Sin poder resistirme, le seguí hasta el exterior, dejando mi bolsa en la puerta de entrada y atravesando la casa hasta donde él estaba en la terraza trasera.

Pequeñas luces decorativas colgaban desde los canalones hasta los postes en el borde de la terraza, creando un resplandor mágico sobre todo el espacio. El jacuzzi estaba abierto y burbujeante, con el agua brillando en azul gracias a una luz subacuática.

Había una tabla de embutidos en la mesa, bajo una campana para mantener alejados a los últimos insectos de la temporada de las carnes y quesos artísticamente dispuestos sobre una tabla de pizarra que nunca había visto antes.

—Te has esmerado mucho —dije.

Se giró para encontrarse con mi mirada. —Cualquier cosa por ti.

Sus palabras me reconfortaron y me provocaron a la vez.

Cogí unos trozos de queso y algo de embutido y me los metí en la boca. El picante de la carne se fundió con la suavidad del queso. Ninguno eclipsaba al otro, sino que trabajaban juntos para tentar mi paladar y hacerme querer más.

—Esto es un auténtico ejercicio de placer —le dije a Brantley.

Apagó la parrilla y colocó dos platos en la mesa del comedor junto a la que yo estaba de pie. En un plato había dos filetes y en el otro verduras envueltas en papel de aluminio. —Esperaba que te gustara.

—¿Has preparado tú esto? —señalé la tabla de pizarra.

Asintió con la cabeza. —Tenía buena pinta, así que empecé a coger cosas que esperaba que combinaran bien. Con los filetes y los espárragos, pensé que algo así sería un buen complemento.

—Mírate, todo un gourmet.

Sonrió. —He aprendido algunas cosas de ti con los años.

—Has prestado atención.

—Siempre lo hago, Vee.

Se me cortó la respiración. De verdad íbamos a hacerlo. De verdad íbamos a tener sexo. Era real.

—No tiene por qué pasar nada —susurró. Había retrocedido un poco, poniendo distancia entre nosotros que no existía hace un minuto. —Solo somos dos amigos cenando.

—Ambos sabemos que esto no es solo eso.

—Es todo lo que tiene que ser. No espero nada de ninguna mujer, pero especialmente no de ti. Te quiero, y nunca me perdonaría si te presionara o cruzara algún límite o cambiara todo entre nosotros y no pudiéramos volver a ser quienes somos.

—Siento lo mismo.

Asintió. —Vale. Entonces sentémonos a comer, y veremos qué pasa.

Asentí y tomé asiento. Con la verdad al descubierto, hablamos como siempre lo habíamos hecho. Me preguntó si las chicas estaban emocionadas por el Baile de Bienvenida, y le conté sobre Bianca y Andrew. Cuando terminamos de comer, Brantley llevó nuestros platos a la cocina y los colocó en un recipiente sobre una mesa plegable.

—¿Así es como friegas los platos? —pregunté.

Se rio. —Funciona por ahora. Uso el fregadero de servicio para lavarlos y los llevo al dormitorio al final para guardarlos.

—¿Cuánto tiempo vas a vivir así?

Se encogió de hombros. —Los armarios deberían llegar en unas semanas. Están encargados. Después de que los instalen, alguien vendrá a medir para las encimeras. Esas no tardarán tanto. Todo va mucho más rápido de lo que esperaba.

—Me encanta el azul. Es precioso. Tu pintor hizo un trabajo excelente.

—Bueno, gracias.

—¿Lo pintaste tú? —pregunté.

Asintió con la cabeza.

—¿Quién iba a imaginar que tenías tantas habilidades?

—No tienes ni idea, —dijo.

Sus palabras y su tono me provocaron un escalofrío por la espalda, y volví a convertirme en un desastre tembloroso de hormonas y deseo.

—Lo siento, —murmuró. —No quería estropearlo todo.

—No lo estás haciendo, —le dije, poniendo mi mano en su brazo antes de que pudiera salir de nuevo. —He venido aquí con toda la intención de acabar en tu cama, Bee. Pero igual que tú no me forzarás, yo tampoco te forzaré a ti.

—Créeme, estoy más que dispuesto, Vee.

—Bien. —Lo miré con lo que esperaba fuera una expresión sexy y dije, —¿Qué hay de ese jacuzzi?

Tragó saliva de forma audible y asintió. —Calentito y listo para nosotros.

—¿Me cambio aquí o voy al baño?

—Puedes usar mi dormitorio si quieres.

Asentí. Cogí mi bolsa de al lado de la puerta principal y seguí a Brantley por el pasillo hasta su habitación. Sabía cuál era la suya, pero nunca había pasado mucho tiempo allí. Estaba limpia y olía bien. Las paredes eran de un suave color gris. Un edredón verde cubría la cama perfectamente hecha. La puerta de su baño estaba abierta, pero estaba demasiado oscuro para poder ver bien el interior.

—Voy a coger un bañador y cambiarme en otra habitación. Te veo fuera.

Le observé moverse por su habitación, sacando un bañador gris de un cajón y dirigiéndose directamente hacia la puerta. La cerró tras él, dejándome sola en su espacio.

Exhalé lentamente, sabiendo que mis nervios eran inútiles. Era Brantley. Confiaba en él, le adoraba, y solo era sexo. Solo otro experimento en mi Búsqueda del Placer.

Puse mi bolsa sobre su cama y la abrí. Encontré mi bañador, arrepintiéndome de la elección que había hecho cuando lo saqué. Era pequeño. Minúsculo. Apenas iba a cubrir nada.

Pero era lo único que tenía.

Me quité los vaqueros y la camiseta que llevaba puestos y los doblé dentro de mi bolsa. Miré hacia la puerta y me aseguré de que estaba cerrada, aunque sabía que lo estaba, y luego guardé mi sujetador y mis bragas con el resto de mi ropa.

La parte inferior del bikini era de esas que se atan a los lados. Esa era la única razón por la que todavía me quedaba más o menos bien. No es que el diminuto triángulo que se hacía pasar por la parte inferior de un bikini me quedara bien realmente, pero cubría mi vello púbico y mi entrada, así que supongo que servía. La parte superior no era mejor, apenas cubría mis pezones y dejaba expuesta la mayor parte de mis pechos.

Encendí la luz de su baño y solté un jadeo. Era más grande de lo que esperaba, y de alta calidad. La alcachofa de ducha tipo lluvia era directamente salida de mis sueños, y el lavabo doble con un espejo completo era inteligente y esencial cuando dos personas compartían un baño.

Se me hizo un nudo en la garganta al pensar en Brantley compartiendo algún día el baño con alguien.

Amigos. Solo amigos.

Sacudí la cabeza y forcé mi mirada hacia el espejo. El bikini rojo resaltaba contra mi piel morena. Los cordones casi desaparecían entre los pliegues de mi cuerpo, pero me negué a avergonzarme por mi aspecto. Si a Brantley le desagradaban mis michelines, podía irse a la mierda en vez de acostarse conmigo.

Dejé mi bolsa en el suelo de su dormitorio, en la esquina donde no molestaría, y salí de su habitación. La casa estaba en silencio, pero oí el burbujeo del agua fuera.

Lo seguí hasta la terraza, esperando encontrar a Brantley allí.

Le vi antes de que él me notara. Parecía que estaba hablando consigo mismo. Cuando pisé la terraza, se detuvo y me miró.

—Joder. Mierda. Me equivoqué, Valentina. No creo que pueda decirte que no. Si no estás completamente segura de esto, tienes que irte ahora mismo.

17

El gruñido de dolor en su voz me hizo detenerme. Pero cuando asimilé sus palabras, supe que había tomado la decisión correcta. Seguí avanzando, con la mirada fija en la suya mientras caminaba hacia él.

Se levantó cuando llegué al borde del jacuzzi. El agua se deslizaba por su cuerpo, quedándose atrapada en el vello de su pecho y creando nuevos caminos hacia sus pantalones cortos. Mi mirada siguió el agua, deteniéndose cuando llegué a su completa erección, que tensaba sus shorts mojados y me indicaba que no era la única lista para esto.

Brantley tomó mi mano entre la suya y la sujetó con firmeza mientras yo subía los escalones hacia el jacuzzi elevado. No me soltó cuando me reuní con él en el agua caliente. Mi cuerpo se acaloró, y no por el agua. Esto estaba sucediendo.

—Eres jodidamente preciosa —dijo.

Las palabras subieron por mi columna y volvieron a deslizarse hacia abajo, aterrizando entre mis muslos húmedos. Temblé.

Su mirada recorrió mi cuerpo, deteniéndose en mis pechos caídos apenas contenidos en los triángulos, y luego más abajo donde mi vientre sobresalía del borde de la parte inferior aún más diminuta. Su agarre se tensó cuanto más me miraba.

—Hablaba en serio, Vee. No estoy seguro de que vaya a poder controlarme. Nunca te había visto con tan poca ropa y...

Extendí la mano detrás de mí y desaté el lazo que sujetaba mi parte superior. Mantuve su mirada y los cordones, sabiendo que él entendía lo que estaba haciendo.

El mundo se detuvo. No respirábamos, ni hablábamos, ni pensábamos. Esperé, necesitando que él dijera que sí. Que estuviera de acuerdo. Que hiciera algo antes de mostrarle mis pechos.

—Joder, déjame verlos —gruñó.

Solté los lazos y mi parte superior cayó.

Tenía la respiración atascada en la garganta mientras Brantley miraba fijamente mis pechos expuestos. Lo observé mientras él simplemente se quedaba mirando, preguntándome si debería cubrirme de nuevo. Justo cuando me movía para hacerlo, se abalanzó sobre mí.

Levantó mi cuerpo sin esfuerzo en el agua. Nos giró y se sentó en uno de los bancos bajo la superficie, llevando mis pechos a la altura de sus ojos. Enterró su cara entre ellos y los envolvió alrededor de sus mejillas.

Entonces giró la cabeza y succionó uno de mis pezones con su boca. Gimió mientras lo lamía, moviendo sus caderas contra mí bajo el agua.

Aferré su cabeza, pasando mis dedos por su pelo largo y usándolo para mantenerlo donde lo necesitaba. Donde lo quería. Donde me dolía por tenerlo.

Me gruñó y se movió hacia el otro pezón. Lo mordió, haciéndome gritar antes de acariciar la punta con su lengua.

—Dios mío —susurré.

—Sé que no estoy siendo justo ahora mismo, pero no sé cuánto tiempo más puedo aguantar. Te prometo que haré que esta noche sea buena. Pero primero necesito follarte duro.

—Por favor —gemí. El tono áspero de su voz era diferente a cualquier cosa que hubiera escuchado antes. Su necesidad se manifestaba en su tono, exigente y seguro, contrario a mis súplicas llenas de lujuria. No me importaba cómo me follara mientras lo hiciera.

Alzó nuestros cuerpos en el agua y me retiró de su regazo. Alcanzó un condón y puso el borde entre sus dientes, pero lo detuve.

—Quiero... ni siquiera debería pedirte esto, pero tomo la píldora. Quiero sentirte solo a ti dentro de mí. Me hice las pruebas después de Dawson, y ha pasado más de un año. Puedes decir que no, pero...

No tuve oportunidad de terminar mi frase antes de que me atrajera contra él y empujara su lengua entre mis labios. Me aferré a él, sabiendo que no podía hacer nada más que eso.

Su beso borró cualquier otro beso que hubiera experimentado en mi vida. Hizo añicos toda esperanza que tenía de salir de esto sin querer más de él. Me arruinó. Y solo fue un maldito beso.

Una mano rozó mi espalda antes de detenerse en el otro cordón de mi parte superior. Tiró de él y luego lo quitó para eliminar el trozo de tela que había entre nosotros. Sus manos rodearon mis costillas y acunaron mis pechos, pellizcando mis sensibles pezones y acariciando mis tetas.

Tembló mientras inhalaba, alejándose lo suficiente para mirarme a los ojos. —Necesito que sepas una cosa antes de que hagamos esto. No es un favor. No es una obligación. No acepté esto porque seas mi amiga. Estoy aquí porque te quiero. Porque eres la mujer más hermosa que he conocido. Porque eres fuerte y te he deseado desde que estábamos en el instituto. Porque nunca me perdonaría si no supiera lo que se siente estar dentro de ti. Así que no actúes como si no fuera un bastardo egoísta, porque eso es exactamente lo que soy ahora mismo. Voy a disfrutar enormemente de esta noche. Te lo prometo, Vee.

Asentí una vez, con la garganta tan tensa como mi interior. Me dolía por tenerlo dentro de mí. Por sentirlo dilatándome. Por llegar al clímax con él una y otra vez.

Me besó de nuevo, un beso suave que cambió por completo el guión de todo lo que había ocurrido hasta ahora. Esperaba algo duro, exigente y animal. Pero esto era delicado. Dulce. Cariñoso.

Hasta que su mano presionó mis muslos para separarlos.

—Déjame sentir ese coño.

Mis piernas se abrieron para él, y mi bañador cayó al agua. Ni siquiera sentí cuando lo desató, pero debió de hacerlo mientras me distraía con sus besos.

Un dedo presionó dentro de mí, y él gimió. —Estás estrecha, Vee. No voy a caber ahora mismo, pero te prometo que me aseguraré de que estés lista para mí antes de follarte.

Asentí.

—¿Te gusta que te hable así? ¿O prefieres que pare?

—Me gusta, susurré.

—Pero no estás acostumbrada.

Negué con la cabeza, aunque no necesitaba una respuesta.

—Cuando te tenga en mi cama, no voy a poder hablar porque voy a lamerte hasta que te corras en mi lengua, pero ahora mismo, estoy disfrutando de cómo aprietas mi dedo cuando te digo lo que voy a hacerte.

—Por favor.

Se movió a un lado y se sentó, atrayéndome sobre él. Me

coloqué a horcajadas sobre sus caderas, con su mano aún entre mis muslos. Su erección rozó contra mi trasero, con su bañador todavía separándonos.

—¿Cómo te gusta correrte, Valentina? ¿Te gusta dentro o en el clítoris?

—Las dos formas —confesé.

—Genial. Eso va a ser divertido. ¿Qué tal primero dentro? ¿Quieres cabalgar un poco mi mano, cariño? ¿Quieres follártela para mí?

Me impulsé hacia arriba en el agua y volví a bajar. Su dedo se introdujo más profundamente en mí, y gemí.

—Qué bien. Otra vez, Valentina. Fóllate mi mano.

Lo hice de nuevo, mis pechos rebotando frente a su cara mientras bajaba bruscamente mi cuerpo sobre su mano. No pasó mucho tiempo antes de que me tensara alrededor de su dedo, entonces cambió el juego añadiendo un segundo y me corrí intensamente.

—¡Oh, Dios! ¡Sí!

—Eso es, preciosa. Hay un poco más de espacio. Veamos si puedo meter un tercer dedo cuando te corras con el clítoris. Su pulgar presionó sobre mi clítoris, y mis piernas temblaron. —Vaya, te gusta eso. Córrete para mí, Vee. Córrete otra vez.

Frotó mi clítoris y bombeó sus dedos dentro de mí, haciéndome volar de nuevo en tiempo récord. Mi cuerpo hormigueaba. No había terminado, pero él tampoco.

—No puedo esperar a saborearte —susurró—. —A sentir tu coño apretarse alrededor de mi lengua y que inundes mis labios como estás inundando mi mano ahora mismo. Gimió y sacó su mano de mí. La subió a la superficie y se metió los dedos en la boca. —Oh, joder. No es suficiente, pero sabes muy bien. Córrete más para mí.

Su mano fue bajo el agua, y volvió a abrirse camino con

los dedos entre mis piernas. Tres dedos se introdujeron en mí esta vez, con su pulgar presionando fuertemente mi clítoris.

—Brantley —gemí, hundiéndome mientras mi cuerpo pulsaba a su alrededor y empezaba a latir.

—Solo una más, y después voy a follarte, Vee. Dame una más.

Sus palabras entre dientes y su ritmo castigador enviaron oleadas de lujuria por mis venas. Nunca me había sentido tan deseada, tan anhelada en toda mi vida. Nunca había tenido a un hombre suplicándome que llegara al orgasmo para él, y mucho menos rogándome que llegara por tercera vez antes de follarme.

Las palabras sucias eran nuevas, y el hombre sobre el que estaba a horcajadas era una sorpresa constante. Nunca hubiera imaginado que Brantley Pierce sería el hombre al que le suplicaría por un orgasmo, pero las palabras salieron de mis labios de todos modos. —Hazme llegar, Brantley. No puedo esperar a sentirte dentro de mí.

Gruñó y se movió. Atrapó uno de mis pechos que rebotaban con una mano libre y lo acercó a sus labios. Mordió mi pezón y grité. Sabía que estábamos afuera y que todos sus vecinos podían oírme, pero no me importaba. Estaba tan perdida en el éxtasis que simplemente no me importaba.

—Fóllame, Vee.

Sus palabras siseadas fueron acompañadas por la retirada de su mano. Pensé que había terminado, que estaba molesto o enfadado porque había hecho tanto ruido, pero entonces reemplazó su mano con su erección y me empujó hacia abajo sobre él.

Su grito ahogado se mezcló con el mío. Me estiró hasta el límite de lo que mi cuerpo podía soportar, y luego me estiró aún más. El toque de dolor mezclado con el latido desconocido del placer casi me llevó al borde.

—Brantley —susurré.

Me miró, con la lujuria nublando su mirada antes de darse cuenta de que la emoción nublaba la mía. —¿Qué ocurre?

Se movió como si fuera a retirarse, pero apreté mis muslos alrededor de los suyos y bajé mi cuerpo. —No. Por favor. Ni siquiera te has movido y se siente tan bien. No quería llorar, pero esto es simplemente... —Mi cuerpo se estremeció alrededor de él, y cerró los ojos. —Gracias por darme esto. Sé que fue mucho pedir, pero nunca me he sentido tan bien en toda mi vida.

Aspiró con un suspiro tembloroso y me miró a los ojos. —Créeme, Vee. Estoy exactamente igual que tú. No todo el sexo es así. Nunca he estado con nadie que me haga sentir las cosas que tú me haces sentir.

—Gracias —dije, sabiendo que solo estaba diciendo lo que creía que yo quería oír.

Acunó mi mandíbula y levantó mi mirada hacia la suya. —Lo digo en serio. No puedes imaginar cuánto lo digo en serio.

Tragué saliva con dificultad y asentí. Brantley no me mentía. Nunca lo había hecho. No había razón para que lo hiciera ahora.

—¿Quieres...? —dejó la frase en el aire, permitiéndome tomar la decisión. A pesar de todas sus dudas que no podía detener, estaba dentro de mí y aun así me preguntaba si estaba segura de que lo quería.

Me incliné hasta que mis pechos se aplastaron contra su torso. Deslicé mis manos alrededor de su cuello. Presioné mis labios contra su oreja y susurré: —Fóllame fuerte, Bee.

Sus manos se aferraron a mis caderas. Embistió hacia arriba con fuerza, penetrándome tan profundamente que pensé que me iba a ahogar con él. Había liberado algo en él con mis palabras, algo que no sabía que quería hasta que lo hizo.

El agua salpicaba a nuestro alrededor, las olas la empujaban por encima del borde del jacuzzi, sobre nuestros cuerpos. Él embestía dentro de mí, usando el agua para ayudar a moverme como él quería. Me agitaba sin control, incapaz de dominarme mientras todo se convertía en propiedad de Brantley.

Era suya. En todos los sentidos, era suya. Nunca había entendido lo que se sentía pertenecer a otra persona, pero por fin lo comprendí. Le había estado diciendo desde siempre que le amaba, pero al sentirlo dentro de mí, con su miembro palpitando y rozando todas mis paredes, supe que esas palabras eran mucho más grandes de lo que jamás había creído.

Brantley Pierce era mi mejor amigo. Era mi amante. Y era mi para siempre.

Todo se tensó dentro de mí con esa revelación. Mi cuerpo lo atrajo más profundamente, deseando retenerlo dentro de mí para siempre.

—Vee, me está costando contenerme. ¿Vas a correrte para mí otra vez? ¿Vas a dejar que sienta cómo te corres sobre mi polla?

Estallé cuando susurró esas palabras sucias en mi oído. Gemí y arrastré mis uñas por su espalda. Mis dientes se clavaron en su hombro, y mordí con fuerza. Mi cuerpo se liberó, inundándolo mientras él embestía dentro de mí y rugía.

Su miembro palpitó dentro de mí, bombeando todo lo que tenía. El agua se calmó lentamente mientras dejábamos de movernos, abrazándonos en la oscuridad de la noche.

Brantley se acurrucó contra mi cuello y besó mi garganta. Temblaba, pero sus labios nunca abandonaron mi piel, como si se estuviera conteniendo para no decir algo.

—No tenía ni idea —susurré.

—¿No tenías idea de qué? —preguntó él, sin levantar la cabeza.

—No tenía idea de que pudiera ser tan bueno. Que si el sexo era con alguien increíble, era mucho mejor.

—Tú eres increíble —susurró.

—Tú también lo eres, Bee. Gracias.

Él se rio. —Como te dije antes, solo soy un egoísta que siempre te ha deseado. No hay ninguna medalla esperándome.

—Creo que mereces una. Mejor productor de orgasmos de la ciudad. O mejor dador de orgasmos del estado. Oh, quizás mejor compañero de Búsqueda del Placer del mundo.

Me abrazó fuerte y presionó sus labios contra mi clavícula. —Estoy feliz de ayudar. ¿Deberíamos entrar? Está empezando a hacer un poco de frío.

Salió sin esperar a que yo dijera nada, lo que me hizo sentir menos que increíble. Cogió una toalla y se secó el pelo y se la pasó por el cuerpo, luego se la envolvió alrededor de la cintura. Solo entonces me miró.

—¿Qué he dicho? —pregunté.

Negó con la cabeza y evitó mi mirada de nuevo. —Nada. Vamos dentro. No quiero que cojas frío aquí fuera.

—No voy a entrar hasta que me digas qué he dicho. Qué ha cambiado. Estábamos bien hace un segundo, y ahora estás todo cabreado.

Apretó la mandíbula y apartó la mirada. Cuando volvió a mirarme, sus ojos ardían. —Acabamos de tener este sexo increíble, el mejor de toda mi puta vida, y tú lo has trivializado reduciéndolo a tu búsqueda de placer. Fue transaccional. Eso no es lo que ha sido para mí, Vee. Te dije antes que para mí no se trataba de eso. Pero para ti sí. Has cogido algo que significaba algo para mí y me has hecho sentir como si fueras a dejar algo de dinero en mi mesita de noche cuando te vayas.

—¿Hablas en serio? —pregunté.

Me miró furioso, luego negó con la cabeza. —No te preocupes, Vee. Fue divertido mientras duró. Se dio la vuelta para volver dentro.

—No te atrevas a alejarte de mí —gruñí. Salí furiosa del jacuzzi y me acerqué a él completamente desnuda, sin molestarme en coger una toalla.

Su mirada recorrió mi cuerpo empapado, pero cerró los ojos con fuerza y respiró hondo.

—No hacemos esto. No nos lanzamos palabras hirientes y nos marchamos. Pasé veintidós años casada con un hombre que me hacía ese tipo de cosas. Que retorcía todo lo que yo decía y luego me hacía sentir una mierda por ello.

—Yo...

Levanté una mano para que se detuviera. —Estoy hablando ahora. Tienes razón. Lo que dije fue... inadecuado. Porque esto tampoco fue una transacción para mí. Fue especial. Fue sexy y hermoso y nunca me he sentido tan bien en mi vida. Lo que dije fue descuidado e incorrecto, porque estar contigo es mucho más que descubrir lo que me da placer. Esto también fue egoísta para mí. Cuando estábamos en el instituto, me gustabas, pero era demasiado joven para entender lo que eso podía significar. Con Dawson, nunca cuestioné las cosas. Pero cuando me besaste, y cuando fuimos a bailar la semana pasada y me hiciste llegar al clímax en mi porche, usé mi Búsqueda del Placer como excusa. No quería que me rechazaras. Pedírtelo me daba un miedo terrible porque lo significas todo para mí, Brantley. Sabía que estábamos cruzando una línea que no podríamos descruzar. Sabía que cambiaría las cosas entre nosotros. Pero estaba dispuesta a arriesgarme porque quería sentir el tipo de placer que me diste aunque fuera una vez. Quería saber lo bien que mi cuerpo podía sentirse en manos de un hombre que sabía lo que hacía. Un hombre que se preocupaba por mí. Y si arruiné nuestra amistad para siempre, lo lamentaré eternamente, pero siempre llevaré esta noche conmigo. Siempre te llevaré conmigo. Porque nunca olvidaré cómo me hiciste sentir.

Exhaló lentamente, dando un paso hacia mí. Retrocedí por reflejo, pero él me buscó. —Necesito que seas honesta conmigo. Siempre. Incluso si crees que voy a rechazarte. Pero te prometo ahora mismo que nunca voy a rechazarte, Vee. Nunca.

—Pero...

—Nunca. Ahora, si te he enfadado y quieres irte, está bien. Si no, podemos entrar y secarnos, y puedo hacerte mojar de nuevo.

—La opción dos, por favor —dije sin dudar.

—Gracias a Dios —susurró contra mis labios. Me atrajo hacia él, mi pecho desnudo contra el suyo. Me levantó hasta que mis pies quedaron colgando del suelo, y luego me llevó dentro.

Atravesó decidido el salón y siguió hasta su dormitorio. No me dejó en el suelo hasta que estuvimos en su baño.

—¿Querías ducharte?

Asintió con la cabeza. —El agua salada del jacuzzi dejará una película en nuestra piel. Iba a limpiarte y luego volver a ensuciarte.—

La humedad brotó de mí y gemí. —Sí, por favor.—

Sonrió y dejó caer su toalla, y pude verlo bien por primera vez. Su miembro se erguía recto, largo y grueso. Increíblemente grueso. Un nido de vello rubio oscuro rodeaba su sexo. Se hacía más fino a medida que avanzaba hacia arriba, alejándose de su pene hacia su vientre y pecho. La sombra de su barba conducía a unos labios curvados hacia arriba y ojos risueños. —¿Me estás examinando?—

Asentí. —Eres una obra de arte.—

Agarró mi trasero y me atrajo contra él. —Lo mismo digo, Vee. Joder, eres preciosa.—

Su boca cubrió la mía, y nos dirigimos a la ducha. El agua caliente corría sobre nosotros mientras nos besábamos, nos tocábamos y nos provocábamos.

¿Cómo había pasado tanto tiempo sin esto en mi vida? ¿Y cómo iba a sobrevivir sin ello?

18

BRANTLEY

Se me estaba adormeciendo la lengua. No es que eso fuera a detenerme. Llevaba la mejor parte de una hora lamiéndole el sexo a Valentina. Lamidas largas, perezosas y lentas que hacían que su cuerpo se derramara de placer y se preparara para mí. De vez en cuando pasaba mi lengua sobre su clítoris, y ella daba un respingo, luego volvía a las lamidas que la estaban torturando.

Estuve a punto de decirle cuánto la amaba cuando estábamos fuera, pero me contuve justo a tiempo. Ella dijo que quería sentirse bien, así que la estaba haciendo sentir bien.

Había perdido la cuenta del número de orgasmos que había tenido. Entre el jacuzzi y la ducha, dejé de preocuparme. Lo único que sabía era que me sentiría dentro de ella durante días y, si tenía suerte, querría más.

—Te quiero dentro de mí otra vez —susurró.

—¿Es esa tu forma de pedirme que me dé prisa? —La miré por encima de su vientre redondeado. Las estrías de color marrón claro en su barriga me dieron celos. Era irracional, pero quería ser el hombre que la dejara embarazada y compartiera una familia con ella. Saber que esas marcas no eran de un bebé mío me hacía querer marcarla de otra manera.

Me sonrió con picardía y arqueó una ceja. —No exactamente. En ese caso te diría que me hagas llegar al orgasmo y me folles duro.

—¿Pero no estás diciendo eso?

Ella se encogió de hombros. —Quizás estoy diciendo que esto se siente bien, y tú dentro de mí se siente bien.

Sonreí. —Así que estás indecisa.

Negó con la cabeza. —Oh, no. Definitivamente he decidido que tú eres el maestro y yo voy a disfrutar simplemente de todo el placer que me des esta noche.

—Yo también estoy disfrutando mucho de esto —admití.

—¿Obtienes placer lamiéndome?

Asentí y soplé sobre su piel húmeda, observando cómo se contraía. —Ver tu sexo así. Mirarlo gotear para mí. Lamer todo tu flujo. Sujetar tus muslos hacia atrás para poder saborearte. Y luego poder besarte y abrazarte y hundir mi polla profundamente dentro de ti y escucharte gritar mi nombre... Créeme, lo estoy disfrutando.

—Brantley —susurró.

—¿Sí, preciosa?

—Hazme llegar y fóllame con fuerza.

Sonreí mientras volvía a bajar mis labios a su cuerpo. Estaba húmeda y lamí cada gota, llevando la humedad hasta su clítoris. Arqueó la espalda cuando lamí el endurecido botón.

Nunca esperé que el sexo con ella fuera tan bueno. Sabía que me volaría la cabeza, pero no que sería como una experiencia extracorporal. Había momentos en los que sentía como si me estuviera viendo a mí mismo darle placer, y momentos en los que me sentía tan perdido que ni siquiera podía funcionar.

A través de todos ellos, lo único que existía era Valentina.

Verla perder la cabeza, observarla deshacerse y escucharla susurrarme cosas sucias cuando ni siquiera se daba cuenta de que lo hacía era suficiente para desear que la noche nunca terminara.

Curvé mis dedos profundamente dentro de ella y succioné con fuerza su clítoris. Ya estaba hinchada y lista para mí, pero no pude resistirme a inundar su sexo unas cuantas veces más antes de penetrarla. Gritó, sus rodillas cerrándose alrededor de mis orejas, mientras golpeaba la punta de su clítoris y hundía cuatro dedos profundamente en ella.

—¡Brantley! ¡Oh, Dios, Brantley! Mi nombre gritado a pleno pulmón mientras se deshacía en mi cama pasaría a la historia como el mejor momento de mi vida. Sin duda alguna, para siempre, nada podría superar eso jamás.

Antes de que bajara por completo, me cernía sobre ella. Esperé, deseando ver su hermoso rostro mientras entraba en ella. La expresión de puro éxtasis en su cara era mejor que ver a uno de mis chicos superar su propio récord personal en la pista de cross. Lo que ya era decir mucho.

—Mírame, preciosa —susurré.

Sus ojos se entreabrieron. Sonrió cuando me vio sobre ella. Extendió sus brazos hacia mí y me atrajo hacia ella. Gimió cuando se saboreó a sí misma en mis labios, envolviendo sus gruesos muslos alrededor de mis caderas.

Su humedad me guio dentro. Me deslicé en su interior mientras nos besábamos, un movimiento que se sentía íntimo, privado y tremendamente correcto. No pude verla, pero pude sentirla mientras me aceptaba. Su pecho se arqueó hacia arriba, y pasó su lengua sobre la mía. Me abrazó con más fuerza.

Bombeé mis caderas lentamente. La forma en que me sujetaba no me daba mucho espacio para tomar impulso, pero era más como hacerle el amor que follarla. Nunca había hecho eso antes, ni siquiera con mis exnovias. Había tenido sexo o las había follado. El amor nunca formó parte de la ecuación.

Ninguna de ellas era Valentina.

Levantó los pies y los apoyó en la cama junto a mis muslos. Su canal se abrió más, dándome más espacio para moverme dentro de ella, más espacio para llegar más profundo. Gimió ante el cambio, elevando sus caderas para encontrarse con mis embestidas.

Me apoyé sobre los antebrazos y mantuve mis embestidas cortas pero profundas, sin alejarme mucho de su cuerpo antes de sumergirme de nuevo. Nos besamos e hicimos el amor y olvidé que lo que estaba pasando entre nosotros no era real.

Mi orgasmo bajó por mi columna y se asentó en mis testículos. Ella aún no había llegado al clímax, pero apenas podía contenerme. Sus uñas recorrieron mi espalda, como animándome a seguir. Mi cuerpo estalló, se abrió por las costuras. Rompí nuestro beso para gritar su nombre, enterrando mi cara en su cuello mientras temblaba con la fuerza de mi orgasmo.

Ella me abrazó, sus manos recorriendo mi espalda arriba y abajo, dejándome disfrutar de mi momento.

—No has llegado al orgasmo —dije.

Sonrió. —Acordamos que esto no es transaccional. Quería observarte. Ver la expresión de tu cara y memorizar la sensación de ti corriéndote dentro de mí. Cuando estoy apenas consciente por mi propio orgasmo, siento que me pierdo el tuyo. Quería experimentarlo contigo.

Sus palabras me reconstruyeron, pero dejaron una parte de mí con ella. Una parte de mí siempre había estado con ella, pero esta vez era más. No era parte de mi corazón. No era algo sin lo que pudiera vivir. Ella tenía mi corazón entero. Todo mi ser. Ella lo era todo para mí. Si no podía tenerla, no quería a nadie más. Había terminado de pensar en seguir adelante o desear encontrar a alguien que se le comparara. Valentina lo era todo para mí, se lo dijera o no.

—Gracias —susurré, sabiendo que no podía explicar exactamente cuánto significaba eso para mí.

—¿Estás cansado? ¿Deberíamos dormir un rato?

Asentí. —Probablemente deberíamos. ¿Necesitas usar el baño?

—Debería. Tengo que lavarme los dientes.

—Tengo dos lavabos. A menos que sea raro.

—Nada es raro contigo, Bee.

Nos preparamos para acostarnos y luego nos metimos bajo las sábanas. Ella se acurrucó contra mí, dejando que la abrazara mientras se quedaba dormida.

Quería quedarme despierto y disfrutar de tenerla en mis brazos, pero no pasó mucho tiempo antes de que el sueño me venciera y la siguiera hacia él.

ME LEVANTÉ temprano a la mañana siguiente. Mucho más temprano de lo que quería. No sabía a qué hora planeaba Valentina volver a casa, pero no estaba preparado para despedirme todavía.

Me deslicé fuera de la cama y salí de mi habitación. Caminé desnudo por la casa, deteniéndome en la cocina para preparar el café antes de coger una toalla y enrollármela en la cintura.

La terraza seguía mojada de la noche anterior, y el jacuzzi tenía unos quince centímetros menos de agua que antes de que nos metiéramos. Recogí la comida que habíamos dejado fuera y los preservativos que nunca nos molestamos en usar, y llevé todo al interior. Nuestros bañadores estaban tirados en charcos y aún empapados, así que los coloqué sobre las sillas para que se secaran durante el día.

Con el exterior ya arreglado, volví a entrar y serví dos tazas de café. Les añadí nata y azúcar y las llevé de vuelta al dormitorio.

Valentina seguía profundamente dormida cuando entré. Se veía tranquila mientras dormía, con sus largas pestañas extendidas sobre sus mejillas. Tenía marcas de barba en ambos pechos y probablemente también en los muslos.

Mi polla se estremeció. La mejor marca posible.

Valentina gimió y se dio la vuelta. Sus ojos se entreabrieron lo justo para ver dónde estaba, y sonrió. —Buenos días.

—¿Lo son? Me parece recordar que no eras persona de mañanas.

—Parece que me resulta más fácil por las mañanas cuando he pasado toda la noche siendo devorada por un sexy profesor de física.

Me reí entre dientes. —Estaré encantado de mejorar todas tus mañanas.

Ella sonrió. —¿Por qué no sigues en la cama?

—Pensé que querrías café.

Se incorporó rápidamente. —¿Tienes café? Extendió las manos con ansia y rodeó la taza con ambas cuando se la di.

—¿Está bueno? —pregunté mientras daba su primer sorbo.

Asintió. —Delicioso. Aunque tenía pensado empezar el día con mis labios alrededor de algo que no fuera una taza de café.

Tropecé y casi me caí de bruces. —Eso puede arreglarse.

Me sonrió con picardía por encima del borde de su taza.

—Pero no estabas en la cama cuando me desperté.

Dejé el café en la mesita de noche y me estiré junto a ella.

—Ahora lo estoy. De todos modos, tú aún no estabas realmente despierta.

Ella negó con la cabeza. —No, realmente no lo estaba. Dejó su café y se deslizó sobre mí, besando todo mi cuerpo hasta que envolvió mi polla con sus labios.

—Joder —siseé.

Ella gimió profundamente en su garganta, haciendo que la vibración llegase directamente a mis testículos. Movía su mano y su boca al unísono, llevándome al límite en menos de un minuto. Estaba a segundos de correrme en su boca cuando la agarré y tiré de ella hacia arriba.

No se resistió ni protestó. Se subió a mi regazo y se deslizó sobre mí mientras yo sujetaba mi polla en posición. En cuanto estuvo completamente sentada, se elevó sobre sus rodillas y se volvió loca.

Mis manos fueron a sus caderas para guiarla. Gemía, se quejaba y me follaba. Sus manos se aferraban a mis hombros, cada penetración acompañada de una contracción de sus músculos internos.

—Tócame —suplicó—. —Por favor.

Deslicé mi mano entre nosotros y arrastré la humedad desde su interior hasta su clítoris. Gimió de nuevo, su ritmo vacilando. —Vamos, Vee. No pares ahora. Móntame. Toma mi polla.

Siguió moviéndose, mis dedos jugando con su clítoris la hacían ir más rápido. Respiraba entrecortadamente y golpeaba su cuerpo contra el mío. Su clítoris se hinchaba mientras yo jugaba con él.

—Brantley —gimió.

Lo sentí cuando pronunció mi nombre. Perdió el control, su cuerpo quedándose lánguido mientras el orgasmo la reclamaba. Se desplomó contra mí, su interior ordeñándome y exigiendo que mi orgasmo siguiera al suyo.

—Joder —gruñí. Mi visión se oscureció. Mis oídos zumbaron. Todo mi cuerpo se tensó.

Luego ella se hundió en mí, dejando caer todo su peso sobre mi pecho mientras el esfuerzo la agotaba.

La abracé, besando su cuello y sus hombros. Ella respiraba pesadamente, temblando mientras tomaba una respiración profunda tras otra.

—¿Cómo es que cada vez es mejor entre nosotros? —susurró.

Le besé la mandíbula. —Porque te quiero, y tú me quieres.

Rodeó mi cuello con sus brazos y me abrazó con fuerza. —Sí.

Permanecimos así hasta que me ablandé y salí de su cuerpo, y ella se quedó dormida sobre mi pecho. Roncaba suavemente. Yo simplemente la abrazaba. No había ningún otro lugar en el mundo donde quisiera estar más que allí en ese momento.

Ni en ningún otro momento.

EL MIÉRCOLES POR LA TARDE, Kevin entró en mi aula para nuestra sesión diaria de tutoría. Pude notar al instante que iba a ser una sesión difícil. Había estado callado toda la semana en clase, pero parecía responder bien al trabajo que estábamos haciendo.

—¿Cómo va su día? —pregunté. Ante todo, era una persona, y quería que supiera que yo era consciente de ello.

—Genial —dijo con sarcasmo.

—¿Quiere contarme qué sucede?

—La verdad es que no. Hagamos esto sin más. Estoy harto de ser el chico tonto.

—¿Quién ha dicho que es usted tonto?

—No se preocupe. Acabemos con esto de una vez.

—Kevin…

Me lanzó una mirada lo suficientemente dura como para hacerme parar. Por un segundo. Yo era el adulto.

—¿Qué está pasando?

Negó con la cabeza y evitó mi mirada.

Había trabajado con suficientes estudiantes para saber que era una táctica. Como cuando los niños se esconden bajo una mesa y creen que si no te ven, tú tampoco puedes verlos. Los adolescentes lo hacían con la evasión.

—¿Está pasando algo en casa?

Resopló. —Casa. No.

—¿Entonces en el equipo? ¿Tienes algún problema con alguien del equipo?

Negó con la cabeza.

Eso dejaba la escuela. —¿Otro profesor? ¿Un estudiante?

—Déjalo, entrenador P. No importa. Yo no importo.

—No digas eso, Kevin. Importas mucho. Para mí y para otros. Sé a ciencia cierta que tus compañeros disfrutan estar contigo. Todos parecen haberte acogido bien.

Se encogió de hombros. —No todos.

—¿Qué ha pasado?

—¿Por qué le importa? A nadie le importa nunca. No soy importante. Soy un cheque. Eso es todo hasta que cumpla dieciocho y entonces seré una carga.

—Vaya, ¿de qué estás hablando?

Me miró directamente a los ojos con desdén. —¿De verdad va a fingir que no sabe que soy un niño de acogida? ¿Que no está siendo amable conmigo porque le beneficia de alguna manera? Conozco cómo funciona el sistema. Llevo el tiempo suficiente en él. Los que son amables contigo solo están haciendo tiempo hasta que llegue el cheque. Y los que no… Digamos que tienen otros beneficios en mente para un niño al que nadie más le importa una mierda.

Kevin se levantó y se dirigió hacia la puerta, pero lo

detuve antes de que se fuera. —No puedes decir algo así e irte. ¿Estás en peligro? ¿Alguien te está haciendo daño?

Se zafó de mí. —No importaría. Nadie hace nada al respecto.

—Yo haré algo. Pero tienes que contarme qué está pasando. ¿La familia con la que vives te está haciendo daño?

Resopló y negó con la cabeza. —No. Ellos son... agradables, supongo. Ella trabaja muchísimo. Él también. Dijeron que tienen hijos adultos.

Mi ritmo cardíaco finalmente se ralentizó mientras hablaba de sus padres de acogida. No sabía que estaba en acogida, pero mucho sobre Kevin tenía sentido con ese dato. Los niños que eran trasladados de un lado a otro solían estar atrasados en las clases porque no había mucha consistencia en su educación.

—Háblame. ¿Qué está pasando que te tiene tan disgustado ahora mismo?

Suspiró. —¿Por qué quiere saberlo?

—Porque me importas, Kevin. No te pedí que vinieras aquí para darte clases particulares porque estés en el equipo de campo a través. Te lo pedí porque soy tu profesor y quiero verte triunfar. No eres el único estudiante con el que trabajo regularmente. No sé si alguien te lo ha dicho, pero los profesores no solemos hacer esto por el dinero.

Eso le arrancó una pequeña sonrisa.

—No sabía que eras un estudiante en acogida. El distrito no comparte esa información porque no es relevante. Los profesores estamos aquí para ayudarte a que te vaya bien, tanto si estás aquí como estudiante en acogida como si has vivido aquí toda tu vida. En cuanto a mí, hago este trabajo porque me encanta la ciencia y me encanta ayudar a que otros amen la ciencia.

—Eres un completo empollón, se burló.

Me reí. —Lo soy. Sin duda. Y estoy orgulloso de ello. No

todos podemos ser buenos en todo. La mayoría tenemos suerte de encontrar una cosa en la que destacar. Lo mío es enseñar. Lo que es un poco hacer trampa porque enseñar significa que se me da bastante bien escuchar y averiguar con qué está luchando alguien y explicar las cosas de nuevas formas.

—No creo que yo tenga una cosa en la que destaque.

—Quizás tienes una docena.

Resopló. —Más bien tengo cero.

—Lo dudo. Oí que llevaste a McJenna al baile de bienvenida. Es una chica agradable. Si dijo que sí, debes de haber hecho algo bien.

—Sí, bueno, no se lo digas a Danny.

—¿Danny Bieler?

Kevin asintió. —Me dijo que me mantuviera alejado de ella a partir de ahora.

—¿Y qué dijo McJenna?

Kevin se encogió de hombros. —No he hablado con ella.

—Entonces creo que lo primero que debes hacer es preguntarle a McJenna porque las mujeres que conozco no van a estar interesadas ni en un chico que intimida a otros ni en uno que cede ante los matones.

Kevin se irguió un poco al oír esa noticia. —¿En serio?

Asentí. —No te digo que vayas tras él, pero deja que McJenna decida por sí misma con quién quiere pasar su tiempo. Las mujeres no son propiedades. Merecen respeto. Si la ignoras porque Danny te dijo que te alejaras de ella, no eres mejor que él.

Kevin asintió pensativo. —Gracias, entrenador.

—De nada. ¿Hay algo más que te preocupe?

Kevin negó con la cabeza.

—Bien. ¿Crees que podemos trabajar en algo de física ahora?

Kevin sonrió. —Sí, podemos hacer eso.

$\mathcal{U}$na aventura emocional seguía siendo algo incorrecto. Lo sabía. Me negaba a ser el tipo que volviera a hacer daño a Valentina, lo que significaba que tenía que cerrar mi cuenta de En Busca del Galán de Papel.

La única persona con la que había hablado recientemente era Hermosa panadera. Disfrutaba charlando con ella, pero después de pasar la noche con Valentina, sabía que nunca buscaría algo con Hermosa panadera. Sin embargo, sentía que le debía una explicación.

NERD POR NATURALEZA

¿Qué tal tu semana?

HERMOSA PANADERA

Hola. Bien. Ajetreada. Siento no haberme puesto en contacto.

NERD POR NATURALEZA

No tienes por qué disculparte. En realidad quería decirte que voy a cerrar mi cuenta.

HERMOSA PANADERA

Mencionaste que quizás lo harías. ¿Eso
significa que las cosas van bien con la mujer
de la que me hablaste?

NERD POR NATURALEZA

Digamos que estoy disfrutando del tiempo
que pasamos juntos, pero intento no
precipitarme. Espero que signifique que
vamos en la dirección correcta, pero de
cualquier modo, estoy enamorado de ella.
No siento que esté siendo justo con
cualquier persona que conozca aquí, ni con
ella. No tengo ningún interés en salir con otra
persona.

HERMOSA PANADERA

Qué curioso. Siento lo mismo por alguien en
mi vida.

NERD POR NATURALEZA

¿Sí?

HERMOSA PANADERA

Sí. Es algo repentino, pero espero que pueda
convertirse en algo más.

NERD POR NATURALEZA

Quizás lo sea. Nunca se sabe. A lo mejor
tenemos suerte los dos y todo sale bien para
ambos.

HERMOSA PANADERA

Cruzo los dedos. Ha sido agradable hablar
contigo. Quizás algún día nos conozcamos
en persona.

NERD POR NATURALEZA

Quizás ya nos hemos conocido. ¿No sería
una locura?

HERMOSA PANADERA

Vaya, nunca había pensado en eso. Ahora no voy a dejar de preguntármelo. Pero prefiero no saberlo. Me gusta pensar en ti como un extraño misterioso que anda por ahí llevando felicidad a una mujer que no tiene ni idea de lo mucho que es querida.

NERD POR NATURALEZA

Me gusta cómo suena eso. Con suerte, algún día lo sabrá.

HERMOSA PANADERA

Lo hará. Buena suerte, Nerd por naturaleza.

NERD POR NATURALEZA

Igualmente, Hermosa panadera.

Sonreí y cerré la aplicación. Esperaba que ella encontrara la felicidad. Esperaba que todos lo hicieran. Era difícil vivir una vida sin alegría. Pero Valentina me hacía feliz, y quería dar lo mejor de mí.

Mantuve pulsado el icono hasta que todos se agitaron, luego toqué la X para eliminar la aplicación. Así, sin más, mi vida de citas en línea había terminado.

AL DÍA siguiente corrí por la mañana hasta el instituto, observando el amanecer y pensando en mi próximo experimento con Valentina. Aunque disfrutaba del sexo, quería más con ella. Quería asegurarme de que supiera que no estaba allí solo por el sexo increíble.

El cielo se iluminaba mientras pensaba en Valentina. Conocía la versión adolescente de ella y conocía la versión de madre, pero nunca me permití acercarme demasiado a la mujer que era. Pero ahora quería saber qué la hacía sentir bien.

Mientras comenzaba a correr de vuelta a casa, decidí hacer algunas averiguaciones. Si ella estaba de acuerdo, me invitaría a cenar y cocinaría con ella. Sabía que le gustaba cocinar, pero también sabía que hacerlo sola no era tan divertido como compartir la tarea con alguien más. Quizás podríamos cenar y ver una película juntos. Con las niñas, por supuesto. Ella adoraba a sus hijas, y no quería que pensara que solo quería pasar tiempo a solas con ella.

Me duché, me cambié y volví al instituto antes que nadie. Nuestra competición del día era en aproximadamente una hora, así que teníamos una recogida temprana. A medida que los chicos llegaban, nos reunimos en la entrada del colegio para asegurarnos de que estaban todos.

Jana y yo contamos a los chicos y comprobamos dos veces nuestras listas, luego les hicimos subir al autobús. Ambos miramos nuestros móviles mientras los chicos hablaban detrás de nosotros.

Una vez que llegamos, estuvimos ocupados eligiendo nuestro lugar y montando la carpa. Cuando estuvimos listos, hicimos que los chicos dieran una carrera lenta para ver el recorrido. Serpenteaba por la zona boscosa detrás del colegio, y aunque el recorrido se mantenía en el sendero, no estaba señalizado.

Los chicos hicieron sus estiramientos y se distribuyeron en grupos más pequeños mientras Jana y yo nos asegurábamos de que los oficiales tuvieran las listas completas para cada carrera. Los equipos modificados también estaban allí, así que el día iba a ser más largo de lo habitual.

Registramos a todos y nos aseguramos de que tuvieran números y chips para sus zapatillas, luego fuimos a animar a los de séptimo y octavo que corrían primero.

Mientras las chicas terminaban su carrera, noté que Kevin y McJenna caminaban juntos y hablaban. Él le sonrió, y ella se rio de algo que dijo.

Me alegré por el chaval. Y me alegró ver que siguió mi consejo y habló con ella en lugar de huir y dejar que Danny lo intimidara.

Cuando comenzó la carrera modificada de chicos, volví a nuestra tienda para llevar a nuestro primer grupo de chicas a la línea de salida para registrarse. Al pasar junto a Danny, le escuché fanfarronear con sus amigos.

—Es un imbécil. Se cree genial, pero no es nada. Es un perdedor. Ella no se quedará con él mucho tiempo.

Me detuve y miré a Danny. —¿De quién estás hablando?

—De nadie, entrenador. No hay de qué preocuparse. La postura arrogante de Danny me indicaba que no lo intimidaba. Nada lo hacía.

—Espero que no estés hablando de uno de tus compañeros, porque algo así puede ser motivo de expulsión del equipo.

—¿Qué? ¿Por qué? No he hecho nada. Danny dejó caer las manos a los costados y las apretó en puños.

—Es deportividad, Danny. Si estás hablando mal de un compañero, eso no está bien. Y si estás hablando de un competidor, te estás tomando las cosas demasiado personales. Si esto es lo que creo que es, estás discutiendo por una chica.

—No sabe nada.

—Sé que una mujer debería poder elegir con quién pasa su tiempo. Y si vas a amenazar a alguien para que se mantenga alejado de otra persona, tú eres el problema. Si McJenna no quiere salir contigo, no es culpa de Kevin.

Danny resopló. —Lo que sea.

—No es "lo que sea", Danny. ¿Quieres ser ese tipo con el que la gente es amiga porque temen lo que harás si te enfrentan?

Danny miró a sus amigos, que misteriosamente estaban ocupados mirando a otro lado. —No.

—Entonces no seas ese tipo. No seas el que amenaza a alguien porque os gusta la misma chica. ¿Tienes idea de cuántas veces va a pasarte eso en la vida?

—Yo...

—Si mal no recuerdo, el año pasado invitaste a salir a Christy después de que Marco dijera que le gustaba. Pero Marco sigue siendo tu amigo.

Danny miró a Marco. —Lo siento.

Marco se encogió de hombros.

—Si vuelves a amenazar a Kevin, o a McJenna, no tendré más remedio que echarte del equipo. No quiero hacer eso. No creo que tus compañeros quieran que lo haga. Pero lo haré si estás causando problemas.

Danny asintió. —Entendido, Entrenador P.

—Bien. Ahora calienta. Mantente suelto. Estate preparado.

Danny y sus amigos se alejaron trotando. Danny mantuvo la cabeza agachada. Con suerte, algo de lo que dije caló y no habría más problemas.

Envié a las chicas de categoría juvenil a la línea de salida para que se prepararan para su carrera. Avisé a los chicos juveniles de que serían los siguientes, y luego seguí a las chicas hasta la línea de salida para verlas comenzar.

Samantha estaba hablando con una de sus amigas y sonreía radiante. No sabía qué la hacía tan feliz, pero era bueno verla sonreír después de tantos meses de tristeza.

Era una carrera enorme con más de cien chicas en la línea de salida. Cuando el último de los chicos de categoría modificada cruzó la meta, el árbitro se colocó en el centro e hizo la cuenta atrás para las chicas. Disparó y todas salieron corriendo.

Jana y yo las vimos tomar la primera curva. Cuando desaparecieron en el bosque, comprobamos la hora y esperamos a que reapareciera la primera de las chicas.

La carrera transcurrió rápidamente, todas terminaron los cinco kilómetros en menos de cuarenta y cinco minutos. Felicitamos a nuestras corredoras cuando terminaban y anotamos todos sus tiempos para nuestros registros.

Los equipos juveniles masculinos fueron los siguientes. Seguidos por las chicas de categoría absoluta, y después los chicos de absoluta. A medida que cada grupo corría, tomábamos notas y nos dimos cuenta de que tres de nuestros juveniles habían establecido nuevas marcas personales, incluyendo a Samantha.

Jana fue a contárselo a Sam, dejándome a mí para registrar los tiempos de llegada de los chicos de categoría absoluta. Cuando Andrew cruzó la línea de meta, superando su mejor tiempo, vi en su cara que él ya lo sabía.

—Buena carrera —le dije.

Andrew no podía dejar de sonreír. —Gracias, Entrenador. Acabo de hacer mi mejor marca personal.

—Lo sé. Hemos tenido varios hoy. Una carrera de primera.

Andrew asintió y se hizo a un lado cuando los otros chicos llegaban a la meta.

Al final, tuvimos tres chicos de JV y cuatro de varsity que'habían batido su récord personal. —Tenemos que celebrarlo—dijo Jana—. Esto es increíble.

—Estoy de acuerdo. Se merecen algo por haber trabajado tan duro. Creo que todos han superado sus tiempos medios, así que ha sido una buena carrera para todos.

—¿Una fiesta con pizza?

—No es mala idea. Hablemos en el autobús de vuelta.

—Sí, definitivamente. Ya se lo he dicho a los chicos de JV. ¿Quieres decírselo tú a los de varsity? Creo que Andrew ya lo sabe, pero Kevin, Danny y McJenna quizás no.

Contuve un gemido y asentí. —Sí, claro. Yo les diré.

Algunos estudiantes se marchaban con sus padres, pero

nuestra carpa seguía concurrida. Kevin y McJenna estaban hablando en un lado, y Danny estaba en el otro, de espaldas a ellos.

Me acerqué primero a Danny. —¿Puedo hablar contigo? ¿Y con Kevin y McJenna?

Danny se tensó. —Entrenador, le escuché. No hice nada.

Moví la cabeza hacia un lado para que me siguiera, luego fui a buscar a los otros dos. Cuando Kevin vio hacia dónde lo estaba llevando, se quedó atrás, alejándose unos pasos de McJenna.

—Hola, Danny—dijo McJenna—. Me han dicho que has corrido una carrera impresionante.

—¿Quién te ha dicho eso?

—Kevin—le dijo McJenna, señalando a Kevin con el pulgar—. Dijo que estuviste genial y que le animaste a seguir en esa cuesta del final.

Miré a los tres. Danny asintió, y McJenna le sonrió ampliamente.

—¿Qué necesitaba, entrenador?—preguntó McJenna, centrando su atención en mí.

—Quería informaros a todos que habéis batido vuestros récords personales hoy.

—¿En serio?—preguntó McJenna.

Kevin y Danny levantaron la cabeza de golpe, con las cejas arqueadas, pensando que estaban en problemas por alguna razón. Se miraron el uno al otro y sonrieron.

—Parece que cuando trabajáis como compañeros de equipo, pueden ocurrir cosas increíbles.

—Ya lo creo —dijo McJenna—. —Esto es genial. Tengo que contárselo a mi padre y a Karissa. —Salió corriendo, dejándome con los dos chicos.

—Vosotros dos tenéis potencial para ser amigos. Claramente tenéis algunas cosas en común. Pero tenéis que dejar de pelear y aceptar que 'sois mejores como compañeros que como enemigos.

Kevin tragó saliva y se enfrentó a Danny. —Gracias por animarme hoy. Estaba luchando contra algunas molestias antes de la carrera y esa colina casi acaba conmigo. No habría conseguido mi mejor marca personal si no fuera por ti. Ni de lejos.

Danny asintió. —Solo intentaba hacer lo que dijo el entrenador. Siento haber sido un capullo con lo de J. Estaba celoso.

—Te entiendo. Es una chica fantástica —dijo Kevin.

Danny asintió, y los dos se alejaron juntos, hablando de lo increíble que era McJenna.

Eso fue mejor de lo que esperaba.

Volví a la carpa y cogí a algunos de los chicos para que me ayudaran a desmontarla. Empacamos todo nuestro equipo, y repasé la lista de los chavales que ya habían sido recogidos. Solo teníamos doce que regresarían en el autobús a la escuela.

Jana se acercó corriendo con la bolsa de chips de las zapatillas de los chicos y las puso en nuestra bolsa del equipo. Revisó para asegurarse de que lo teníamos todo y luego llamó al conductor del autobús para que volviera a recogernos.

—Voy a hacerle señas —dijo Jana—. —Dice que hay mucho tráfico.

Asentí. —Nos vemos allí con los chicos. Solo quiero asegurarme de que no haya nadie más que planee que le recojan. Llevaremos la carpa si tú puedes llevar la bolsa del equipo.

—Entendido —dijo Jana, cogiendo la bolsa y dirigiéndose hacia el aparcamiento.

Grité a los chicos que estaban por allí para asegurarme de que un padre firmara su salida si no iban en el autobús.

Levanté el portapapeles, sabiendo que los padres no siempre sabían dónde estaba.

Uno de los padres se acercó y me cogió la tablilla para firmar la salida de su hija, luego me la devolvió. La mantuve en alto mientras esperaba noticias de Jana de que el autobús estaba listo para nosotros.

Mi teléfono vibró, así que lo saqué para comprobar si era Jana, luego les dije a los chicos que era hora de irnos. Recogimos lo último de nuestras cosas, asegurándonos de no dejar nada atrás, y nos dirigimos hacia el aparcamiento.

—Hola, entrenador Pierce —dijo un hombre desde detrás de mí.

Me detuve, no queriendo ser grosero con los padres de mi equipo, aunque estaba intentando salir de allí. Me giré para saludar y me quedé petrificado. —Dawson.

Dawson me sonrió con suficiencia. —Me alegra verte, *amigo*.

Asentí y me crucé de brazos. Los estudiantes continuaron adelantándose, pero podía ver el autobús y a Jana, así que les dejé ir. —Me alegra que hayas podido venir a ver correr a las chicas. Samantha estaba bastante disgustada la última vez que dijiste que vendrías y no apareciste.

—Sí, bueno, es como su madre. Se emociona demasiado. Pero he oído que estabas allí para hacerla sentir mejor.

Me enderecé. —Hice lo que pude. Tus hijas te han necesitado. Tú no estabas.

Dawson resopló. Puso los ojos en blanco y se apartó el pelo. Le había crecido más largo durante los meses desde que abandonó sus vidas y desapareció. Parecía más duro, más imbécil de lo que una vez fue. —Mi supuesto amigo me echó de casa. ¿Adónde se suponía que debía ir?

Me encogí de hombros. —Conseguir un piso. O quedarte en la posada. Algún sitio para que pudieras estar aquí para tu familia.

—Yo tenía un hogar. Uno que compartía con mi mujer. Ya sabes, la mujer que siempre has deseado que calentara tu cama.

Contuve la respiración. Nunca le dije a Dawson que me gustaba Valentina. Ni una sola vez.

—¿Pensabas que no lo sabía? —Echó la cabeza hacia atrás y se rio—. Qué bueno. Siempre has sido demasiado tonto para tu propio bien.

—Tú eres el que ha estropeado las cosas con ella.

Dawson resopló. —Sí, bueno, fue divertido mientras duró. Robártela delante de tus narices fue fácil. Nunca fuiste lo suficientemente hombre para reclamarla. Pero tío, una vez que la tuve, supe que tenía que quedármela. Al menos por un tiempo. Era una jodida buena follada. Para alguien que no sabía lo que estaba haciendo. No muy imaginativa, pero lo compensaba con ese coño apretado. Hasta que tuvo hijos. —Se estremeció. —Entonces todo se estiró, y fue todo lo que pude hacer para obligarme a follarla. La habría dejado hace años si no hubiera estado tan dispuesta a hacer lo que fuera para intentar mantenerme feliz. Eso y si no hubiera podido conseguir algo por ahí cuando viajaba.

—¿Cómo pudiste hacerle eso? ¿Cómo pudiste tratarla como si no importara?

Dawson se rio. —Porque no importaba. Solo era un desafío.

—¿Qué?

—Un desafío. Una apuesta. El tío que vivía en el otro lado del pasillo me habló de ella cuando me mudé. Dijo que te seguía como un cachorrillo, pero tú eras tan torpe que pensabas que solo era una amiga. Le dije que la tendría en mi cama antes de que tú supieras lo que estaba pasando. Y lo conseguí.

—Hijo de puta—gruñí. Me abalancé sobre él.

Levantó las manos. —Tenga cuidado, entrenador Pierce. No querrá perder su trabajo por agredir a un padre.

—No eres un padre. Fuiste un donante de esperma. No mereces llamar tuyas a esas niñas.

Dawson se encogió de hombros. —Quizás, pero son mías. No vas a colarte en mi vida. No importa lo que hagas, nunca me reemplazarás como su padre.

—Nunca lo he intentado.

—Y una mierda, Brantley.—Dawson se acercó más. Me siseó. —Siempre quisiste mi vida. Mis hijas. Mi esposa. Seré generoso y te dejaré quedarte con mi ex. No ha merecido la energía para follársela en años, así que quizás no te molestes, pero tal vez puedas vivir alguna vieja fantasía de la infancia. Solo debes saber que realmente no vale la pena.

—Maldito—

Dawson se alejó, y me detuve. Valentina estaba a menos de dos metros. Las lágrimas corrían por sus mejillas. Claramente había escuchado todo lo que Dawson dijo.

VALENTINA

—Valentina, —dijo Brantley. Dio un paso hacia mí, pero levanté la mano para detenerlo.

—Ahora no —susurré. Era lo único que pude articular.

Dawson se alejó, silbando como si no acabara de destrozar mi puto mundo. ¿Yo fui una apuesta? Alguien con quien solo se acostó para fastidiar a Brantley. Y luego se casó conmigo, tuvo hijos conmigo y me engañó hasta que lo pillé.

Dios, fui una completa idiota.

Me alejé tambaleándome, sabiendo que necesitaba llegar a mi coche antes de derrumbarme. No podía dejar que él viera eso. Que disfrutara de eso.

El hijo de puta sabía que yo estaba allí. Sabía que podía oírle. Sabía lo que sus palabras me harían. Lo hizo a propósito.

Maldito capullo.

—¡Eh, Valentina! —gritó otra voz.

Respiré hondo y forcé una sonrisa antes de ver a Goldie saludándome con la mano. Estaba de pie junto a mi coche.

—¿Estás...? Vaya. ¿Qué demonios ha pasado? —preguntó.

Abrió los ojos de par en par y me escrutó. Como si pudiera ver algo con solo mirarme.

Resistí el impulso de retorcerme. De esconderme. De protegerme. Era Goldie, pero yo estaba en carne viva. Vulnerable. Expuesta.

—¿Estás bien?

Resoplé. —Ni lo más mínimo.

—¿Qué ha pasado? Háblame.

Eché un vistazo alrededor para asegurarme de que las chicas no estuvieran cerca. Lo último que quería era que oyeran lo que Dawson había dicho. —Me encontré con Dawson.

—Vaya mierda. ¿Qué te dijo? ¿Es la primera vez desde que le echaste?

—Sí. Y le dijo a Brantley que solo se acostó conmigo en la universidad porque el tío del otro lado del pasillo de su residencia apostó a que no lo haría. Dawson dijo que solo lo hizo porque sabía que a Brantley le gustaba yo. Fui un juego para él.

—Dios mío. ¿Dónde está? Voy a patearle el culo. Goldie pasó por mi lado y se paró al borde del aparcamiento, escudriñando la multitud que ya empezaba a dispersarse.

—¿Sabes qué? No merece la pena. Está fuera de mi vida para siempre.

Goldie se volvió hacia mí. Sus cejas rubias se fruncieron en el centro, su mirada escéptica. —No me digas que estás bien con lo que ha dicho.

—Oh, no. No estoy bien con eso. Pero no puedo cambiarlo. Es un cabrón aún más grande de lo que jamás pensé. Lo de Haley era una cosa, pero saber que pasamos más de veinte años juntos y que nunca le importé es otra.

—Me cuesta creerlo —dijo Goldie—. No te casas con alguien si no le quieres. No pasas media vida con alguien por una apuesta.

Me encogí de hombros. —No lo sé. Quizás sí lo hizo. Tal vez hubo un tiempo en que me quiso. Tal vez estaba jugando a largo plazo y asegurándose de que Brantley no formara parte de mi vida. Sin embargo, eso no importa. He terminado con Dawson. Lo he estado durante mucho tiempo. Duele... las cosas que dijo. Sabía que me haría daño. Quería herirme.

Goldie negó con la cabeza. —Ojalá hubiera estado allí. Definitivamente le habría puesto más difícil encontrar a alguien con quien follar durante unos días.

Resoplé. —Eso habría sido genial. Pero realmente no merece la pena. Yo solo... pasé mucho tiempo queriendo hacerle feliz. Dejando todo a un lado para hacer lo que creía que él quería que hiciera. Ahora, con la simple posibilidad de que lo que dijo sea cierto, me siento como una idiota. Yo realmente le quería. Quería una vida con él. Los últimos años fueron difíciles, pero estaba dispuesta a honrar mis votos. Parece que él nunca lo hizo, y no puedo cambiarlo.

—Vaya. Suenas muy... bien ahora mismo.

Tomé aire y lo solté lentamente. Bianca y Samantha se dirigían hacia nosotras con Paul. —Tengo que estarlo. Por ellas. No quiero que sepan lo que ha dicho.

Goldie miró hacia los niños y asintió. —Jamás lo haría.

—Gracias.

—Oye, hazme un favor y mantén esa actitud positiva que tienes ahora. Haz algo que te guste esta noche.

—Vamos a hacer pizza y ver películas esta noche. Algo tranquilo después de la competición.

—Bien. Entonces date una buena ducha caliente o un baño después de que se acuesten y asegúrate de que tu día termine con buen sabor de boca.

Solté una risita y puse los ojos en blanco. Solo Goldie sería capaz de susurrar algo así con nuestros hijos a pocos metros.

—¿Estáis listos para ir a casa? —preguntó Goldie a los niños.

—Sí —dijo Paul.

—¡Mamá! ¿Has visto a papá? —preguntó Samantha.

Asentí y me obligué a sonreír. Que yo le odiase no significaba que quisiera que mis hijas le odiasen también. —Sí, le he visto. Me alegro de que haya venido.

—Yo también. Ha dicho que quiere llevarnos a cenar esta noche. —Samantha chilló y aplaudió. Prácticamente vibraba de emoción.

Bianca era otra historia. Parecía que preferiría hacer cualquier otra cosa.

—¿Ah, sí? No me ha mencionado nada de eso.

—Porque sabe que dirás que sí si ella te lo pide —gruñó Bianca.

Le lancé una mirada que decía que no hacía falta que viniera con tanta chulería. —Diré que sí de todas formas. No voy a impediros a las dos que paséis tiempo con vuestro padre.

—¿Y si no quiero pasar tiempo con él? —espetó Bianca.

—No lo estropees —se quejó Samantha. —Quiero ver a papá. Hace meses que no le vemos.

—¿Y de quién es la culpa? ¡Él es quien se marchó! ¡Él es quien estaba engañando a mamá! ¡Él es quien nos ha ignorado y no ha venido a visitarnos en meses, Sam! Meses. ¿Por qué deberíamos dejarlo todo solo porque se ha dignado a aparecer?

—Porque sigue siendo tu padre —le dije. —Escucha, no voy a obligarte a ir a cenar con él, pero tampoco voy a impedírtelo. Y creo que te debes a ti misma no solo escuchar lo que tiene que decir, sino también preguntarle estas cosas. Yo no tengo respuestas para ti. No sé qué ha estado haciendo o por qué no ha estado cerca. Él sí lo sabe. La única forma de averiguarlo es si se lo preguntas.

Bianca pateó el suelo con la punta del pie. Frunció el ceño y siseó: —Vale.

—¡Bien! —Samantha saltó arriba y abajo. —No puedo esperar. Esto es tan emocionante.

—Estás delirando, —murmuró Bianca.

—Bianca. No. —Miré con severidad a mi hija mayor. Estaba visiblemente enfadada, pero vi el dolor en sus ojos. Estaba herida. Aparentaba estar enfadada, pero era una máscara para la herida causada por el rechazo de su padre.

Samantha nos miró alternativamente, su entusiasmo debilitándose por la tensión. —No me importa si tú no quieres ir. Yo estoy emocionada de ver a papá.

Paul cogió la mano de Samantha y la alejó unos metros. Le dijo algo que no pude oír pero que la hizo sonreír.

—Oye, Bianca? —dijo Goldie—. —Creo que tu madre tiene razón. Deberías hablar con tu padre. Pero también estar dispuesta a escucharlo. No es fácil. Nada de esto es fácil. Pero todos vosotros os estáis haciendo mayores. Pronto seréis adultos. Necesitáis tomar vuestras propias decisiones sobre las cosas. Sobre si quieres tener a tu padre en tu vida o no.

Bianca tomó aire con nerviosismo y asintió. —Gracias, señorita Goldie. Tienes razón. Creo que es bueno para mí ir.

Asentí y la atraje hacia mí, besándole la parte superior de la cabeza.

Subimos el volumen de la radio y cantamos durante el viaje de vuelta a casa. Quería aligerar el ambiente y celebrar la excelente competición. Mi móvil vibró varias veces, pero nunca lo miro cuando estoy conduciendo. Las dos personas más importantes estaban conmigo, y todos los demás podían esperar.

Cuando entramos, consulté los mensajes de texto que había recibido durante el trayecto. El primero era de Brantley, preguntando si podía venir esta noche a cenar y ver una película. Y para hablar. Sabía que lo necesitábamos, pero no estaba segura de si realmente quería.

Los otros mensajes eran de Dawson. Cuatro de ellos. Cada uno con unos minutos de diferencia. Uf.

> Les dije a las niñas que quiero llevarlas a cenar esta noche. Sam dijo que estaría bien.

> ¿Es esta tu manera de darme la espalda? ¿De verdad vas a interponerte en mi camino para ver a mis hijas?

> Esperaba más de ti, Valentina. Pensaba que te preocupabas por nuestras hijas.

> ¡Eres tan egoísta! De verdad vas a impedirme verlas. He venido hasta aquí y estás siendo una zorra mezquina. No voy a permitir que me impidas ver a mis hijas.

Menudo. Capullo.

¿No pensaba que estaría conduciendo? ¿Que quizás no podría responder a un mensaje cuando llevaba a nuestras hijas en el coche?

Me hervía la sangre. Quería enviarle una respuesta desagradable y mantener a las niñas en casa solo por despecho, pero no le daría la satisfacción de saber que me había afectado.

> Acabo de llegar del encuentro. Estaba conduciendo y no miro el móvil. Sam me ha contado lo de la cena. Se están preparando ahora. ¿Las vas a recoger tú o tengo que llevarlas a algún sitio?

> Estaré allí en quince minutos.

> Se lo diré.

Puse los ojos en blanco mientras cerraba el chat. Debería haber dejado que Goldie fuera a por él. Se lo merecía. Y más.

Transmití el mensaje a las niñas. Sam estaba casi lista y sonrió. Bianca parecía que se dirigía a su ejecución.

Cuando Dawson aparcó en la entrada, tocó el claxon. Me costó todo mi autocontrol dejar que las niñas salieran por la puerta y se fueran con él. ¿Ni siquiera tenía la decencia de venir a la puerta?

Maldito cabrón.

Cerré la puerta con llave tras ellas y recordé el mensaje de Brantley. Saqué mi móvil otra vez y me dirigí hacia mi habitación. Necesitaba una ducha.

Cena y película suenan perfectos. Ese era nuestro plan para esta noche, de todos modos.

¿Era?

Dawson se ha llevado a las niñas a cenar.

¿Le has dejado?

Es su padre. No iba a impedírselo. ¿A qué hora querías venir?

El autobús aún no ha vuelto al colegio. Para cuando todos los padres lleguen allí y yo vuelva a casa y me duche, probablemente pasará una hora. Quizás más. ¿Es demasiado tarde?

No. Suena bien. Entra tú misma cuando llegues. Voy a abrir una botella de vino en cuanto salga de la ducha. Puede que esté medio borracha o dormida cuando llegues.

Te lo mereces después de hoy. Hasta pronto.

Bloqueé el móvil y lo dejé sobre la encimera. El agua estaba caliente y, mientras metía la mano para comprobarla, pensé en lo que Goldie había dicho.

No dejes que Dawson arruine mi noche.

Ese cabrón me lo quitó todo. Desde mi virginidad hasta mi felicidad y mi oportunidad con Brantley. Dawson me robó demasiado. Me hizo dudar de quién era durante demasiado tiempo. Comencé mi Búsqueda del Placer porque pasé demasiados años sin placer en mi vida.

Pero se acabó. Ya no me iba a quitar más placer.

Abrí el cajón superior del armario y cogí mi vibrador resistente al agua. Lo coloqué en la repisa de mi ducha y me metí bajo el chorro. El calor se sentía bien después de la frescura de aquel día de mediados de octubre. Aunque el sol brillaba, había habido brisa durante todo el día y no había conseguido quitarme el frío de encima. Me giré y dejé que el agua caliente golpeara mi cuello, aliviando la tensión provocada por Dawson. Cerré los ojos. Se acabó. Ya no me iba a provocar más tensión.

Me lavé el cuerpo, acunando las burbujas de jabón alrededor de mis pechos para provocarme. Su resbaladizo tacto estaba haciendo que mi centro se humedeciera, preparándome.

Mi cuerpo estaba tenso cuando alcancé el vibrador, pero era un buen tipo de tensión. El tipo que anticipa y se emociona. Encendí la vibración y me tomé mi tiempo jugando con él por todo mi cuerpo. Para cuando lo deslicé entre mis muslos, estaba empapada.

El vibrador se deslizó dentro de mí con facilidad, justo como lo hizo Brantley el fin de semana anterior. El pensamiento de Brantley envió una nueva oleada de deseo a través de mí. Él quería hablar, pero en ese momento, hablar era lo último que yo quería.

Separé bien los muslos y presioné el vibrador profundamente en mi cuerpo. Jadeé cuando la estimulación externa alcanzó mi clítoris. —Sí.

Mis rodillas se debilitaron, pero me agarré a la barandilla para sostenerme. Me apoyé contra los frescos azulejos. El agua caliente corría por mi cuerpo, los fríos azulejos presionaban contra mi espalda, y la rápida vibración centrada dentro de mí confundían y excitaban mi cuerpo a la vez.

—Brantley —gemí, imaginándolo allí conmigo.

Bombeaba el juguete dentro y fuera, cada embestida golpeando mi clítoris y haciéndome gritar. Gemía su nombre con cada movimiento. Estaba tan cerca. Mi cuerpo se tensó, empujé el vibrador profundamente dentro, manteniendo el zumbido en mi clítoris y grité su nombre.

—¡Brantley! Oh, Dios, Brantley. Sí. ¡Brantley!

—Joder —dijo una voz masculina.

Grité. El juguete cayó al suelo de azulejos y vibró por el suelo mientras yo alcanzaba el clímax, mi cuerpo terminando lo que había comenzado aunque el miedo me atenazara.

—No pares —gruñó él.

—¿Brantley?

—Me dijiste que entrara con mi llave. He llegado pronto. Te oí gritar y pensé que algo iba mal. Yo... Maldita sea. Te necesito. ¿Puedo tenerte, Vee? ¿Ahora mismo? Me iré si dices que no, pero yo—

—Sí —susurré.

Nuestras miradas se encontraron mientras se quitaba la ropa con movimientos bruscos y apresurados. Sus vaqueros se engancharon en sus zapatillas cuando intentó quitárselo todo a la vez, pero su mirada nunca abandonó la mía.

Se acarició mientras caminaba hacia mí. Más bien me acechaba. Abrió la puerta de la ducha de un tirón y recorrió mi cuerpo con sus ojos, con su miembro aún en su mano.

—Recógelo —gruñó.

Me incliné y recogí el juguete vibrante.

—Enséñamelo.

Se me cortó la respiración, pero no me avergonzaba. De todas las personas en mi vida con las que podría compartir algo tan personal, él era el único que podía imaginar.

Abrí los muslos de nuevo, usando mis dedos para separar mis pliegues. El primer contacto del vibrador contra mis sensibles paredes me hizo jadear.

Brantley se dejó caer de rodillas y presionó mis muslos para abrirlos más. —Dios, eres preciosa. Este coño perfecto. ¿Estabas pensando en mí?

—Sí —confesé. Él ya lo sabía, pero admitirlo lo hacía real.

—Ni siquiera puedo contar el número de veces que he pensado en cómo sabes o cómo te sientes mientras me masturbaba. Al menos cien solo en la última semana, pero en toda mi vida probablemente sean millones.

—Enséñamelo —le devolví sus palabras.

Su mirada se cruzó con la mía. Se puso de pie, envolviendo su mano alrededor de su polla. —Nada se siente tan bien como tu coño alrededor de mí cuando me corro, pero verte follarte a ti misma podría ser lo segundo mejor en cuanto a placer.

—Brantley.

—Estoy aquí mismo, Vee. Siempre.

Me rodeó con un brazo, uno sosteniendo mi peso mientras con el otro se acariciaba la polla. Se apretó contra mi costado, ambos trabajando para llevarnos al orgasmo mientras también observábamos al otro.

—Brantley —gemí.

—Te tengo, preciosa. Córrete para mí. Después voy a lamerte y follarte más.

Como siempre, sus palabras sucias me llevaron al límite. Gemí y grité, y mis rodillas se doblaron. Pero Brantley me sujetó, evitando que me lastimara mientras el vibrador me hacía explotar.

—Salgamos —susurró cuando finalmente volví en mí. El vibrador estaba apagado y en el estante. Brantley cerró el agua y salió, envolviéndome en una toalla antes de coger otra de debajo del lavabo para él.

Todavía estaba duro.

—¿Te has corrido?

Negó con la cabeza. —Quería verte a ti. Habría preferido verlo de cerca, pero alguien tenía otros planes.

—Quería verte a ti.

—Cuando quieras. Pero primero, te necesito, Vee. Si estás dispuesta.

—Siempre.

Cerró los ojos y asintió, con una leve sonrisa en su rostro. Cuando me miró de nuevo, había algo allí que no estaba un minuto antes, pero pegó su cuerpo al mío y me besó hasta que olvidé por completo lo que fuera que me estuviera ocultando.

BRANTLEY

Siempre. Dijo siempre. Tan simple. Tan fácil. Tan... falso.

Yo sabía que siempre no significaba lo mismo para ella que para mí. Aún no. Quizás nunca. Valentina me había dicho más de una vez que no buscaba una relación. Se estaba centrando en sí misma y en las chicas. Estaba haciendo esta estúpida búsqueda para descubrir qué le gustaba.

Yo era el idiota que se había dejado llevar y se permitió creer que había algo más que simple placer. Claro, era un montón de placer, pero era físico. Ella no me amaba. Esto solo era una curiosidad de la infancia satisfecha.

Estábamos sentados en el sofá, con la botella de vino abierta en la mesa de centro cerca de nuestros pies, viendo una película. Una comedia romántica cursi que a ella le encantaba y que a mí solo me recordaba que estaba solo. Yo era la chica de la película que pensaba que nunca conseguiría que el amor de su vida le prestara atención.

Excepto que en mi caso, Valentina sí me prestaba atención. Todo el maldito tiempo. Pero no era suficiente.

—¿Estás bien? —preguntó, sacándome de mis pensamientos.

Me moví y asentí. —Sí. Claro. ¿Por qué?

—Es que pareces tenso. Como si algo te molestara. ¿Estabas... ¿Te molestó verme... ¿Fue malo?

Me abalancé sobre ella, acorralándola contra el sofá, y negué con la cabeza. —Dios, no. Fue increíble. Se supone que estás buscando cosas que te den placer. Estoy más que feliz de compartir ese placer contigo, pero si no puedes dejar de pensar en mí, no voy a decirte que esperes.

Ella apartó la mirada, como si estuviera avergonzada. —Nunca he... Solo ha sido recientemente cuando he probado cosas.

Me eché hacia atrás para mirarla. —¿Qué tipo de cosas has probado?

Se encogió de hombros. —El vibrador. Te dije que el sexo no era algo de lo que obtuviera mucho. Solo ha sido desde que Dawson y yo dejamos de acostarnos cuando probé algo así. Antes...

—Nunca tienes que darme explicaciones. No me importaría si hubieras estado montando una colección desde el instituto o si esa fuera la primera y única vez que te has tocado. Necesitas sentirte cómoda con tu propio cuerpo.

Ella sonrió tímidamente. —Estoy en ello. Sigue siendo más divertido cuando no estoy sola.

Me incliné y la besé con fuerza. Empujé mis caderas contra ella. —Sí, lo es —gruñí en su oído, lamiéndole el contorno y haciéndola estremecerse.

—No sé cómo lo haces.

—¿El qué?

—Llevarme de esconderme a estar a punto de correrme en cuestión de segundos.

—Me gusta hacerte llegar. Mucho.

Ella encontró mi mirada y rodeó mi cuello con sus brazos. —A mí también me gusta. Mucho.

Me atrajo hacia ella, y nos besamos en el sofá como adolescentes. Era diferente para nosotros, casto y sexy y simple. Era perfecto. Quería que sintiera cuánto la amaba porque aunque el siempre no fuera real, nunca quería que dudara de que era amada.

Después de unos minutos besándonos, y con mi polla intentando desesperadamente salir de nuevo, me incorporé y la levanté conmigo. Le besé la parte superior de la cabeza y la coloqué bajo mi brazo. Ella apoyó su mano en mi pecho y exhaló un suspiro de satisfacción.

Todavía estábamos sentados así cuando las chicas volvieron de una larga cena con Dawson. En cuanto se abrió la puerta, Valentina se levantó de un salto para ver cómo estaban, y preguntó si Dawson iba a entrar.

—Dijo que tenía que irse —comentó Samantha—. —Pero prometió volver a visitarnos pronto.

—Bien —dijo Valentina, pero su tono era plano—. —¿Estáis cansadas, o queréis terminar la película con nosotros?

—Necesito enviarle un mensaje a Paul —dijo Samantha, ya dirigiéndose hacia su habitación.

—Le dije a McJenna que le contaría cómo fue la cena —dijo Bianca. Su leve sonrisa indicaba que la cena también había sido mejor de lo esperado para ella.

—Vale. Buenas noches entonces.

—Buenas noches —dijeron ambas chicas antes de darle un abrazo a Valentina, luego a mí, y después desaparecieron en sus habitaciones.

Valentina tardó un minuto en volver al sofá. Cuando se sentó, se quedó en el otro extremo, lejos de mí.

—¿Estás bien?

Ella asintió. —Sí.

—¿Segura? Porque estás muy lejos ahora. —Intenté

mantener un tono ligero, pero dolía. Dawson entró en el camino de entrada, y Valentina se cerró conmigo. Ni siquiera entró. Quizás eso era peor porque significaba que ella tenía que preguntarse qué estaba pensando él en lugar de poder preguntárselo.

Pero, ¿qué demonios sabía yo?

—Es exasperante —susurró ella.

—¿Dawson?

Ella asintió. —¿Cómo voy a mirarle de nuevo después de las cosas que dijo hoy?

Respiré hondo. Sabía que necesitábamos hablar de ello, pero después de cómo llegué, fingimos que no había pasado nada. —No lo sé.

Me miró de reojo. —¿Crees que es verdad?

—¿Que lo hizo para cabrearme y demostrar que podía?

—Que yo fui una apuesta.

El aire que llenó mis pulmones parecía estar lleno de púas en lugar de oxígeno, nitrógeno y otros elementos. Era como si hubiera aspirado una bocanada de humo. Quería expulsarlo, pero no había ningún sitio adonde pudiera ir.

Entendimos lo que dijo Dawson de manera muy diferente. Yo interioricé la parte sobre que él sabía que me gustaba Valentina y que me estaba jodiendo al quitármela. Ella escuchó la parte sobre que había hecho una apuesta con el tipo del otro lado del pasillo. Ambas verdades dolían. Y probablemente ambas eran ciertas.

—Nos engañó. Durante años. No sé si alguna vez supimos realmente quién era.

—Entonces, crees que es verdad.

Negué con la cabeza y me forcé a defender al hombre que no se lo merecía. —No sé qué pensar. Si es verdad, y se casó contigo y tuvo dos hijas contigo para ganar una apuesta, es la peor apuesta de la historia. Ni siquiera Dawson caería tan bajo. Ni siquiera Dawson se casaría contigo si no se hubiera enamorado de ti. Quizá empezó así, pero creo que te amaba. Creo que ama a vuestras hijas.

Su labio inferior tembló. Asintió después de un minuto, y luego me miró. —Gracias. Goldie dijo lo mismo. Ahora mismo estoy oscilando entre enfadada, herida e indiferente. Realmente quiero que no me importe. Ya no le quiero. No le quiero de vuelta. Pero fue duro oírle decir esas cosas. Y luego sus mensajes.

—¿Qué mensajes? gruñí.

Me desestimó con una mirada al cielo. —Solo estaba siendo un capullo. Me envió mensajes sobre llevar a las niñas a cenar mientras yo volvía a casa de la competición y se puso desagradable cuando no le contesté inmediatamente. Pensó que estaba intentando alejarlo de las niñas.

—Nunca debería haber vuelto.

—No puedes decir eso. Samantha le echa de menos. Bianca está enfadada y dolida, pero volvió a casa sonriendo. No puedo desear que desaparezca de sus vidas.

—Mientras esté fuera de tu vida.

—Lo está —dijo con vehemencia—. Para siempre. No le quiero en mi vida.

Asentí. —Bien.

La película terminó, pero no creo que ninguno de los dos la hubiera visto realmente. Yo me quedé perdido en mis pensamientos, y ella en los suyos.

—Debería irme —dije mientras pasaban los créditos.

Asintió, pero no hizo ademán de levantarse. —¿Estamos bien?

Alcancé su mano y la apreté. —Siempre estaremos bien, Vee. Eres la persona más importante en mi vida. Te quiero.

Ella me miró y asintió. —Te quiero, Bee.

Me forcé a sonreír. Había cavado mi propia tumba y ahora tenía que acostarme en ella solo.

Me acompañó hasta la puerta y me dio un beso rápido

que me demostró que las cosas habían cambiado. Podía decir que Dawson no le molestaba, pero sí lo hacía. Todo esto le molestaba.

Mi casa estaba silenciosa, solitaria y deprimentemente jodida. Quería marcharme tan pronto como entré, pero sabía que estar rodeado de otros sería una idea aún peor. Me arrastré hasta la cocina y deseé tener más demolición por hacer. Me vendría bien destrozar algo a golpes.

Cogí una botella de agua y me la bebí de un trago. El frío resbalando por mi garganta me recordó que no tenía nada de qué quejarme. Mi vida no había empeorado. Tenía un trabajo que me encantaba. Tenía un hogar que adoraba. Tenía amigos, una gran familia y estaba sano. Había estado enamorado de Valentina durante casi toda mi vida. Tener la oportunidad de saborearla, tocarla y amarla, y tener que alejarme cuando ella terminara conmigo, iba a ser doloroso, pero la verdad es que no era diferente de donde había estado desde el instituto.

La gente siempre dice que es mejor haber amado y perdido que nunca haber amado. Yo la amaba. Aún no la había perdido. No iba a compadecerme de mí mismo y actuar como si se hubiera marchado. Todavía estaba allí. Y seguía siendo mi mejor amiga. Eso era lo que importaba.

ME MANTUVE OCUPADO durante la semana para no notar que Valentina no se estaba poniendo en contacto conmigo. Trabajé en mi cocina, di clases particulares a Kevin y fui a la noche de chicos en O'Kelley's. Tenía una vida plena sin Valentina en ella.

—He oído que Dawson apareció en la competición de campo a través el fin de semana pasado —dijo Ian—. ¿Cómo está Valentina?

Negué con la cabeza. —No muy bien. Fue un capullo y dijo algunas cosas que no debería haber dicho.

—¿Como qué? —gruñó Hudson.

—Dijo que solo se acercó a ella en la universidad porque sabía que me gustaba. Dijo que era una apuesta con el tío del otro lado del pasillo. Ella también le oyó decirlo.

—Menudo cabronazo —siseó James.

—De acuerdo.

—¿Le diste una paliza? —preguntó Knox.

—Ella no me dejó.

—Podrías haberlo hecho después de que se marchara de la competición —sugirió Knox—. —Seguirle hasta su hotel o donde fuera.

Negué con la cabeza.

—Se lo merecía —dijo Nico.

—Todavía se lo merece, pero para mí era más importante estar ahí para Valentina que patearle el culo a Dawson.

—Deberías haber hecho ambas cosas —dijo Knox.

—Lo que dice es que estaba con Valentina —interpretó Sebastian—. —No quería dejarla sola.

Los otros hombres miraron alternativamente a Sebastian y a mí mientras la comprensión les iluminaba.

—¿Entonces vosotros dos vais bien? —preguntó James—. —A Trinity le cae muy bien Valentina.

—A todo el mundo le cae bien Valentina —dijo Ian—. —¿Qué no hay que querer de ella? Es guapa, sabe hornear y es inteligente.

—Lo suficientemente inteligente como para mantener a este a distancia. ¿Cómo es que todavía seguís manteniendo las cosas en secreto? —preguntó Knox.

Negué con la cabeza. —Ella no está interesada en una relación.

—¿Solo os acostáis juntos? —preguntó Sebastian.

Me encogí de hombros.

—Tú quieres más. No era una pregunta. Era una declaración de un hombre que entendía.

—Sí, lo estoy. Siempre lo he estado. Puede que Dawson fuera un imbécil, pero no se equivocaba cuando decía que me gustaba Valentina cuando estábamos en la universidad.

—Espera un momento. ¿Nunca has tenido una relación seria con otra mujer porque estás enamorado de Valentina? —preguntó Knox.

Asentí. No tenía sentido esconder la verdad.

—Joder —dijo Nico—. Y yo que pensaba que lo mío era grave. Salí con algunas chicas después de que Laura empezara a trabajar para mí, pero siempre sentía que estaba siendo injusto con las otras mujeres.

—Así es como me siento. Estaba hablando con una mujer en En Busca del Galán de Papel. Era genial. Pero sentía como si estuviera engañando a alguien. Lo último que quería era que Valentina pensara que estaba liándome con otra a sus espaldas. Especialmente cuando solo era una mujer con la que estaba hablando.

—¿Y qué hiciste? —preguntó Ian.

—Le dije a la mujer que iba a cerrar mi cuenta.

—¿Y lo hiciste? —preguntó Knox.

Asentí. —Tuve que hacerlo. Como dijo Nico, sentía que era injusto para las otras mujeres. Y para Valentina, si soy sincero. Quiero pasar el resto de mi vida con ella. Si eso no es lo que ella quiere, lo aceptaré, pero es lo que yo quiero. Quiero que sea feliz, y creo que puedo hacerla feliz, pero la elección es suya.

—¿Y si no te elige a ti? —preguntó Knox.

—Entonces seguiré siendo su amigo.

—¿Seguirías siendo su amigo? ¿Si te dijera que no quiere estar contigo, lo aceptarías sin más? —insistió Knox.

—¿Aceptarlo sin más? Ni de coña. Pero no es como si

pudiera obligarla a tener una relación. Si no me quiere, no puedo cambiar eso.

—¿Cómo va su búsqueda? —preguntó Hudson. Una sonrisa torcida se dibujó en un lado de su boca.

Me mordí la parte interior de la mejilla para evitar devolverle la sonrisa. —Bueno.

Hudson resopló. —En otras palabras, sois increíblemente compatibles entre las sábanas y sois mejores amigos, pero, ¿de verdad crees que ella no te quiere?—

Resoplé. Estaba totalmente de acuerdo con él hasta el final. —Nuestra química es mejor de lo que jamás imaginé que podría ser. Como un cohete espacial o un lanzallamas. Es divertida, apasionada y jodidamente buena. Nunca he estado con una mujer que fuera tan perfecta para mí. Siempre he disfrutado del sexo, pero con ella está a otro nivel. Es simplemente diferente.—

—Eso es lo que sucede cuando te enamoras de tu mejor amiga. Todas las mujeres con las que estuve antes de Blake no eran nada comparadas con estar finalmente con ella. Había estado esperándola toda mi vida, y el sexo simplemente estaba a otro nivel. Pero es mucho más que eso. También tenía que ser su amigo. Eso no siempre es fácil. Te doy mucho mérito por tomar esa decisión, pero cuando las cosas terminaron con Blake, no estaba seguro de poder seguir siendo su amigo. Me dolía solo mirarla. —Ian se frotó el pecho, un gesto del que probablemente ni siquiera era consciente.

—Estáis todos locos— declaró Knox. —El sexo es bueno cuando es buen sexo. Cuando es con una mujer que está deseosa y dispuesta. No importa con quién esté, siempre me aseguro de que lo pase de maravilla, y yo disfruto llevándola hasta ese punto. Así es como te aseguras de que el sexo sea bueno.—

Los tipos casados sonrieron y dieron sorbos a sus cervezas. Los que estaban en relaciones serias hicieron lo mismo. Yo me quedé allí, atrapado en medio, porque estaba de acuerdo con Knox, pero con Valentina era diferente. Era mejor. Porque había algo más que solo placer mutuo. Aunque ese fuera el motivo por el que empezamos a acostarnos.

—Lo entenderás algún día— le dijo Sebastian a Knox.

Knox puso los ojos en blanco. —Ah, lo que sea. Sois unos capullos.—

El resto se rió de Knox, pero él lo tomó con calma. Me había contado que quería sentar la cabeza. Tener algo sólido y estable. Tener lo que el resto de ellos tenía. Pero no iba a quedarse sentado esperando a que el amor le golpeara en la cabeza. Estaba ahí fuera buscándolo y probando oportunidades en cada ocasión que tenía.

Una parte de mí tenía envidia de Knox. Aún no había encontrado el amor, pero estaba abierto a ello. Tenía la oportunidad de encontrar a alguien, enamorarse y construir una vida con ella.

Yo ya había encontrado a la persona con quien quería compartir mi vida. Y si ella no sentía lo mismo, estaba jodido y sin suerte.

—Todos nos hemos sentido así— dijo Ian. —Así es como debe ser. Pero cuando encuentras a esa persona especial, te sacude tan fuerte que piensas que estás perdiendo la cabeza. —

—Principalmente porque lo estarás —añadió James.

—Pero de una manera que hará que nunca quieras encontrarlo de nuevo porque es tan bueno con esa persona que te hace sentir que nada puede volver a salir mal —dijo Sebastian.

—O que te hace sentir que cuando las cosas salen mal, puedes superarlo con ella a tu lado —dijo Nico.

—Porque eso es exactamente lo que es el amor —dijo Hudson.—El amor es abrirte por completo y dejarla entrar para coser todas tus piezas con pequeños trozos de ella misma para que siempre esté contigo. Es saber que cada experiencia es mejor porque la compartes con ella. Es despertarte cada mañana con una sonrisa...

—Y una erección —dijo James con una sonrisa burlona.

—Porque es tuya —terminó Hudson como si James no le hubiera interrumpido.—Y lo que ha dicho él. —Señaló con el pulgar hacia James, y todos se rieron.

—Creo que Valentina te desea tanto como tú a ella —dijo Nico después de un minuto.—Creo que hacéis buena pareja. Y todos sabemos que soy el más listo de aquí.

Me reí con él mientras los demás protestaban por su afirmación.

—Independientemente de la equivocada inflación de su inteligencia, creo que Nico tiene razón sobre tú y Valentina —dijo James.—Dale la oportunidad de que se dé cuenta de lo bien que estáis juntos. Más de uno de nosotros la cagó antes de darnos cuenta de lo que estaríamos dejando escapar si no sacáramos la cabeza del culo y lo arregláramos. Y las mujeres no están exentas de la misma idiotez.

—Estás hablando de ti mismo, ¿verdad? —preguntó Hudson.

James le hizo un corte de mangas, pero asintió.

—¿Veis? Ha admitido que es un idiota —dijo Nico.— ¿Alguien más dispuesto a confesarlo?

—¿No la cagaste con Laura y te escondiste en Doc Rock para que no te encontrara? —preguntó Ian.—Estoy bastante seguro de que le presté una barca para que llegara hasta allí.

—¿Huiste? —balbuceé.

—No fue mi mejor momento. Vale, de acuerdo. Quizás todos somos idiotas cuando se trata de las mujeres que amamos. Pero eso es parte de todo. Ser un idiota y saber que ella seguirá queriéndote cuando lo descubras por ti mismo.

—El más listo de aquí, y un cuerno —gruñó James.

—Más listo que tú —argumentó Nico.

—Solo porque tienes un título de prestigio...

Me reí y les dejé discutir a mi alrededor porque tenían razón. Todos tenían razón. Si iba a permitir que Valentina tomara la decisión, entonces tenía que dejarla. Pero eso no significaba que tuviera que permitir que ella decidiera si podía amarme sin jugar un poco sucio.

Y yo sabía que a ella le gustaba lo sucio.

Saqué el examen de mi bolsa. Normalmente no compartía los resultados con los alumnos antes de dárselos a toda la clase, pero sabía que Kevin necesitaba ver su examen.

—Tenemos que hablar sobre el examen que hiciste el martes. He corregido la mayoría y los revisaremos en clase el lunes, pero quería repasar algunas cosas contigo hoy.

Kevin asintió. Se hundió en su asiento. Evitó mi mirada y se cruzó de brazos.

Dejé caer el examen sobre el pupitre frente a él, con el ochenta y nueve grande, en negrita y con un círculo alrededor.

—No puede ser —murmuró Kevin. Se incorporó y cogió el bloque de hojas grapadas—. ¿Es una broma?

Negué con la cabeza. —No. Es tu examen.

—¿He sacado un ochenta y nueve?

Asentí. —Deberías estar muy orgulloso. Has trabajado duro.

Soltó una risa y me sonrió. —Nunca me ha ido tan bien en un examen de ciencias.

—Te has ganado esa nota. Has estado trabajando muy duro este semestre.

—Gracias a usted.

Negué con la cabeza. —Gracias a ti. Podrías haberme ignorado y no haberte esforzado, pero no lo hiciste. Vienes aquí todos los días, trabajas duro, estudias. Tú eres quien ha hecho que esto suceda. Necesitar un poco de ayuda extra es normal. Esforzarse para subir tus notas tanto en solo unas pocas semanas es excepcional.

Sus labios se curvaron mientras miraba su examen. Era obvio que no creía en sí mismo, no como debería. Era un chico inteligente con un enorme potencial, pero no había recibido suficiente estímulo. Había sido descartado demasiadas veces por profesores y padres de acogida y quizás incluso por sus propios padres. Pero merecía una oportunidad.

—Gracias, señor Pierce. Nadie ha creído en mí como lo hace usted. Usted y mis padres de acogida actuales. Yo... significa mucho para mí.

—Espero que esto te ayude a creer más en ti mismo también. Tienes muchísimo potencial, Kevin. Puedes hacer cualquier cosa que te propongas. Tienes compañeros que hacen que todo parezca fácil, pero son nuestras dificultades las que nos definen. Nuestras batallas son las que nos convierten en quienes somos. Has luchado más que muchas personas en toda su vida, y espero que esto te demuestre que seguir adelante es mejor que rendirse.

Él asintió. —Sí, así es. Gracias. Pasó a la segunda página de su examen y vio las preguntas que estaban incorrectas. —¿Puede explicarme esto?

Miré la pregunta. Habíamos estado estudiando ecuaciones cinemáticas. No era fácil, pero solo se había saltado un paso. Me senté en el pupitre de al lado. —¿Entiendes la pregunta?

—Creo que sí. Si un coche entra en una rampa de acceso a una velocidad determinada, acelera a un ritmo constante y tiene una distancia concreta que recorrer, ¿alcanzará la velocidad del resto del tráfico cuando se incorpore?

—Sí, perfecto. Eso es exactamente lo que estamos intentando averiguar. Entonces, ¿qué hiciste? Sabía dónde se había equivocado, pero quería que él mismo lo viera.

Kevin estudió su trabajo, miró la pregunta y volvió a lo que había hecho. —Yo hice... un momento. No tuve en cuenta la velocidad inicial. Partí de cero en lugar de la velocidad a la que iba el coche cuando entró en la rampa de acceso.

—Entonces, ¿cuál sería la respuesta?

Kevin sacó su calculadora y rehizo los cálculos. Le llevó un minuto, pero cuando terminó, escribió la respuesta correcta y puso *SÍ* junto a ella. —El coche superaría la velocidad del tráfico cuando se incorpora, si mantiene una aceleración constante.

—Exactamente.

Sonrió y dio un golpecito en la página. Sacudió la cabeza. —Vaya. Es... esto es simplemente... Me miró. —Sabía lo que tenía que hacer. Casi saco un sobresaliente en este examen.

—Y lo conseguirás en el próximo. Porque sí sabes lo que hay que hacer. Estás entendiéndolo.

Sonrió, con una mirada de orgullo en su rostro. —Gracias, señor Pierce.

—De nada, Kevin.

Sonó el timbre, y él recogió sus cosas, dejando el examen sobre la mesa. —Mi madre de acogida vendrá al encuentro mañana. Quiere conocerte, si le parece bien.

Asentí. —Por supuesto. Estaré encantado de conocerla.

—Nos vemos en el entrenamiento.

—Sí. Que vaya bien tu última clase.

—Gracias.

Kevin salió con la cabeza un poco más alta, los hombros

un poco más rectos. La bombilla se había encendido para él. Era por esto que seguía enseñando. Después de años de estudiantes, peleas con la administración, problemas con los padres, seguía volviendo por los alumnos. Por aquellos que no se rendían y que trabajaban duro para tener éxito. Los que superaban sus bloqueos mentales y veían las posibilidades.

Me encantaba lo que hacía, pero trabajar con Kevin seguía despertando algo más en mí. Veía a mis estudiantes como mis hijos, pero chicos como Kevin necesitaban más que eso. Necesitaban una familia. Un padre. Un sistema de apoyo.

Nunca había considerado ser padre de acogida antes, pero la necesidad existía. Los chicos estaban ahí fuera. Esperando a que alguien creyera en ellos.

Mi siguiente clase fue entrando en el aula, y aparté la idea a un segundo plano. Tendría que investigar un poco, pero cuanto más lo pensaba, más quería estar ahí para los chicos que eran olvidados y abandonados. Nadie merecía eso.

EL CAMBIO en Kevin era tan evidente durante el entrenamiento que Jana me preguntó si lo había notado cuando los chicos se fueron.

—Hoy ha tenido un momento de revelación.

Ella sonrió radiante. —Joder, eso es genial.

Asentí. —Realmente lo es. Es un buen chico. Simplemente no ha tenido a nadie que creyera en él.

—Es afortunado de tenerte.

—Nos tiene a ambos. Y a sus padres de acogida, por lo que ha dicho. Es una pena que tenga dieciséis años y solo ahora esté encontrando personas dispuestas a apoyarle.

—Mejor que no encontrar nunca ese apoyo. Muchos niños pasan por el sistema y simplemente cumplen la mayoría de edad sin tener a nadie. Una vez que cumplen dieciocho, se acabó. Abandonados y solos.

—No entiendo cómo la gente puede abandonar así a un niño.

Jana se encogió de hombros. —La mayoría no tiene el dinero extra para mantener a un niño sin recibir la ayuda. Es una pena para los chavales.

—Sí, lo es. Y era otra de las razones que me hacían querer acoger niños.

—Hasta mañana, entrenador.

—Que pases buena noche. Me despedí con la mano mientras Jana subía a su vehículo y se marchaba. Estaba sudado y cansado y necesitaba comer, pero vibraba de emoción.

Antes de pensármelo dos veces, aparqué frente a la casa de Valentina. Estaba en el porche cuando me di cuenta de que no le había avisado.

¿Estás en casa?

Sí, ¿por qué?

Quería verte. Solo un momento.

Las chicas se están duchando después del entrenamiento. Puedes entrar.

No quiero interrumpir vuestra noche.

La puerta se abrió un segundo después. —¿Por qué ibas a interrumpir?

—He tenido un buen día. Cuando salí del entrenamiento, mi todoterreno vino hasta aquí.

Sonrió y salió, cerrando la puerta tras ella. —Me alegro de que lo hiciera. Su mirada recorrió mi cuerpo. —¿Qué tal el entrenamiento?

¿Era mi imaginación o respiraba un poco más agitada que hace un segundo?

—El entrenamiento ha ido bien.

—¿Es eso lo que ha hecho que tu día sea bueno?

Se acercó más.

Negué con la cabeza. —Uno de mis alumnos ha tenido una revelación hoy. Ha estado luchando todo el trimestre, hasta el punto de que estaba suspendiendo hace unas semanas. Ha sacado un notable en su último examen, y podría haber conseguido un sobresaliente. Lo conseguirá la próxima vez.

—Eso está bien.

Me incliné hacia ella. —Lo estaba. Es el recordatorio que siempre busco para seguir enseñando.

—¿Estás pensando en dejarlo?

—No. Me encanta mi trabajo. Pero hay momentos en los que es más difícil que otros. Los estudiantes, los que trabajan como él lo ha hecho, hacen que merezca la pena.

Se mordió el labio. —Te importa tanto. Es muy bonito verte así. Saber que estás tan emocionado porque has conseguido llegar a uno de tus alumnos. Le has ayudado a llegar hasta ahí.

—¿Cómo lo sabes? No recordaba haberle contado a Valentina sobre Kevin o alguno de los chicos a los que daba clase particular.

Me miró. Sus pestañas aletearon. Sonrió. —Porque así eres tú, Brantley. Eres el mejor hombre que conozco. Das tanto y nunca coges nada para ti.

Me acerqué más a ella, lo suficiente como para sentir el calor de su cuerpo contra el mío. —Estoy aquí para coger algo para mí mismo.

Arqueó una ceja y sonrió con picardía. —¿Ah, sí? ¿Qué es eso?

Inhalé profundamente su aroma y deslicé mi brazo alrededor de su cintura. El juego que estábamos jugando me estaba excitando y haciendo que la deseara más. Ese lento tira y afloja me tenía desesperado por ella, bajo la luz del sol de la tarde en su porche delantero.

Tiré de su cuerpo hacia mí e incliné la cabeza, eliminando por fin la distancia entre nosotros.

Sus manos se deslizaron inmediatamente alrededor de mi cuello, un gemido escapó de su garganta. Separó los labios y encontró mi lengua con la suya, igual de ansiosa. Su pierna se enganchó alrededor de la mía, abriéndose para que pudiera restregarme contra ella como lo hice después de nuestra primera cita.

Le agarré el trasero y froté mi polla contra su cuerpo dispuesto. Ella sollozó, gimió y jadeó pidiendo más.

Follé su boca con la mía. No había ido a buscarla para tener sexo. Fui a celebrar con ella. A compartir mi alegría. Dudé si contarle que estaba pensando en acoger a un niño, pero no estaba seguro de lo que diría. Lo más probable es que pensara que estaba loco. La idea era demasiado frágil como para arriesgarme a compartirla con alguien y recibir una respuesta negativa.

Se apartó, su mirada vidriosa luchando por enfocarse en mí. —¿Por qué no te quedas a cenar?

Negué con la cabeza y la besé suavemente. —No quería estropearte la noche. Solo quería compartir mi emoción.

—Puedes compartir más emoción conmigo después.

Sonreí. —Lo sé. Y me encantaría. No tienes ni idea de cuánto.

—Creo que sí tengo una idea —dijo, restregando sus caderas contra mi erección.

Gemí y casi cedí. —Eres peligrosa para mi salud.

Se rio. —Está bien. Si no quieres quedarte, lo entiendo.

—¿Estás segura?

Se encogió de hombros. —Quizás no, pero eso también está bien.

—Sé que no has tenido mucho tiempo con las chicas. Dijiste a principios de semana que tenías ganas de que llegara esta noche. No quiero interponerme en eso.

Sonrió. —Eres increíble.

—Tú también lo eres, Vee. Gracias por venir hasta aquí para que pudiera contarte sobre mi día.

—Cuando quieras.

Me incliné y la besé intensamente. —Y cuando estés en la cama más tarde, piensa en mí mientras te introduces ese vibrador. Imagina que soy yo dentro de ti. Yo estaré pensando lo mismo cuando me meta en la ducha y me masturbe hasta correrme.

Ella gimió y se tambaleó contra mí. —El peligroso eres tú.

Me reí y la besé de nuevo. Esa mujer era una adicción. Una de la que nunca quería curarme. —Solo me aseguro de que no olvides lo bien que estamos juntos.

—Créeme, no lo voy a olvidar.

—Bien. ¿Te veré mañana en la competición?

—Sí. Y por suerte, Dawson no viene a esta.

—No importaría si viniera. Ya no forma parte de tu vida.

—Así es. Sonrió. —Gracias, Bee.

—Gracias a ti. Te quiero.

—Yo también te quiero. Que pases buena noche.

La besé una vez más, un beso fugaz antes de ceder y quedarme a cenar. Algún día, nunca tendría que separarme de su lado.

Las competiciones en casa eran agradables, pero organizar un evento resultaba complicado y ajetreado. Era por eso que las únicas competiciones que organizábamos eran con una o dos escuelas más, no con cincuenta o más como en los torneos a los que íbamos casi todos los fines de semana.

Negué con la cabeza mientras el entrenador Mike, el entrenador de la escuela anfitriona y un hombre que se había convertido en mi amigo a lo largo de los años, era apartado nuevamente. Gimió mientras me saludaba con la mano, corriendo para manejar otra crisis más para la que no tenía tiempo.

La mayoría de los torneos por invitación eran gestionados por un equipo, pero por alguna razón, Mike estaba al frente de este. Estaba menos que entusiasmado, y me había estado preguntando si conocía alguna vacante en Cala MacKellar para poder escapar del evento. No estaba completamente seguro de si hablaba en serio o no, pero en cualquier caso, no conocía ninguna vacante.

Andrew se acercó y me distrajo de mi preocupación por Mike, y me uní de nuevo al equipo. Los chicos se estaban calentando y preparándose. Era la competición más grande que habíamos tenido en todo el año, y estaban vibrando de emoción. Especialmente Andrew, que se enfrentaba a la competencia más dura que había tenido en todo el año.

—¿Estás listo? —le pregunté.

Asintió, con el rostro serio.

—Lo vas a hacer genial.

—Lo sé. Todo lo que puedo hacer es dar lo mejor de mí. Si es suficiente para ganar, pues genial. Si no, estoy bien con eso. Me niego a correr la carrera de otra persona.

Andrew era un chico listo. Sabio de maneras en que muchos chicos no lo eran. Cuando fuera a la universidad, el equipo perdería a un verdadero líder. Pero tenía la sensación de que surgirían otros.

Las chicas de JV se alinearon para la primera carrera, y el disparo señaló el inicio. Jana y yo esperamos, animándolas mientras pasaban corriendo junto a nosotros antes de hacer el bucle final y correr hacia la meta. Los chicos de JV siguieron, con dos de nuestros chicos ocupando el primer y segundo lugar. Las chicas de categoría senior fueron las siguientes, nuestra corredora más rápida quedó en cuarto lugar.

La carrera de los chicos senior fue tensa. La energía en el aire era densa. Andrew rebotaba sobre los dedos de sus pies mientras esperaba a que la última de las chicas terminara y el oficial los llamara a alinearse.

Cuando sonó el disparo de salida, Andrew arrancó. Kevin y Paul no iban muy lejos detrás de él. Algunos chicos de otros colegios les seguían el ritmo hasta que todos hicieron el giro y se perdieron de vista.

Jana y yo intercambiamos miradas de preocupación, pero sabíamos que nuestros chicos darían lo mejor de sí mismos. Eso era lo único que nos importaba.

Pasaron frente a nosotros unos minutos después, con Andrew en segunda posición general. Paul y Kevin corrían juntos en séptima posición. Todos parecían capaces de correr otros ocho o diez kilómetros más.

Cuando hicieron el giro final hacia la meta, Andrew estaba solo un poco por detrás del chico que iba en primera posición. Pero Andrew corría su propia carrera, lo que significaba que tenía un estallido de energía reservado para cuando viera la línea de meta.

Andrew aceleró, con Kevin y Paul haciendo lo mismo. El chico que había estado por delante de Andrew durante la mayor parte de la carrera no pudo mantener el ritmo mientras Andrew lo adelantaba de un sprint y se hacía con el primer puesto. Kevin y Paul sobrepasaron a otros tres chicos en el último cuarto de milla y consiguieron el cuarto y quinto puesto al cruzar la línea de meta.

Las sonrisas en las caras de esos chicos casi me hicieron llorar. Lo habían logrado juntos. Se habían animado y motivado mutuamente, y los tres habían terminado entre los cinco primeros en uno de los encuentros más importantes de la zona.

Jana atrajo mi atención de vuelta a la línea de meta justo a tiempo para ver cruzar a otro de nuestros corredores. Animamos con fuerza a todos los chicos, pero especialmente a los nuestros. Todos estaban ahí fuera esforzándose y haciendo algo que pocos intentarían siquiera, y menos aún destacarían. Era bueno formar parte de ello.

Cuando los últimos corredores cruzaron la línea de meta, Jana y yo sonreímos. Nuestros chicos del equipo masculino habían asegurado el primer puesto. Nuestros otros grupos probablemente no se clasificaron, pero teníamos otro puñado que había conseguido su mejor marca personal en la competición. Había sido otra gran semana. Otra gran competición.

Hubo una breve ceremonia en la que el entrenador Mike agradeció a todos los equipos su participación y entregó cintas a los chicos que quedaron entre los diez primeros de cada carrera. Anunció los equipos ganadores de cada grupo, con el MCHS en primer lugar tanto en categoría masculina varsity como JV, lo que fue una sorpresa para Jana y para mí.

Después de recoger nuestras cintas, todos nos dirigimos de vuelta a la carpa. Algunos padres estaban por allí, esperando a sus hijos y firmando su salida. Vi a Kevin mientras me acercaba, hablando con una mujer que no reconocí. Me señaló, y cambié mi ruta para hablar con ellos.

—Entrenador Pierce, soy Grace. Quería conocerle y darle las gracias.

Le sonreí y estreché su mano. —Es un placer conocerla también, Grace. Kevin es un gran chico. Inteligente y una enorme ventaja para este equipo.

Le sonrió. —Se lo vengo diciendo desde que se mudó con

nosotros este verano. Él le comentó que yo soy su madre de acogida.

Kevin arrastró los pies. —Voy a hablar con McJenna.

Sonreí mientras se alejaba. —Me lo contó. Creo que lo que está haciendo es excepcional. Kevin ha hablado muy bien de usted.

Ella se rio. —Iba a decir lo mismo. No estábamos seguros de cómo iría el año. Cuando nos preguntó si podía practicar campo a través, le animamos a probarlo, pero sabemos que Cala MacKellar puede parecer un lugar muy pequeño, especialmente para alguien que no ha vivido aquí toda su vida.

—Estoy de acuerdo. No estaba seguro cuando vi su expediente, pero al saber que era un niño de acogida, todo cobró sentido. Debe ser difícil para él no tener estabilidad.

—Mi marido y yo esperamos poder cambiar eso. Nuestros hijos ya son mayores, y cuando Kevin vino a vivir con nosotros, sabíamos que necesitaba personas que realmente le quisieran tener allí. No voy a decir que siempre haya sido fácil, pero tampoco lo es con ningún adolescente.

—Eso es muy cierto. Pero tiene suerte de tenerla a usted.

Grace dio un paso adelante. —¿Puedo darle un abrazo, entrenador Pierce? Kevin es un chico diferente desde que usted se tomó el tiempo para ayudarle. Desde que le dijo de lo que es capaz. Las lágrimas colgaban de sus pestañas. — Significa mucho para nosotros.

Me acerqué a ella y la atraje para darle un abrazo. Suspiró contra mí, su pecho temblando con la emoción que emanaba de ella en oleadas.

—Mi marido quería estar aquí hoy, pero tuvo que trabajar. Espera poder venir a una competición. A él también le gustaría agradecérselo.

Se separó de mí y dio un paso atrás, mirándome con una sonrisa sincera. Le devolví la sonrisa y noté movimiento por el rabillo del ojo.

Valentina. Con aspecto de estar a punto de vomitar.

Mi sonrisa flaqueó, pero me obligué a recomponerla mientras volvía a centrar mi atención en Grace. —Me encantaría conocerle. Kevin ha estado trabajando duro, tanto aquí como en la escuela. Muchos chicos no están dispuestos a hacer eso, pero no tengo ninguna duda de que usted le ha estado animando en casa.

Grace soltó una pequeña risa. —Por supuesto. Nunca dejamos de recordarle lo capaz que es.—

—Yo también.—

Sonrió y me agarró el brazo con suavidad. —No quiero quitarle tiempo para atender a otros padres, pero me alegro mucho de conocerle. Gracias, de nuevo.—

—Gracias a usted, Grace. Me alegro de conocerla también.—

Se alejó, acercándose a Kevin y preguntándole dónde firmar para recogerle. Se unió al grupo de padres en la fila del portapapeles mientras yo buscaba a Valentina.

Ella estaba al otro lado de la carpa, mordiéndose el labio y mirándome. Cuando me acerqué, apartó la cabeza de los niños con un gesto brusco.

—¿Estás bien? ¿Ha aparecido Dawson?—

Negó con la cabeza. —No, no está aquí. Pero no estoy bien.—

—¿Por qué no? ¿Qué ha pasado? ¿Qué ocurre?—

—¿Esa mujer? ¿La que te ha abrazado?—

—Sí. Su hijo es el chico del que te hablé ayer.—

Valentina tomó aire bruscamente. —Cuando la vi abrazarte, pensé... simplemente se me pasó por la cabeza que te acostabas con ella.—

—No. Por supuesto que no.—

—Pero ese fue mi pensamiento. No por ti. Porque estoy rota. Porque el último hombre que dejé entrar en mi vida se acostaba con otra persona.—

—No soy Dawson— espeté.

Soltó una risa sin gracia y negó con la cabeza. —No, no lo eres. Y te quiero por eso. Pero por eso no puedo seguir con esto. No puedo hacerte pasar por esto.—

—Valentina... —Intenté alcanzarla, pero ella se apartó.

—No puedo, Bee. Te quiero demasiado para arriesgarme a destruir nuestra amistad. Y eso es lo que haría. Porque por mucho que quiera decirme a mí misma que he superado a Dawson, él me dañó. Más de lo que me di cuenta. Y nunca me perdonaría si te hiciera lo mismo. Si te arruinara. Y si no me alejo ahora, sé que eso es exactamente lo que ocurrirá, así que tengo que terminarlo. Tengo que alejarme de ti. Ahora.

Y con eso, se dio la vuelta y se marchó.

23

VALENTINA

 $\mathcal{M}$ e alejé de la segunda competición de atletismo en dos semanas luchando por contener las lágrimas. Pero estas lágrimas eran diferentes. Eran peores. Eran lágrimas de despedida. Lágrimas que nunca quise derramar.

Pero sabía que era la decisión correcta. Cuando vi a esa mujer abrazar a Brantley, se me cayó el alma a los pies. Todo en mi interior gritaba *¡INFIEL!* No importaba que fuera Brantley. Y si iba a tener un atisbo de duda hacia él, precisamente él, nunca podría tener una relación normal de nuevo.

Si ni siquiera podía confiar en el hombre que amaba, no podría confiar en nadie.

Me subí a mi coche deseando poder marcharme sin más. Habría sido más fácil no tener que mirar a Brantley mientras reunía a los niños y los preparaba para el autobús. Pero tenía que esperar a mis chicas. Afortunadamente, ya las había apuntado para salir, pero estaban hablando con amigos.

Aproveché esos minutos para calmar mi acelerado y destrozado corazón. Era culpa mía, pero eso no hacía que doliera menos. Todo lo que le dije era verdad. Con el tiempo le arruinaría, arruinaría nuestra amistad, y no podía vivir con eso. Tenía que alejarme ahora. Encontrar una manera de superar a Brantley para que cuando siguiera adelante con otra persona, yo pudiera ser su amiga y alegrarme por él. Como se suponía que debía ser.

Samantha y Bianca sonreían cuando llegaron al coche. Subieron hablando y riendo sobre algo. Las ignoré mientras conducía a casa, dejando que mantuvieran su conversación y fueran niñas. Que fueran jóvenes. Que fueran felices.

Cuando llegamos a casa, se apresuraron a entrar para ducharse y cambiarse. Uno de los chicos del equipo organizaba una reunión y estaban emocionadas por ir.

Después de dejarlas, le mandé un mensaje a Goldie preguntándole si podía traerlas a casa. Alegué no sentirme bien, lo que no era del todo mentira. Dijo que lo haría, y yo hice lo egoísta y terrible que una madre puede hacer: apagué el móvil.

Escuché a las chicas llegar a casa, y salí para preguntarles cómo había ido la fiesta. Observaron mi pijama desaliñado y mis ojos hinchados y me preguntaron qué había pasado.

—Nada. Solo me encuentro mal. Por eso le pedí a Goldie que os trajera a casa. Seguro que en unos días estaré mejor.

Asintieron y aceptaron mis mentiras. Cuando se fueron a sus habitaciones, yo volví a la mía y lloré hasta quedarme dormida.

Durante la siguiente semana, evité a todo el mundo. Me aseguré de que las chicas tuvieran lo que necesitaban, fui a trabajar y me quedé en la parte de atrás, y respondí a los mensajes para confirmar que seguía viva, pero aparte de eso, no hablé con nadie ni salí.

Estaba más disgustada por el final de mi relación con

Brantley que cuando mi matrimonio se hizo añicos. Pero me dije a mí misma que era porque no solo estaba terminando mi relación con Brantley, la que iba más allá de una amistad, sino que también estaba aceptando que iba a estar soltera para siempre.

Eliminé mi cuenta de En Busca del Galán de Papel. No la había usado desde que hablé con Nerd por naturaleza, pero aun así la eliminé. No tenía sentido mantenerla cuando no estaba dispuesta a salir con nadie.

El sábado, me libré de la competición, alegando que no me encontraba bien otra vez. Goldie me preguntó qué pasaba, y le dije que debía haber pillado algo. Mentiras. Más mentiras. Odiaba mentir.

Me monté una fiesta de autocompasión mientras las chicas estaban en su competición, sabiendo que Brantley no aparecería. No es que esperara que lo hiciera. No se había puesto en contacto en toda la semana. No le culpaba. Yo había arruinado nuestra amistad, primero pidiéndole que me ayudara con mi Búsqueda del Placer, luego pidiéndole que se acostara conmigo, y después enamorándome de él y no siendo capaz de comportarme con cordura a su alrededor.

Oí el coche en la entrada antes de que las chicas irrumpieran por la puerta. Estaban sonrientes hasta que me vieron. Compartieron una mirada preocupada, y luego se unieron a mí en el sofá.

—Mamá, ¿qué está pasando? —preguntó Bianca.

—No está pasando nada —protesté.

—Sabemos que eso no es verdad —dijo Samantha—. El tío Brantley ha estado igual toda la semana. Dijo que también está enfermo, así que o tenéis lo mismo o ambos estáis mintiendo.

Miré a mis dos hijas y hice lo más difícil que jamás había tenido que hacer. Mentí descaradamente. —Creo que he pillado una gripe temprana o algo así. Solo me alegra no habérosla pegado a vosotras.

Intercambiaron otra mirada que decía que estaba mintiendo. Parece que mis habilidades para mentir no estaban tan perfeccionadas como esperaba.

—¿Estás saliendo con el tío Brantley? —preguntó Samantha.

—No. No lo estoy. —Miré a mis chicas y vi la incredulidad en sus miradas. —Pero lo estaba —confesé.

—Lo sabía —murmuró Bianca. —Y él rompió contigo.

—¿Te fue infiel? —preguntó Samantha.

—El tío Brantley no hizo nada malo —respondí bruscamente. —Esto no es por culpa suya.

—Pensaba que era uno de los buenos. Uno de los hombres en los que nos dijiste que creyéramos. Pero apenas has salido de casa en una semana. ¿Cómo se supone que vamos a creer eso? —preguntó Bianca. Le tembló el labio y sus ojos reflejaban tristeza.

—El tío Brantley es un buen hombre. El mejor. No hizo nada malo.

—Entonces, ¿le fuiste infiel tú? —espetó Samantha.

—¡No! Nadie ha sido infiel. Simplemente me di cuenta de que no puedo confiar en él. No en él. En nadie. —Me volví hacia Bianca, la que había sufrido más por culpa de su padre. —No quiero que mis miedos se conviertan en los vuestros. No quiero que me miréis y tengáis dudas. Todos los hombres tienen potencial para ser buenos. El tío Brantley es el mejor que he conocido nunca. Por eso supe que no podía confiar en nadie. Él nunca sería infiel. Nunca arriesgaría nada así. Es honorable, fiel y leal. Es perfecto. Pero lo vi hablando con una mujer, y entré en pánico. Asumí lo peor. Me lo explicó, y sé que me estaba diciendo la verdad, pero si no puedo confiar en él, no puedo estar con él. Y si no puedo confiar en él, no puedo confiar en nadie.

—Entonces, ¿rompiste con él? —preguntó Bianca.

Suspiré y asentí. —Sí. Le dije la verdad. Quiero que sea feliz, y si constantemente tiene que defenderse, no será feliz. Arruinaría su vida.

—Oh, mamá —suspiró Samantha. Apoyó su cabeza en mi hombro. Besé la parte superior de su cabeza sudorosa y recordé la competición.

—¿Cómo fue la competición? Siento haberme perdido. Prometo dejar de esconderme.

—Estuvo bien —dijo Bianca. Miró a Samantha, y supe que me estaban ocultando algo.

—¿Qué es lo que no me estás contando?

—Bianca ha batido su récord personal —dijo Samantha—. Lo ha hecho genial, mamá.

—¡Oh, cariño, estoy tan orgullosa de ti! Y siento mucho habérmelo perdido. Se acabó. Vosotras dos duchaos, y yo empezaré a preparar la pizza, y me podréis contar todo sobre la competición.

Asintieron. Sam se levantó de un salto para ducharse primero. Bianca se quedó rezagada un momento.

—Siento que te hayan hecho daño otra vez, mamá. Por lo que vale, creo que el tío Brantley está tan triste como tú. Quizás eso signifique que hay alguna manera de que podáis estar juntos.

—Quizás, cariño, pero simplemente no lo creo.

Bianca me abrazó y luego dijo: —Si ibas a salir con alguien después de papá, me alegro de que fuera el tío Brantley. Fue una buena elección.

Sonreí. —Yo también lo creía.

EL DOMINGO FUE EXTRAÑAMENTE tranquilo en mi casa. Ni llamadas, ni mensajes, ni nada. Era agradable, pero resultaba raro y me tuvo en vilo todo el día. Tal vez mis amigos estaban captando el mensaje, o quizás me creyeron cuando dije que estaba enferma.

De cualquier manera, estaba bien. Así sería como serían las cosas, eventualmente. Cuando las chicas se fueran a la universidad y yo me quedara sola en mi casa vacía.

Sonó un golpe en la puerta mientras recogía después de la cena. Dudé si ignorar a quien fuera. Llamaron de nuevo, y miré mis viejos y queridos pantalones de chándal y decidí que no me importaba quién me viera. No es como si estuviera intentando impresionar a nadie.

Goldie y Anna estaban al otro lado de la puerta. Tan pronto como la abrí, se abalanzaron dentro y me agarraron de los brazos.

—Vienes con nosotras —anunció Goldie.

—Vaya. ¿Qué está pasando?

—Te estamos secuestrando —explicó Anna—. Ponte los zapatos y una chaqueta si quieres, pero te vienes.

—No quiero —gimoteé con mi mejor tono de niña malcriada.

—Pues te aguantas —dijo Goldie—. Llevas una semana así, y necesitas estar con amigas que entiendan por lo que estás pasando.

—No estoy pasando por nada. Estoy enferma. —Tosí fingidamente para dar efecto, pero no las engañé.

—¡Adiós chicas! —gritó Goldie—. La traeremos de vuelta en unas horas.

—¡Gracias! —respondieron al unísono.

—¿Qué? ¿Habéis metido a mis hijas en esto? —siseé.

Goldie negó con la cabeza. —Ellas se pusieron en contacto conmigo. Están preocupadas por ti. Dijeron que por fin has admitido que lo tuyo con Brantley ha terminado, aunque todos lo suponíamos. No puedes pasar por esto sola.

—Estoy bien. —Me sacudí y me mantuve firme. No había

forma de que pudieran sacarme a rastras de mi casa. No soy pequeña.

—Sí, yo dije lo mismo. Ahora, o vienes con nosotras por las buenas, o te sacaremos por las malas —dijo Goldie. Había una ferocidad en su mirada que nunca había visto antes. Un brillo mortalmente serio que decía que le encantaría la oportunidad de obligarme.

Me daba un poco de miedo.

—Vale —resoplé. Les lancé una mirada fulminante mientras metía los pies en mis zapatillas deportivas, dando patadas y murmurando entre dientes mientras las seguía hasta su vehículo.

Hablaron como si no estuviera ocurriendo nada extraño durante el trayecto a Novios Literarios Ilimitados. Yo me quedé refunfuñando en el asiento trasero como una niña testaruda. Mis amigas merecían algo mejor, pero no me gustaba que me echaran en cara mis cagadas. Aunque fuera justificado.

Goldie y Anna me flanquearon cuando salí del coche, como si pensaran que iba a escaparme corriendo. Lo consideré, pero luego recordé que siempre había tarta en el club de lectura y decidí quedarme. Quizás podría conseguir una porción extra ya que tenía el corazón roto.

La conversación ya había comenzado cuando entramos, pero todos se callaron cuando nos sentamos. Miré alrededor de la habitación a las personas que había empezado a considerar amigas y odié las miradas de preocupación en sus ojos.

—Estoy bien —afirmé antes de que cualquiera de ellas pudiera decir algo.

—Sabemos que lo estás —dijo Blake. —Pero seguimos preocupadas por ti.

—No te escondiste del mundo cuando te divorciaste. Esto es peor —dijo Elise.

—Estoy bien —repetí.

—Lo estarás, pero ahora no lo estás. —Melody me entregó un trozo de tarta.

Respiré hondo y me encogí de hombros. —Soy yo quien terminó la relación. No puedo estar disgustada por eso.

—Claro que puedes —dijo Blake. —Yo terminé con Ian cuando estábamos saliendo, y casi me destruyó. Es una mierda. Tanto si es la decisión correcta como si no, alejarse de alguien a quien amas no es fácil.

—No, no lo es —confesé. —Pero no podía confiar en él.

—¿En serio? —preguntó Karissa—. —Me parece una persona muy digna de confianza. No es que le conozca bien, pero me cuesta imaginar que te fuera infiel.

—Nunca lo haría. Pero ese es el problema.

—¿Es un problema que no te sea infiel? —preguntó Elise, mirando alrededor de la habitación buscando una aclaración.

Negué con la cabeza. —El problema es que seguía sin poder confiar en él, aun sabiendo que nunca me sería infiel. Le vi hablando con otra mujer, y mi reacción instintiva fue pensar que me estaba engañando.

—¿Y después de esa reacción instintiva? ¿Qué hiciste? —preguntó Karissa.

—Le dije que no podía hacerlo. Que si sabía que nunca me engañaría, y aun así pensaba que lo estaba haciendo, arruinaría su vida y nuestra amistad con mis acusaciones y sospechas.

—Creo que lo hiciste de todos modos —dijo Anna. Solo una amiga podía decir ese tipo de verdad.

—Superaremos esto. Me dijo antes de que empezáramos... lo que fuera que estábamos haciendo, que le gustaba alguien. Volverá a salir con otras personas y estará bien y yo me alegraré por él.

—¿Te dijo que le gustaba otra persona? —preguntó Trinity.

Asentí.

—¿Dijo otra persona o alguien? —aclaró Karissa.

—¿Cuál es la diferencia? —di un bocado a mi tarta y deseé que todas pasaran a otro tema.

—Porque tuvimos una cita. Hace más de un año. Estaba bastante convencida de que estaba enamorado de ti —dijo Karissa.

—¿Qué? No. Es imposible —argumenté.

—Estaba de acuerdo con ella. Yo no salí con él, pero cuando ella lo mencionó, empecé a fijarme. Parece muy interesado en ti. Lo ha estado desde que le conozco —añadió Trinity.

—Yo estaba casada. Y él dijo que sentía algo por mí cuando éramos niños, pero no ahora. —Negué con la cabeza.

—¿Él dijo que no ahora, o lo dijiste tú? —insistió Karissa.

—Mira, no importaría. Creo que estáis equivocadas, pero no importaría de todas formas. No puedo hacerlo. No puedo acercarme a él sin que aparezcan esos miedos. Lo intenté. Todo esto con Brantley empezó cuando quise encontrar cosas que me dieran placer. Y lo hice. Descubrí que me gustan más las puestas de sol que los amaneceres, pero la tranquilidad de la mañana es agradable. Me encanta bailar, algo que no me había permitido disfrutar durante demasiado tiempo. Me gusta pasar tiempo con mi familia y amigos, comer buena comida y hacer que mi cuerpo se sienta bien. Me gustan los orgasmos que hacen que se me curven los dedos de los pies y las noches de película en el sofá. Y quiero a Brantley Pierce. Pero ya sea él o Nerd por naturaleza o cualquier otro, Dawson me robó la capacidad de confiar en los hombres.

—¿Has dicho Nerd por naturaleza? —preguntó Karissa.

Asentí. —Nos emparejaron a través de tu aplicación. Me cayó bien. Parecía un buen tipo. Me contó que estaba enamorado de su mejor amiga y que en algún momento empezaron a salir. Dejamos de hablar porque cerró su cuenta. Dijo que las cosas iban bien con ella y que no quería estropearlo. No tiene ninguna posibilidad conmigo, créeme, pero era agradable hablar con él.

—¿Nunca os conocisteis en persona?—preguntó Karissa.

—No. ¿Por qué importa?—No entendía por qué estaba tan preocupada por un chico de la aplicación.

Karissa soltó una risita y negó con la cabeza. —A mí también me emparejaron con él. Tuvimos una cita. Me pareció dulce, divertido y muy atractivo. Pero estaba bastante segura de que estaba enamorado de otra persona.

—Acabo de decirte que me confesó que estaba enamorado de su mejor amiga.

—Lo creo.

Me quedé mirándola cuando no añadió nada más. —¿A qué viene todo esto?

—Cielo, te está diciendo que Nerd por naturaleza es Brantley—explicó Trinity.

Me eché hacia atrás y negué con la cabeza. —No. Miré a una y otra, pero ninguna de las dos se estaba riendo. —No. Es imposible.

Karissa asintió. —Te prometo que Nerd por naturaleza es Brantley Pierce. Y la mejor amiga de la que te dijo que estaba enamorado eres tú.

—No. No puede ser. Recordé las veces que habíamos hablado.

—Brantley está enamorado de ti. Yo diría que lo ha estado durante mucho tiempo. Tú eres la razón por la que nunca ha formalizado con nadie más. Te quiere. Quiere estar contigo —dijo Karissa.

Negué con la cabeza. —No importa. Él se merece algo mejor. Lo superará. Es solo que... ya lo he estropeado todo con él.

—Cuando quieres a alguien, las cosas encuentran la manera de solucionarse solas—dijo Blake.

Me reí sin pizca de humor. Tenía un nudo en la garganta. Quería tener su fe, su confianza, pero ya no existía. Desapareció el día que Haley llamó a mi puerta. —Estuve casada durante veintidós años. Con un hombre que hace unas semanas me dijo que fui una apuesta. Quizás desde que me pidió salir hasta que nos casamos las cosas cambiaron, pero lo cierto es que se acostó con otras mujeres siempre que pudo durante nuestro matrimonio. ¿Cómo puedo mirar a otro hombre y no preocuparme de que ocurra lo mismo otra vez? ¿Cómo supero algo así?

Miré a mi alrededor. Una tras otra, todas apartaron la mirada. No tenían respuestas para mí. Ninguna había pasado por lo que yo había pasado. Ninguna conocía la profunda puñalada de traición causada por algo como lo que yo había vivido.

—Cuando conocí a Dawson, pensé que era encantador —dijo Haley.

Tragué saliva. No estaba segura de querer escuchar la historia de cómo empezó a salir con mi marido, pero era la única que estaba hablando.

—Nunca fui de las que dejan pasar la vida. Me lanzaba de cabeza a cada oportunidad. El sexo era solo una actividad. Lo disfrutábamos, así que lo practicábamos mucho —dijo Haley.

—¿De verdad crees que esto está ayudando? —preguntó Goldie, sin demasiada amabilidad.

Haley forzó una sonrisa hacia Goldie. —Te prometo que tengo un punto.

Goldie puso los ojos en blanco y le hizo un gesto con la mano para que Haley continuara.

Haley me miró. —Mirando atrás ahora, me siento estúpida por no darme cuenta de que estaba casado. Pero lo hizo a propósito. Me distraía con sexo en lugar de mantener conversaciones reales sobre quién era. No salíamos y nunca se quedaba a dormir. Había semanas en las que no sabía nada de él. Pero cuando estaba allí, me decía a mí misma que todo iba bien.

Goldie se aclaró la garganta.

Haley le sonrió de nuevo. —Dawson era listo. Daba lo justo para mantenerme enganchada. Me imagino que hizo lo mismo contigo. Jugó contigo, como algún tipo de juego enfermizo. Te dejaba hacer cosas por él y te hacía creer que tú eras la mala. Te culpaba de que él no estuviera más tiempo en casa. ¿Estoy acertando en algo?

Tragué saliva con dificultad y asentí. Odiaba que fuera una cosa más que compartíamos.

—Soy la zorra que se acostó con tu marido, y sé que tienes todo el derecho a odiarme, pero nunca me has tratado así. Eres la mujer más amable que he conocido jamás. Eres hermosa, cariñosa, divertida y talentosa. Podrías haber puesto a todas estas mujeres y a todo el pueblo en mi contra en un solo día. En lugar de eso, me protegiste. Dijiste a la gente que no me culparan. Me dejaste venir aquí y tener amigas aquí. Has sido una inspiración para mí. Probablemente no sea justo, pero lo has sido. Me he dicho a mí misma que no tengo derecho a quejarme de lo que Dawson hizo. Salí con él durante un año. Tú estuviste casada durante décadas. Y estabas dispuesta a intentarlo de nuevo. Estabas dispuesta a amar de nuevo.

—Pero...

—Te lo mereces, Valentina. Mereces algo mejor que lo que Dawson te hizo. No puedo imaginar lo aterrador que debe ser para ti ahora mismo, pero mereces toda la felicidad que él te robó. Mereces a un hombre que te ha amado toda su vida. Un hombre que te esperó. Un hombre que nunca perdió la esperanza y que te amó, incluso cuando tú amabas a alguien que nunca te mereció. ¿Por qué te alejarías de eso?

Me encogí de hombros. Tenía la garganta completamente cerrada, lo que me dificultaba tragar.

—No dejes que Dawson te quite nada más. Él te robó la oportunidad de pasar dos décadas con Brantley. No le permitas robar las décadas que os quedan juntos. No le des la satisfacción de saber que arruinó algo que podría haber cambiado la vida de ambos. Porque no se merece ese poder.

Sus palabras calaron hondo y se afianzaron.

—Vaya, Haley. Eso ha sido profundo —dijo Goldie.

—Me cae bien —dijo Elise.

—Tiene razón —dijo Karissa—. Pero ahora tienes que hacer lo difícil y recuperar el poder.

—Si es lo que quieres. —Anna arqueó una ceja desafiándome.

—Maldita sea. —Joder, sí que lo quería.

24

BRANTLEY

Cerré la puerta tras los instaladores de los electrodomésticos y suspiré. Mi cocina estaba terminada. Solo un poco por encima del presupuesto y con semanas de antelación respecto a mi calendario de tres meses. Eso es lo que ocurría cuando la mujer a la que amabas ponía fin a vuestra relación y necesitabas sumergirte en algo para evitar hacer el ridículo.

Pero había merecido la pena tener la cocina terminada. Había merecido la pena saber que podía seguir adelante con mi vida.

Volví a entrar en mi cocina recién terminada y sonreí. Era increíble. Mejor de lo que jamás hubiera esperado. Knox tenía razón, aunque no pensaba decírselo. Hizo excelentes sugerencias y me recomendó unos contratistas excepcionales para hacer el trabajo que yo no podía hacer por mi cuenta.

Los armarios se instalaron la semana después de que Valentina pusiera fin a lo nuestro. Las encimeras llegaron después. Y hace solo un día terminé el panel decorativo en el que había estado trabajando toda la semana. No tuve tiempo de volver a colocar todo desde la habitación de invitados antes de que llegaran los de los electrodomésticos, pero eso significaba que tenía algo para mantenerme ocupado durante el día.

Empecé con las neveras portátiles donde había guardado los escasos suministros de mi frigorífico y congelador, aunque ninguno de ellos estaba a la temperatura adecuada. Estaba bastante seguro de que las botellas de cerveza, agua y kétchup sobrevivirían. Una vez que la nevera portátil estaba vacía, fui por el pasillo hasta la habitación de invitados donde había guardado todos mis platos durante las últimas semanas.

La puerta de mi dormitorio seguía cerrada desde que regresé del encuentro hace dos semanas. No podía enfrentarme a mi cama. Después de haber tenido a Valentina en ella, mis sábanas olían a ella. Quería lavar las sábanas, o quemarlas, pero no fui capaz de hacerlo. En su lugar, cerré la puerta y dormí en la habitación de invitados.

Durante unas semanas, la casa se sintió perfecta. Como si no fuera demasiado grande ya que tenía a Valentina aquí para compartir el espacio. No importaba que solo pasara la noche una vez, ella estaba allí. Llenó mi hogar con todas las cosas con las que siempre soñé que lo llenaría. Amor y felicidad.

Pero se lo llevó todo hace dos semanas. Y no iba a volver.

Mientras colocaba mis cosas viejas en mi nueva cocina, mantuve el mismo debate interno que venía teniendo desde que Valentina se despidió. Lo único que había decidido con seguridad era que quería ser padre de acogida. Quería dar a niños que no tenían a nadie más la oportunidad de tener una gran vida, aunque solo se quedaran conmigo por poco tiempo.

Tener mis propios hijos era un sueño al que había renunciado, pero esta era una manera de tener niños sin tener que empezar desde cero. Era bueno.

La pregunta era si podía hacerlo en Cala MacKellar. Si

podía quedarme. Y todavía no había sido capaz de responder a esa pregunta.

Valentina no había recogido a las chicas del entrenamiento desde que me dijo que no podíamos seguir viéndonos. Desde que aquellas mentiras sobre arruinarme salieron de sus labios. Sabía que estaba asustada, pero me dolía que pudiera pensar que yo podría serle infiel.

Sin embargo, eso no importaba. Ella había terminado. Dijo que no podía hacerlo, y no era la clase de persona que debatía las cosas. Tomaba una decisión y se aferraba a ella. Por eso nunca la llamé. Habría sido una pérdida de tiempo intentar convencerla de que estaba equivocada.

Terminé de guardar los platos y los vasos y estaba empezando a colocar los utensilios de cocina cuando alguien llamó al timbre. Knox debía venir a cenar para celebrar que la cocina estaba terminada, pero no le esperaba hasta dentro de una hora.

—Has llegado pronto —dije mientras abría la puerta con una sartén en la mano.

Casi dejé caer el maldito trasto sobre mi pie cuando vi a Valentina en el porche.

—Oh. Estás esperando a alguien.

Si iba a presentarse en mi casa para romperme el corazón por segunda vez, lo mínimo que podría haber hecho era tener mal aspecto. En cambio, llevaba unos vaqueros ajustados que abrazaban sus curvas y un jersey verde brillante que se hundía en su pecho cuando se movía, ofreciendo destellos de un escote en el que quería enterrar mi cara y quedarme allí hasta perder el conocimiento.

Sus ojos parecían enormes con el maquillaje que llevaba. Brillantes y claros, sin rastro del dolor desgarrador que yo había estado sintiendo durante dos semanas.

Supongo que era agradable ser quien había puesto fin a todo.

—Sí, así es. ¿Qué quieres? —pregunté. Estaba comportándome como un capullo, pero no tenía fuerzas para ser amable.

Ella no se dejó amedrentar. —Quería disculparme.

—Estás perdonada. Gracias por pasarte.

Puso el pie en medio cuando intenté cerrar la puerta. Suspiré y la abrí de nuevo.

—No puedo hacer esto, Vee. Quiero fingir que estoy bien y volver a ser amigos, pero simplemente no puedo, joder. Quizás algún día. Quizás cuando deje de soñar con cómo te sentías cuando te deshacías entre mis brazos o con el sabor de tus besos o con lo correcto que era estar dentro de ti. Pero aún no estoy en ese punto, así que por favor, si alguna vez fuimos realmente amigos, sé mi amiga ahora y lárgate de mi propiedad.

—No —dijo ella.

Suspiré. —Bien. Genial. Es bueno saber que no somos amigos. Eso me facilitará marcharme de la ciudad.

—¿Te vas? —jadeó ella.

—¡No me quieres! Nunca lo has hecho. Te he querido la mayor parte de mi vida y nunca me has dado una maldita oportunidad. Luego por fin lo consigo. Por fin puedo quererte y hacerte sentir bien y demostrarte lo especial que eres, y te alejaste. Te resultó tan fácil pisotear lo nuestro. Echarle la culpa a Dawson de destrozar tu corazón y hacer que no puedas confiar en mí. Es una puta mentira. Así que, sí, no puedo quedarme aquí. No puedo estar en esta casa donde te hice el amor y no querer destrozar las paredes a martillazos. No puedo quedarme en esta ciudad donde nos conocimos, donde me enamoré de ti y donde te veo en todas partes. Prefiero empezar de nuevo y ser el profesor de ciencias loco que nadie conoce que quedarme aquí y verte vivir justo fuera de mi mundo.

—Puedes ser Nerd por naturaleza en otro sitio. Quizás conocer a otra persona.

—Sí, claro. —Me reí secamente. —Nunca ha habido nadie más. Nunca lo habrá.

—Nerd por naturaleza salía con algunas. No hace mucho hablaste con una mujer nueva.

—¿Qué tiene que ver las citas en línea con esto? ¿Qué? ¿Karissa te dijo mi nombre de usuario?

—Lo hizo. Pero solo porque yo lo mencioné.

—¿De qué estás hablando?

—Le dijiste a Hermosa panadera que estabas enamorado de tu mejor amiga. Que ibas a cerrar tu cuenta porque querías que las cosas funcionaran.

—¿Y?

—¿Y ahora te vas?

Puse los ojos en blanco y me alejé de ella. Me dolía mirarla. —Acabo de decirte que no puedo estar aquí.

—¿Mentías cuando dijiste que no tenías interés en salir con otra persona?

Me giré hacia ella. —¿Qué hizo Karissa? ¿Compartir todas mis conversaciones? No, no estaba mintiendo. Y eso es una grave violación de mi privacidad.

—Karissa no compartió nada conmigo.

—¿Entonces cómo sabes lo que dije?

—Porque yo soy Hermosa panadera.

—¿Qué? Di un paso atrás. No era posible.

Valentina asintió. —No sabía que eras Nerd por naturaleza hasta que mencioné tu nombre de usuario la semana pasada. Karissa me lo dijo.

Bufé. —Seguro que te reíste bien, ¿eh? Y tanto para esa estúpida aplicación que era mágica o algo así. No hizo nada por mí.

—Te emparejó con alguien que se enamoró de ti.

—No, no lo hizo.

—Sí, Brantley, lo hizo. Se colocó frente a mí y me miró con esos grandes ojos marrones, vulnerables y preciosos.

—¿Qué estás haciendo, Valentina?

—Estoy intentando decirte que te quiero.

—No me mientas. No puedo soportar más, respiré. Dolía. Como si alguien me hubiera golpeado en el pecho y me hubiera roto algunas costillas.

Ella alzó la mano y acarició mi mandíbula. Su piel contra la mía era tanto un bálsamo como una llama. Me incliné, odiándome a mí mismo mientras buscaba consuelo en ella.

—Me equivoqué en tantas cosas, Bee. Me convencí a mí misma de que no podía confiar en ti. Incluso me convencí de que lo que estábamos haciendo era solo por diversión, por mi estúpida búsqueda. Pero me he estado mintiendo a mí misma durante demasiado tiempo.

—¿Qué tiene esto que ver conmigo?

—Me enamoré de aquel chico flacucho cuando estaba en el instituto. Éramos opuestos en todos los sentidos, pero éramos mejores amigos. Cuando me presentaste a Dawson, todo cambió. Sé que todo sucede por alguna razón, quizás éramos demasiado jóvenes entonces para hacerlo bien, o quizás yo no te merecía. No sé por qué todo se complicó tanto entre nosotros, pero nunca dejé de amar a mi mejor amigo. Nunca dejé de preguntarme cómo habría sido mi vida si él también me hubiera amado.

—Siempre lo hice —susurré.

Ella asintió. —Lo sé. Pero luego lo volví a estropear todo. Dejé que Dawson volviera a ganar. Dejé que me controlara. En lugar de confiar en ti como he podido hacer toda mi vida, dejé que el miedo me dominara. El miedo a perderte. Pero Haley...

—¿Haley?

Se rio. —Sí, Haley. Me hizo ver que mi miedo es la razón por la que te perdí. Fue una profecía autocumplida. Tenía miedo de perderte, así que hice que ocurriera. Pero eso significaba que Dawson seguía teniendo poder sobre mí. Podía influir en mi vida. Y no quiero eso. No tiene derecho a hacerlo.

—Me alegro por ti, Vee. Dawson ya está fuera de tu vida. Puedes empezar de nuevo.

Se acercó a mí. —No lo entiendes. No quiero empezar de nuevo. No quiero salir con nadie. No quiero conocer a alguien nuevo.

Levanté las manos y maldije. —¿Entonces qué demonios quieres?

—A ti.

—Dijiste que no podías hacer esto. Que tenías que alejarte.

—Estaba equivocada, Brantley. Estaba asustada. Dios, nunca había tenido tanto miedo en mi vida. Dejarte entrar fue el mayor acto de fe que he hecho jamás, y cuando te vi, sentí como si la red de seguridad que siempre había tenido de repente hubiera desaparecido. Sentí que el hombre en quien siempre había confiado no era quien yo creía. Pero tú nunca fuiste como Dawson. En su mejor día, él jamás ha sido ni la mitad del hombre que tú eres en tu peor día. Y lo olvidé. Perdí de vista eso. Tú siempre has estado ahí para mí. Pero no es por eso que te amo.

—¿No es por eso?

Negó con la cabeza. —Te amo porque eres amable. Y te amo porque eres inteligente. Te amo porque eres alentador, desinteresado y generoso. Te amo porque te preocupas más por las personas que te rodean que por ti mismo. Porque te pedí que me ayudaras a descubrir qué me da placer y te lanzaste de cabeza a la tarea. Me has mostrado más placer en unas pocas semanas del que he conocido en toda una vida. Y sería una tonta si dejara escapar eso. Más que eso, no quiero hacerlo.

—¿No lo haces'?—

—No, Bee. Dios, no. Quiero pasar el resto de mi vida contigo. Quiero saber qué se siente al dormir en tus brazos y despertar a tu lado. Quiero cocinar la cena contigo cada noche y compartir café contigo cada mañana. Quiero planear viajes de verano, visitas a universidades y vacaciones en la playa para poder mirarte solo con el bañador puesto.— Se interrumpió con una risa y se limpió una lágrima de la mejilla. —Quiero envejecer contigo, Brantley. Quiero tener un futuro contigo. Y sé que te estoy pidiendo mucho. Sé que no estoy siendo justa. Tiré a la basura lo que teníamos y te estoy pidiendo que simplemente lo pases por alto e intentemos de nuevo. Sé que tengo que ganarme tu confianza. Y estoy dispuesta a hacerlo. Si quieres irte de la ciudad, sé que no puedo impedírtelo, pero espero que te quedes y consideres darme otra oportunidad.—

Negué lentamente con la cabeza. —No puedo considerarlo porque ya he decidido.—

Soltó un suspiro tembloroso, y me di cuenta de cómo sonaban mis palabras.

—No lo dije de esa manera. Me refería a que ya he decidido que también quiero todas esas cosas. Es todo lo que siempre he querido.—

—¿De verdad?—

Asentí. —Excepto una cosa.—

—¿Qué cosa?—

—Quiero ser padre de acogida. Quiero devolver algo a la sociedad. Siempre he querido ser padre, y no sé si quiero tener bebés a estas alturas de mi vida, pero quiero ayudar a niños que no tienen a nadie más. Hay muchos ahí fuera, y—

Ella se acercó y puso su mano sobre mis labios. —Creo que eso suena como una idea excelente.—

—¿De verdad?— pregunté a través de sus dedos.

—Absolutamente. Y me hace quererte aún más que desees contribuir de esa manera.—

Le lamí la mano, haciendo girar mi lengua por su palma.

Jadeó, sus ojos oscureciéndose.

Pero no apartó la mano, así que lo hice de nuevo.

Gimió. —Te he echado de menos.— Finalmente movió su mano.

Me incliné hacia ella. —Yo también te he echado de menos.—

—¿Sí?—

Asentí y la atraje con fuerza contra mi cuerpo. Dejé que sintiera mi creciente erección. —Cada vez que cerraba los ojos, te veía desmoronarte. Ha sido imposible dormir. Terminé la cocina para no bajar el ritmo ni pensar en ti.—

—¿Has terminado la cocina?— preguntó.

Asentí de nuevo.

—¿Puedo verla?—

—¿Ahora?—

Sonrió. —Puedo esperar.—

—Bien. Porque no estoy seguro de poder aguantar.— Rozé con mi nariz su mandíbula, endureciéndome cuando ella gimoteó para mí. Mordisqueé su piel y me tomé mi tiempo para llegar hasta sus labios.

Le agarré el trasero y nos dirigí hacia el pasillo. Me detuve cuando ella me cogió del pelo y atrajo mis labios a los suyos en un beso que disparó mi presión arterial.

Gimió suavemente y tiró de mi camisa, su mano fría cuando la apretó contra mi espalda. Le sujeté la mandíbula y la devoré, más que listo para volver a saborear a la mujer que amaba. La mujer de la que nunca tendría que alejarme de nuevo.

Llegamos a mi habitación y nos detuvimos. Ella se apartó y me miró, luego a la puerta, y de nuevo a mí. —¿Por qué está cerrada la puerta de tu dormitorio?—

La miré a los ojos y admití la verdad. —No podía enfrentarme a entrar ahí sin ti. No podía mirar mi cama y aceptar que te habías ido.—

—Yo-

El timbre interrumpió su frase. Me miró con una pregunta en sus ojos.

—Realmente esperabas a alguien.—

Asentí. Si iba a confiar en mí, tenía que ser ahora.

—¿Debería esperar aquí?

—Depende de ti.

—¿Quieres que me vaya?

Negué con la cabeza. —Nunca.

—¿Qué quieres que haga?

—¿Qué quieres hacer tú?

El timbre sonó de nuevo, y Knox golpeó la puerta.

—Tu invitado es impaciente.

—No pasa nada.

—No me vas a decir quién es, ¿verdad? Sonrió y se cruzó de brazos.

—¿Importa?

Sonrió y se puso de puntillas. Me rodeó el cuello con los brazos y me atrajo hacia ella para besarme.

Gemí y la empujé contra la pared, restregándome contra ella hasta que estaba jadeando y el timbre volvía a sonar.

—Necesito decirle a Knox que se vaya —gruñí mientras me apartaba de ella.

Se rio. —¿Es Knox?

Asentí y me dirigí a zancadas hacia la puerta. —Le invité a cenar para que viera mi cocina terminada.

—Puedes dejarle entrar —dijo ella.

Abrí la puerta de un tirón.

Knox empezó a abrirse paso hacia el interior. —Joder, por fin. ¿Qué demonios estabas haciendo? ¿Haciéndote una paja? Knox se quedó petrificado cuando vio a Valentina al otro lado del salón. —Eh, hola, Valentina. No sabía que estabas aquí.

—Hola, Knox. ¿Cómo estás?

Knox nos miró alternativamente. Se puso rojo mientras retrocedía hacia la puerta principal. —He llegado un poco pronto. Se me ha olvidado coger algo.

—Vuelve dentro de una hora, Knox —gruñí mientras cerraba la puerta de golpe tras él.

—¡Mejor que sean dos! —gritó Valentina.

—Joder, cómo te quiero.

—Yo también te quiero, Bee.

EPÍLOGO

KNOX

parqué frente a la casa de Brantley justo cuando mi teléfono vibró en mi bolsillo. Me había vuelto adicto al maldito aparato desde que me inscribí en esa estúpida aplicación de En Busca del Galán de Papel.

Dudé si ignorar mi teléfono, pero como un cachorro obediente, lo saqué del bolsillo.

No era la aplicación. Era algo peor. Era mi ex buscando un revolcón.

¿Qué haces esta noche? ¿Quieres venir?

Mi polla se hinchó ante la invitación casual de Ivy. Nos lo pasábamos bien. Era fácil hablar con ella, y nos divertíamos en la cama. Pero no había futuro. Ambos lo sabíamos, aunque a veces seguíamos enrollándonos.

Me froté la cara con la mano y gemí. Joder. Odiaba que ese pensamiento pasara por mi mente. Un futuro. Pero mierda, quería un futuro con alguien. Una mujer que me hiciera querer cerrar la tienda temprano para llevarla a una cena elegante. O a un fin de semana fuera. O coño, a un partido donde pudiéramos gritar a los árbitros y animar a nuestro equipo.

Nunca había conocido a una mujer que me hiciera querer hacer nada de eso. Ivy era una forma de pasar el tiempo. El sexo era genial, pero no estábamos en la misma página.

Miré hacia la casa de Brantley. Quería lo que él había encontrado con Valentina. Le llevó una jodida eternidad, pero finalmente consiguió a la mujer de sus sueños. Si yo quería lo mismo, tenía que dejar de perder el tiempo y dejar de hacer lo mismo una y otra vez. Ivy no quería una familia, solo quería un polvo, y aunque disfruté de eso durante un tiempo, no era lo que yo quería para siempre.

Ni siquiera para ahora.

Lo siento. Tengo planes.

¿Y después de tus planes? Estaré en casa toda la noche. O puedo encontrarme contigo en algún sitio.

No es buena idea.

¿Esta noche o nunca más?

Suspiré. Sabía que iba a tener que mantener esta conversación con ella en algún momento. El hecho de que hubiésemos acordado que queríamos cosas diferentes y que no funcionaríamos a largo plazo no significaba que hubiese sido bueno rechazándola cuando ella se ponía en contacto. No lo había sido. Para nada.

Pero maldita sea, si iba a encontrar algo para siempre, tenía que dejar de aceptar lo momentáneo.

Probablemente nunca más. Los dos sabemos que esto no va a ninguna parte.

Esperé una respuesta de ella, pero no llegó ninguna. Se

me retorció el estómago. Odiaba ser el malo. No importaba que ella supiera que yo tenía razón. Yo era el cabrón que la mandaba a la mierda.

Lancé el móvil sobre la consola y entré. Si no lo tenía en el bolsillo, no tendría la tentación de mirarlo cada cinco segundos.

La casa estaba animada, con todas las luces encendidas y música y risas tan altas que estaba seguro de que nadie oiría mi llamada. Mejor que hace un par de semanas cuando me presenté para cenar y me mandaron a casa para que Brantley y Valentina pudieran reconciliarse.

Como nadie acudió a la puerta, probé con el pomo. Todos los vehículos fuera me indicaban que era seguro entrar, pero aun así lo hice con cierta cautela.

—¡Eh, Knox! —gritó Brantley cuando me vio asomando.

Miré alrededor y entré del todo en la casa. Saludé con la mano a la gente del salón y me dirigí a la cocina donde estaba Brantley.

—Gracias por venir.

—Tenía que asegurarme de que estabas tratando bien mi cocina —bromeé. Cuando Brantley empezó a remodelar su casa, sabía que la cocina sería el lienzo en blanco perfecto. Los años que tardó en ceder y hacerlo me dieron tiempo de sobra para pensar ideas. Era como la sala de juegos del señor Rockaway, el invernadero de la señora Florence y la suite principal de la señora Mallory. Tenía ideas para todos ellos, y más, si alguna vez buscaban opciones.

—¿Tu cocina? —se burló Brantley—. No recuerdo que tú pagaras por todas estas cosas.

Le di una palmada en el brazo, sabiendo que apreciaba la ayuda aunque no lo admitiría. —El sitio tiene un aspecto estupendo.

—Realmente lo es. Podrías tener un trabajo en diseño.

—No. Me gusta el trabajo que tengo.

Brantley me dio una palmada en la espalda y me puso una cerveza en la mano. —Entendido. Vamos. Tómate algo. Valentina ha preparado un montón de postres para nosotros, y Ramsey está fuera haciendo la barbacoa con un amigo suyo. Hay niños corriendo por el jardín. Es una celebración.

—¿Celebración de qué, exactamente? Brantley me dijo que viniera, pero nunca me dijo de qué se trataba.

—El final de la temporada de cross. Las cosas finalmente funcionan con Vee. Mi cocina está terminada. Solo quería reunir a la gente antes de que el clima nos mantenga a todos dentro durante el invierno.

—Ya se acerca.

Brantley asintió. —Rápido, además. Pero por esta noche, no vamos a pensar en que Acción de Gracias llega en dos semanas, y vamos a divertirnos.

—Me parece bien.

Alguien lo llamó por su nombre, y me señaló hacia la terraza antes de ir al salón.

Salí y vi a Ramsey hablando con Derek Bailey. —Si cocinas tan bien como arreglas coches, me alegro de haber venido.

Derek se rió y me estrechó la mano, atrayéndome para darme una palmada en la espalda. —¿Cómo estás, tío? No sabía que conocías a este grupo.

Asentí y saludé a Ramsey. —Así es. Me dejan colarme en sus noches de cerveza los jueves en O'Kelley's. No te he visto por allí.

Derek negó con la cabeza. —Tengo un hijo de diez años. No siempre es fácil escabullirse por las noches.

—Ah, tiene sentido. No sabía que estabas casado.

—Divorciado.

—Tiene aún más sentido que no puedas escabullirte, dije.

Derek asintió. —No cambiaría a mi hijo por nada, pero la parte del divorcio es una mierda. ¿Y tú? ¿Alguno de estos es tuyo? —Señaló a los niños que corrían por el jardín de Brantley.

Negué con la cabeza. —No. Sigo soltero.

—Estaba intentando convencer a Derek para que se uniera a En Busca del Galán de Papel —dijo Ramsey.

Resoplé y negué con la cabeza. —No lo hagas. Te engancharás a ese maldito trasto. He dejado el móvil en la camioneta para no volverme loco con todas las notificaciones.

—Eso suena como un buen problema —dijo Ramsey—. Si estás recibiendo tantas coincidencias, deberías estar alabándolo, no criticándolo.

—No lo estoy criticando. Solo ofreciendo una advertencia.

—Supongo que no estás encontrando a nadie que merezca la pena —dijo Derek.

Me encogí de hombros. —He conocido a algunas con las que he salido más de una vez, pero ninguna que se quedara. Dicen que es cuestión de números.

Ramsey se atragantó. —Que no te oiga decir eso ninguna mujer.

—No todos podemos acabar con nuestro amor del instituto. O haber tenido uno. No digo que sea como Brantley y ya tenga elegida a la indicada, pero estoy abierto a posibilidades.

—Entonces, ¿buscas sentar cabeza? —preguntó Derek.

Me encogí de hombros. —Busco no perder el tiempo. Si aparece la mujer adecuada, disfrutaré conociéndola, pero hasta entonces, disfrutaré saliendo con otras. La frase salió de mi boca con facilidad, aunque con un sabor amargo. Llevaba años soltándola. Pero contarles a otros hombres que querías formar una familia no siempre era bien recibido. Incluso entre hombres que ya la tenían.

—Así es como me siento yo también. Mi matrimonio terminó por una razón. No necesito una mujer en mi vida, pero si apareciera la adecuada, sería un idiota si la rechazara. —Derek dio la vuelta a las hamburguesas mientras hablaba.

—Exactamente —dije, actuando como si estuviéramos en la misma situación—Lo difícil para mí es que tengo edad suficiente para saber lo que quiero en una relación. Eso reduce las opciones y hace que termine las cosas rápido cuando sé que no es la adecuada. Creo que tengo dos o tres citas por semana.

—¿En serio? —preguntó Derek—. —No tengo tiempo para eso.

Di un sorbo a mi cerveza y evité sus miradas. Mis orejas ardían con su desaprobación y juicio. Sabía que salía con muchas mujeres. Había quedado con varias en una misma noche antes. Pero quería formar una familia, así que tenía que priorizar encontrar a la mujer adecuada. Cuando la encontrara, ya tendría ese tiempo en mi día para pasarlo con ella.

—Quizás no estoy hecho para las citas en línea —dijo Derek—. No si tengo que hacer todo eso.

Negué con la cabeza. —No intentaba disuadirte.

Derek descartó mi preocupación con un gesto. —No, no lo estás haciendo.

—No todo el mundo tiene tantas citas en una semana. No todos somos tigres como este tío y conseguimos tantas citas en una semana. —Ramsey señaló con la cabeza hacia mí de una forma que interpreté como aprobación.

Me reí para quitarle importancia a su cumplido. —Solo me estoy dando a conocer.

—¿Dónde conoces a tantas mujeres? —preguntó Derek.

—Estoy en varias aplicaciones de citas, a través de amigos. Soy un tío sociable. Hablo con la gente.

Derek soltó una risita. —¿Sociable es una palabra en clave para algo?

—Definitivamente es diferente cuando tienes que pensar

en un hijo. No es que yo saliera con nadie cuando Mel y yo estábamos separados, pero siempre tenía en mente que no importaba cuánto me gustara una mujer si ella y Amber no se llevaban bien —dijo Ramsey.

—Sí, entiendo eso —coincidió Derek—. Si a Jude no le gustara una mujer, se acabaría todo. Debe de ser estupendo estar soltero sin hijos.

Asentí y fingí que sus palabras no me molestaban. Él no entendía lo frustrante que era que me dijeran que mi vida era mejor sin hijos, o sin esposa. No estaban siendo imbéciles al respecto, pero era un fastidio sentir siempre como si estuviera jugando a un juego que nadie me había explicado cómo jugar. Yo quería hijos. Quería una esposa. Quería más.

Simplemente no había tenido suerte en ese terreno todavía.

Pero la iba a tener. Iba a hacer algunos cambios. E iba a encontrar a alguien que quisiera todas las mismas cosas que yo.

Para siempre, no solo por ahora.

Gracias por leer la historia de Valentina y Brantley. De amigos a amantes es mi tema favorito en absoluto, y añadiendo un héroe que habla sucio y una heroína que necesita ese impulso para recordarse a sí misma lo increíble que es, me lo he pasado genial con este libro. ¡Espero que vosotros también!

El próximo libro de la serie es la historia de Knox y Haley. Se suponía que solo iba a ser una aventura de una noche. Ambos estuvieron de acuerdo. Era lo único que cualquiera de los dos buscaba en ese momento. Pero cuando ella se desliza en un asiento frente a él la noche siguiente, él sabe que ella no estaba contando toda la verdad. Aunque él tampoco lo hizo. Reserva ya *Su Descono-cida Curvilínea*!

¿QUIERES MÁS de Valentina y Brantley? Él tiene esa gran casa remodelada toda para sí mismo, y la de ella contiene más malos recuerdos que buenos. ¡Tiene todo el sentido que se utilice su nueva cocina! El epílogo adicional solo está disponible para suscriptores. ¡Suscríbete ahora!

ACERCA DEL AUTOR

USA TODAY La autora superventas Mary E Thompson pasó la mayor parte de su infancia deseando tener algunas curvas menos. Se escondía entre las páginas de los libros porque a sus personajes favoritos nunca les importaba qué talla de ropa usaba. Ahora, a Mary tampoco le importa, y escribe historias que celebran a mujeres como ella. Mujeres reales que tienen curvas, persiguen sueños y encuentran el amor, porque todas merecemos ser felices, sin importar nuestra talla.

Mary pasa su tiempo fuera de la escritura con su esposo y sus dos hijos, viendo demasiada televisión, animando a su equipo local de fútbol americano (¡Vamos Bills!) y escondiendo chocolate de su familia.

Suscríbete ahora al boletín de Mary. ¡Los suscriptores reciben libros electrónicos gratuitos y otras cosas divertidas, como contenido exclusivo solo para miembros y sorteos, además de ser los primeros en conocer los nuevos lanzamientos y ofertas!